提
TYLL
尔

[德] 丹尼尔 · 凯曼 / 著

Daniel Kehlmann

郭力 / 译

中国出版集团
东方出版中心

图书在版编目（CIP）数据

提尔 / (德) 丹尼尔·凯曼著；郭力译. -- 上海：
东方出版中心, 2021.1
　　ISBN 978- 7- 5473- 1720- 4

　Ⅰ. ①提… Ⅱ. ①丹… ②郭… Ⅲ. ①长篇小说 – 德
国 – 现代 Ⅳ. ①I516.45

中国版本图书馆CIP数据核字（2020）第211497号

上海市版权局著作权合同登记：图字09-2019-900

Author: Daniel Kehlmann
Title: Tyll
© 2017 Rowohlt Verlag GmbH, Reinbek bei Hamburg, Germany
Chinese language edition arranged through HERCULES Business & Culture GmbH, Germany.
Simplified Chinese translation copyright © 2020 by Orient Publishing Center
All rights reserved.
The translation of this work was supported by a grant from the Goethe-Institut.

提尔

著　　者　〔德〕丹尼尔·凯曼
译　　者　郭　力
责任编辑　刘　鑫
装帧设计　棱角视觉

出版发行　东方出版中心
地　　址　上海市仙霞路345号
邮政编码　200336
电　　话　021- 62417400
印 刷 者　常熟新骅印刷有限公司

开　　本　890mm×1240mm　1/32
印　　张　11.5
字　　数　229千字
版　　次　2021年1月第1版
印　　次　2021年1月第1次印刷
定　　价　45.00元

提尔

× × ×

目录

TYLL

提 尔

主要角色译名对照

Tyll Ulenspiegel
提尔·乌伦

Nele Holtz
尼尔·霍尔

Martha
玛塔

Origenes
奥利金

Agneta
阿内塔

Sepp
塞普

Hanna Krell
汉娜·柯尔

Peter Steger
彼得·施格

Ludwig Stelling
维希·史岭

Martin Holtz
马丁·霍尔

Kalten
寒怪

Claus Ulenspiegel
克劳斯·乌伦

Heiner
海纳

Wolf Hüttner
沃尔夫·胡纳

Jakob Brantner
雅各·布兰

Oswald Tesimond
奥斯瓦尔德·泰西蒙德

Athanasius Kircher 阿塔纳斯·珂雪	Jakob I.（英语 James I） 詹姆士一世
Meister Tilman 狄曼师傅	Lord Harington 哈林顿勋爵
Vaclav van Haag 瓦茨拉夫·范哈赫	Graf Hudenitz 胡登尼伯爵
Gottfried 果特	Gustav Adolf 古斯塔夫·阿道夫
Pirmin 皮尔敏	Adam Olearius 亚当·奥莱留斯
Martin von Wolkenstein 马丁·冯·沃尔肯施泰因	Paul Fleming 保罗·弗莱明
Karl von Doder 封多德	Matthias 马蒂亚斯
Franz Kärrnbauer 包兰茨	Korff 果夫
Stefan Purner 普思迪	Eisenkurt 铁库特
Konrad Purner 普拉德	Fräulein von Quadt 冯·夸特小姐
Albrecht von Wallenstein 华伦斯坦	Johann von Lamberg 约翰·冯·兰贝格
Pater Friesenegger 付格神父	Alvise Contarini 阿维泽·孔塔里尼
Elizabeth Stuart 伊丽莎白·斯图尔特（丽兹）	Graf Oxenstierna 奥克森谢尔纳伯爵
Christian von Braunschweig 克里斯蒂安·冯·不伦瑞克	Doktor Adler Salvius 阿德勒·萨尔维斯博士
Friedrich V. 弗里德里希五世	Wesenbeck 韦森贝克

第一章

鞋子飞天

战争还没打到这儿，可俺们已生活在恐惧与巴望之中。俺们巴望上帝的愤怒不要蔓延到这里。这儿是一座围有坚固城墙的小城。这里有一百零五座房子，一座教堂，还有一块墓地——在那里，地下祖先一直期待有朝一日能复活过来。

　　俺们不断祈祷，战争不要波及这里。俺们向万能的上帝祈祷，向仁慈的玛丽亚祈祷，还向森林女王及乐于助人的午夜小人们祈祷，向圣人格温①祈祷，向天堂守门人彼得祈祷，向写了福音书的约翰祈祷；为了保险起见，俺们还向老梅拉女神祈祷，因为当可怕的夜晚降临，恶魔可以自由出行之时，她总会率领部下在天上巡视，威震邪恶。俺们也向古代头上长角的人②祈祷；向主教马丁③祈祷，寒风刺骨的夜晚他把自己的披风一分为二，分给一个乞丐，结果呢？两人一起挨冻，因为大冬天的，半拉披风怎能避寒保暖，不过他做了让上帝高兴的事。当然俺们还向圣人莫里茨④祈祷，

---

① 格温，全称普瓦图的格温（Gerwin von Poitou，逝于 679 年），法国圣人、殉道者。——译者注。本书脚注除特别注明外均为译者注。
② 比如摩西就是《圣经》里头上长角的人，被视为伟大的神奇人物。
③ 马丁（316—397），4 世纪基督教著名圣人。
④ 莫里茨（Moritz，逝于 290 年），为罗马军团底比斯军团团长，底比斯军团被罗马皇帝勒令向异教神献祭并向皇帝本人效忠，莫里茨及其战士表示只服从于天主。皇帝下令袭扰当地基督徒，军团抗命不遵。最后军团 6 600 人在今日瑞士的圣莫里茨全部被处决。

他对唯一公正的上帝无限忠诚，最终和整个军团一起慷慨赴死。

税务官一年来收两次税，每次都无比惊讶，俺们居然还没逃走。门前时不时也有小贩路过，因俺们不买什么，他们又会匆匆上路。这也正对俺们心思。对遥远的世界俺们无所希求，无所思量。直到一个星期六的早上，主街上出现了一辆驴拉的篷车。此时正值初春，万物复苏，冰雪融化，小溪里的水涨得满满的，田里也不再闲着，刚刚让俺们播了种子。

车上有个红色帆布绷起的帐篷。帐篷前蹲着一位老妇人，身子缩在一起像个口袋，脸上的皮肤像皮革，一双眼睛像两个黑色小扣子。她身后站着一位较年轻的女子，头发深色，脸上带着雀斑。驾车的是个男人，坐在前面。虽然他还从未来过这里，但俺们全认出了他，一旦有人想起他，叫出他的名字，别的人也便想起了他，于是各种各样的喊声从各处传来："提尔来了！""看，提尔在那儿！"那人果然是他，不可能是别人。

这年头连传单也传到了俺们这里。它们穿过森林，由风带来，由商贩们带来。有人说，这东西在外面的世界印了很多很多。传单上面有愚人船①的事，有教士蠢事，有罗马恶教皇的事，还写了维滕堡城的魔鬼人物马丁·路德、神法师霍里杜斯、浮士德博士、圆桌骑士英雄高文，也写了他，提尔·乌伦②，也就是现在来到俺们这儿的这位。俺们熟悉他那棕黑两色的紧身上衣，熟悉他那圆鼓鼓的帽兜，他那牛毛披风，熟悉他消瘦的面颊、细小的眼睛、塌陷的

---

① 《愚人船》为布兰特（Sebastian Brant, 1458—1521）在 1494 年出版的德文书。船上有 111 个愚人，各自代表世界上的各种愚蠢。布兰特由此享有德意志人本作家美誉。
② 全称为提尔·乌伦斯皮格尔（Tyll Ulenspiegel），本书简译为：提尔·乌伦。

脸颊和两颗大门牙。他的裤子面料精良,皮鞋是真皮的,那双手可是小偷的手,或者是从未做过体力活儿的伏案写字之手。眼下这双手正右手握着缰绳,左手举着鞭子。他眼睛闪着光亮,向围过来的人们打着招呼。

"你叫什么名字?"他问一个女孩。

女孩没说话,因为不明白这么一个有名人物怎么会同她说话。

"说呀!"

叫玛塔,她迟迟疑疑地说,他笑了笑,好像他早知道似的。

接下来他认认真真地问:"你多大了?"好像这问题对他非常重要。

她清了清嗓子,告诉了他。在她生命的十二年里,还从没见过他这样的眼睛。这样的眼睛有可能出现在帝国①的某些自由城镇,出现在某些王公贵族的宫府,但至今还未有一个有这样眼睛的人来过俺们这里。玛塔从不知道,一个说着话的人类面孔,能展现出如此的心灵力量,能够流露出此等轻快的灵性。有朝一日她会对自己的丈夫,将来还会对她那些不肯相信的孙子说,她亲眼见过提尔,他们很可能想当然地以为,提尔只是古老传说中的人物。

车子离她而去,提尔的目光已滑到了其他地方。"提尔来了!"路边又响起这样的喊声;"提尔在这儿!"一个人从窗口处喊道;"提尔到了!"教堂广场那儿有人在喊。车子在广场上停住,他甩了一个响鞭,站起身。

转瞬间车子成了一个舞台。两个女人叠起帐篷。年轻的那位把

① 小说中涉及的帝国均为德意志民族神圣罗马帝国(962—1806),当时首都都在维也纳。

头发结成一个髻，上面戴上小头冠，身上披上紫巾。年纪大的下车走到车前，随即高声唱起一首民谣。她的口音很像南方人，像巴伐利亚的大城市的人。歌词不太容易听懂，但俺们还是能够听出，她讲述的是一个女人和一个男人的故事，他们彼此相爱，却无法相聚，因为其间有一个水域相隔。提尔·乌伦拿来一块蓝布，他跪下，握住蓝布的一边，哗啦啦摊开后，把它拉回来，再哗啦啦摊开，又拉回来。年轻女子跪在蓝布的另一边，这样他们之间的蓝布滚动，就好像那里果真有水波汹涌澎湃，那阵势不可能有船只行驶。

接着年轻女人站起身，望着波浪，一脸凝重。这时俺们看到，这是一个多么美丽的年轻女人。她站在那里，双臂伸向天空的样子，好像她突然之间不再属于这里，俺们的眼睛都紧紧地盯着她看。只是从眼角俺们看到，她的爱人跳起舞来，举起一把剑，在找回心上人的路上，同恶龙，同敌人，同妖怪和可恶的国王展开了艰苦的搏斗。

这场戏一直演到下午。尽管俺们知道奶牛的乳房都胀痛得不行了，可谁也没变得不耐烦。老妇人唱了又唱，一个小时一个小时地过去了，让人觉得一个人不可能记住这么多唱本。俺们中的一些人甚至怀疑，唱本是她一边唱，一边编的。这段时间里，提尔·乌伦从未停闲过，他的鞋底似乎从不挨地。往往是，俺们的目光刚落到他身上，他已经又出现在小舞台上的另一个角落。最后故事中出现了一个误解：美丽的姑娘为自己搞到了什么药，一口喝下后看上去跟死去了一样，为的是她可以不嫁给可恶的监护人。然而，她向爱人解释这一切的全部信件，偏偏在送给他的路上丢失了。这样，当她真正的新郎，她朝思暮想的贴心人，赶到她身边时，看到的却是她一动不动的身躯，他顿时如遭雷轰，心痛欲裂。他站了很长时间，仿佛冻僵。老妇人忽然不作声了。俺们只能听到风声，还有奶牛向俺们呼叫的哞哞声。所有的人都屏住呼吸。

最后，他拔刀刺向自己的胸脯。好奇怪啊，刀尖在他身上刚一消失，他衣领里便滚出一条红布，好像一股血流，只见他在她身旁喘息着，抽动着，随后倒下不动。接着又抽动一下，坐了起来，倒下，又抽动了一下，然后静止下来，这一次再也不动了。他死了。俺们等着。的确，他不动了，永远不动了。

几秒钟后，姑娘清醒过来，看到身旁的尸首，大惊失色，她摇摇他，当明白了一切后，她更呆了，旋即失声痛哭，好像地球上从没有过什么好事。接着，她拿起那把他用来杀了自己的刀，同样杀了她自己。俺们不得不又一次钦佩那个奇妙的家什——那亮闪闪的刀尖没入她胸部就消失了。现在只剩下了那个老妇人，她又对俺们朗诵了几句诗文，只是俺们几乎听不懂她的方言。戏结束了。两个死者早已站起身来，向俺们鞠躬，可俺们中的许多人还在哭泣。

这还不是结束。奶牛还得再等等。悲剧之后上演了一个喜庆的节目。老妇人打起鼓来，提尔·乌伦一边吹着笛子，一边跟那个女子跳起舞来，她现在看上去并不特别漂亮了，他们先一起向左，又一起向右，然后向前又退回。两人把手臂高高举起，他们的动作协调一致，就好像他们不是两个人，而是彼此为镜像。可以说俺们也会跳舞，经常会开庆祝舞会，可没有谁能像他们那样跳。他们跳舞的样子，轻巧灵活，好像他们没什么体重，好像生活一点不艰难，不悲伤。这下俺们咋还能原地不动，无所反应？俺们也开始晃动身子，又蹦又跳，跟着转起圈子。

突然舞蹈已结束。俺们气喘吁吁向车上望去，只见提尔·乌伦一人站在车上，那两个女人踪影皆无。他唱起讽刺歌谣，讽刺那个可怜的傻冬王①，就是那个觉得自己可以战胜皇帝的普法尔茨选帝侯②，他在布拉格新教贵族的请求下戴上王冠，当上波希米亚国王，然而这个王国消失得比雪还快。他也唱到那位祈祷时总感到很冷的皇帝③，在维也纳的霍夫堡宫④，这个小男人被瑞典人吓得浑身发抖。然后他唱瑞典国王，这头"北方雄狮"，壮得像只熊，不过还是奈何不得吕岑⑤的子弹，结果丢了性命，跟个小雇佣兵似的。你的光已熄灭，小国王没了！雄狮没了！提尔·乌伦笑，俺们也笑，因为没有谁可以抵御他的魅力，如此的说唱真是令人开怀啊：大人物们死了，不过俺们还活着。接着他又唱那个下唇丰满的西班牙国王：他觉得自己能主宰世界，尽管他已穷得叮当响。

俺们笑了又笑，过了一阵才发觉音乐已经变了调，讽刺味道不再能听出来。现在他唱的是战争民谣，你能听出骑兵队的策马行军，听到叮当作响的武器声，他唱男人间的友情，唱怎样克服千辛

---

① 冬王为弗里德里希五世（Friedrich V. von der Pfalz, 1596—1632），英格兰国王詹姆士一世（1566—1625）的女婿。他积极参加最终成为三十年战争导火索的波希米亚新教活动，1619年11月成为波希米亚国王，以1620年11月8日布拉格白山会战的惨败结束了短暂的国王生涯。在位一年，冬天上台，冬天下台，故称冬王。

② 当时神圣罗马帝国拥有七个选帝侯，共同决定皇帝人选。普法尔茨选帝侯为其中之一。普法尔茨为神圣罗马帝国的一个重要领地，首府为海德堡，当时的选帝侯成了后来的冬王。

③ 指神圣罗马帝国皇帝斐迪南二世（1578—1637），他狂热信奉天主教，镇压新教，从而引发战争。

④ 神圣罗马帝国哈布斯堡王朝的皇宫。

⑤ 1632年，新教联军在三十年战争中的吕岑会战取得了决定性胜利，但其重要首领瑞典国王古斯塔夫·阿道夫阵亡。

万苦，唱举枪射击欢呼胜利。他唱雇佣兵的生活，唱死亡之美，唱骑在马上，高呼着冲向敌人的激情，这个时候，俺们能感到自己心跳加快。男人们笑了，女人们的头在轻轻摇动，当父亲的把自己的孩子扛到肩头，做母亲的自豪地朝下看看自己的儿子。

只有路易丝老太嘴里嘟嘟囔囔，她一边嘟囔，一边甩着脑袋，以至站在她周围的人都对她说，她该回家去。她却提高嗓门，喊道：难道这里没人知道他到底要干什么？"他这是在蛊惑，在煽动！"

俺们向她发出嘘声，向她做出请走开的手势，最终，她不情愿地离去。这时他开始吹笛子，年轻女子站到他身边，一脸庄重，活像一位很有身份的人物。她用清亮的嗓子唱起歌，她唱比死亡更强大的爱，唱父母之爱、上帝之爱、男女之爱；接着出现了一些变化，音乐节奏加快，声调更高更尖，忽然唱到肉体之爱，唱温热的躯体，唱草丛中的滚动，唱你的裸体，唱你的肥臀香体。俺们中间的男人笑了，女人们也跟着笑起来，笑得最响亮的是孩子们。连小玛塔也笑了。她往前走了几步，她很理解这首歌，因为在家她常听到父母床上的动静，听到雇工在干草堆里的声响，去年她姐姐和那个木匠儿子的事她也知道。那天晚上两人溜走了，不过玛塔跟在他们身后，把一切看在了眼里。

此时，这位著名的男子脸上露出欲火中烧的笑容。一种强大的张力在他和那个女人之间形成，他们彼此相向靠近，他们的躯体猛地迎向对方，势不可挡，以至他们不能不彼此相拥。只是音乐好像在起阻碍作用，旋律好像不小心换成了另一个，这一刻就这样过去了，这样的行径不再受到音乐的许可。现在听到的乐曲是《羔羊颂》①。女人虔诚地双手合十，唱道：请免除世人罪孽（qui tollis peccata mundi）。他向后退去，看上去两人都对自己差点犯下的粗野行径感到惊吓。俺们也受惊不小，忙画十字，因为俺们觉得上帝能看到一切，不会允许妄行。他们两人跪下来。俺们也照着他们的样做去。这时他放下笛子，站起身，张开双臂，请求得到食品和报酬。他说，休息时间到了，如果报酬不错，过后会上演重头好戏。

俺们迷迷瞪瞪地忙在兜里掏钱。两个女人举着碗走了一圈。众人纷纷投币，硬币在碗里发出叮当的碰撞声、跳跃声。大家都给了：凯尔·舜科给了，麻特·硕夫给了，他那说话低声细语的妹子给了，连平时十分吝啬的磨坊主一家也给了，没了牙的海因·马特和亚斯·乌根给得特别多，虽然他们也是手艺人，但他们自视胜人一筹。

玛塔围着篷车慢慢走了一圈。

提尔·乌伦靠着车轮坐着，他举起一个大啤酒杯喝起酒。毛驴就在他身边。

"到这儿来。"他说。

她向他走去，心怦怦直跳。

他把大啤酒杯伸过去，说："喝吧。"

她接过酒杯。啤酒的味道醇厚，苦涩。

"这里的人怎么样？还厚道吧？"

她点点头。

---

① "上帝的羔羊"为耶稣的称呼之一。《羔羊颂》一般在弥撒时唱诵。

"都很和气，互相帮助，互相了解，互相关心爱护，是不是？"

"是的。"她又喝了一口。

"那好。"他说。

"咱们走着瞧吧。"驴说。

玛塔吓得手一松，啤酒杯掉到地上。

"你这孩子真笨，"驴说，"这啤酒不错。"

"这叫腹语，就是用肚子说话，"提尔·乌伦说，"如果你想学，也能学会。"

"你也能学会。"驴说。

玛塔捡起酒杯，向后退了一大步。啤酒水洼变大了，然后又越来越小，干燥的地面吸走了水分。

"我说的是真话，"他说，"跟我们来吧，你认识我了。我是提尔。那边是我妹妹，她叫尼尔。她不是我真妹妹。老妇人叫什么，我不知道。驴呢，就是驴。"

玛塔盯着他看。

"我们会教给你的，"驴说，"我会教你，尼尔也会教你，还有那个老妇人，还有提尔。跟我们走吧。世界很大。你可以到外面看看。我不只是驴，我也有名字，我叫奥利金①。"

"你们为什么问我？"

"因为你跟他们不一样，"提尔·乌伦说，"你像我们。"

玛塔把酒杯递给他，他不接，她便把它放到地上。

①　名字可能取自奥利金（Origenes，185—264），古希腊神学家、哲学家。

她的心怦怦直跳。她想到自己的父母、姐姐，想到自己住的房子，想到树林后面的山丘，想到风吹过树林的声响，她无法想象在其他地方也能听到这样的声响。还想到了母亲做的美味的大锅烩①。

这位名人的眼睛又闪出亮光，笑着说："想想那句老话：不管去哪儿，都比等死强。②"

玛塔摇摇头。

"好吧。"他说。

她在等，可他不再言语。过了一会儿她才明白，他对她的兴趣已经消失。

她走到篷车的另一边，走到她认识的人群中，走到俺们中间。现在俺们就是她的生活，她不再有别的生活。她坐到地上，感到空虚。可当俺们朝上方看时，她也如此做去，因为俺们同时注意到，有什么东西出现在空中。

那里有一条黑线穿过蓝天。大家眨眨眼，那是一根绳子。

绳子的一头固定在教堂塔楼一个窗户的十字栏杆上，另一头系在城墙上面的一根旗杆上，旗杆旁边是行政楼，是地方长官办公的地方，不过他不常工作，他很懒。这时那个年轻女子站在窗口处，她刚给绳子打好结。只是，俺们心里直纳闷，她是怎么系的？你可以在这儿那儿的随便一个窗口轻松地系上绳子的一头，可她怎么能将绳子的另一头带到另一个窗口系牢呢？

① 大锅烩（Eintopf），德国家常饭菜，时常是肉块与蔬菜块混在一起的大锅烩。
② 出自格林童话《不来梅的音乐家》，意为：没有什么地方不可以去。

俺们情不自禁地张开嘴。一段时间里俺们甚至觉得，这绳子本身就是一件艺术品，别的什么也不用做了。一只麻雀落到上面，它展开翅膀，飞到空中，之后又改变主意，落回绳上。

这时提尔·乌伦出现在教堂塔楼的那个窗口。他挥挥手，跳上窗台，踩到绳上。他的动作让人觉得，这根本不值一提，就好像闲庭信步。俺们没有人说话，没有人吱声，没有人动，俺们屏住呼吸。

他没有丝毫晃动，也没有找平衡，他就这样简简单单地走过去。他甩着手臂走着，就像走在地面上，只不过样子有些别扭，因为他的一只脚必须落在另一只脚的前面。你必须仔细观察，才能注意到他腰部的微小变化，他正是靠腰部运动来平衡绳子的晃动。他做出一个跳跃动作，稍稍弯下膝盖，又做了一次。接着他双手握到背后，漫步似的走到中间。那只麻雀飞起来，在空中扇动了几下翅膀，又落到绳上，把小脑袋转来转去。四下安静极了，俺们能听到它喉部的叽叽声。当然，俺们也听到了俺们母牛的叫声。

现在，提尔·乌伦在俺们的头顶上慢慢转身，他大大咧咧地好奇地东瞧西看，完全不像一个身处危险境地的人。他右脚早踩在绳子上了，左脚斜提，两膝微弯，双拳分别悬在体侧。所有抬头观望的人，此刻都明白了什么叫作轻松自如。俺们都明白了，如果一个人真的可以从心所欲，率性而为，什么都不必偏信，什么人都不必屈从，那么生活可以成什么样子；也明白了，这样一个人是什么样子；俺们还明白的是，俺们永远成不了这种人。

"把你们的鞋都脱掉！"

俺们不知道，自己是不是真的听懂了。

"把鞋子脱掉！"他喊道，"每个人都脱。脱吧，别问为什么，很好玩的。相信我，把鞋脱掉。所有的人都脱，不管男女老少！每个人都脱。只脱右脚上的。"

俺们还盯着他看。

"现在还没开心够，是不是？你们不想看更多表演吗？那就赶快把右脚上的鞋脱掉，快！快！我还有别的要表演给你们。"

过了好半天俺们才开始行动。俺们总是这样畏首畏尾。最先脱鞋的是面包师，接着麻特·硕夫、凯尔·兰姆脱了鞋，然后是凯尔·兰姆的老婆，再然后是总以为自己胜人一筹的那些手艺人，最后俺们大家都脱了右脚上的鞋，俺们每个人，唯独玛塔没脱。站在她身边的蒂娜·古曼用臂肘顶了她一下，指指她的右脚，但玛塔摇摇头。这时提尔·乌伦在绳子上又做了一次跳跃，两只脚还在空中碰到了一起。他跳得很高，这样他需要伸出双臂来保持平衡。尽管这个动作转瞬即逝，但已足以让俺们意识到，他还是有体重的，而且他不会飞。

"好了，现在把鞋扔掉，"这时他用更尖更清晰的声音叫道，"不要想，不要问，不要犹豫，照我说的做，会很有趣的。快扔掉！"

蒂娜·古曼头一个扔了鞋。她的鞋高高飞起后，落入人群里消失了。接着又一只飞起来，那是珊娜·硕夫的，又飞起一只，再然后飞起十来只，再然后越来越多。大家一边大笑，一边喊道："小心点！""快躲开！""掉这儿了！"这个游戏太搞笑，就算一些人的脑袋被鞋砸到也没什么关系。就算有人开始诅咒，有些女人开始骂骂咧咧，有几个孩子还哭了起来，也没什么要紧。玛塔倒是笑了，一只很重的皮靴差点砸到她，而另一只粗布拖鞋落到了她脚前。他说得没错。有些人觉得太好玩儿了，甚至连左脚上的鞋也扔了。还有些人扔起了帽子。勺子、酒杯也被扔到地上，噼里啪啦地直响，当然还有人扔石头。不过当他的声音又对俺们说话时，噪声平息下来。俺们都想听。

"你们真傻。"

大家眨眨眼睛，太阳落得很低了。广场后面的人能把他看得一清二楚，而广场前面的人看到的，只是一个剪影轮廓。

"你们这些傻子。你们脑子进水了。你们是蛤蟆。你们是废物，是鼹鼠，是蠢耗子。现在把那些东西都捡起来。"

俺们愣住了。

"你们怎么这么蠢？那些东西不要了？你们个个都是呆瓜？"他咯咯笑起来。那只麻雀飞起来，翻过一个房顶不见了。

俺们面面相觑。他的话真可气；不过又不是那么可气，总之到头来还可能是个笑话。这是他惯有的作弄人的风格。

"哎，到底怎么着呢？"他问，"这些东西你们都不需要了？对你们都没用了？不喜欢它们了？你们这些猪脑袋，快把你们的鞋子找回来，穿上！"

第一个动手的是麻特·硕夫。他一直觉得不对劲，所以他马上朝着大概是自己靴子飞去的方向奔去。他一边挤一边把大家推到一边，时而还弯下腰，在人腿之间寻找。广场的另一侧，凯尔·舜科也照着他的样子找起鞋子。接着铁匠寡妇也开始找鞋，可她受到了老雷姆的呵斥，说她应该让开，说那是他女儿的鞋。

铁匠寡妇忍着脑门上的疼痛——刚才落下的一只靴子砸的——叫道，应该让开的是他，她当然知道哪只鞋是她的，那样漂亮的绣花鞋，雷姆家的女儿肯定没有。听到这话老雷姆又喊道，她应该赶快走远点，别在这儿骂他的女儿。为此铁匠寡妇又大叫，你这个不要脸的偷鞋贼。跟着雷姆的儿子开了腔："小心点，我警告你！"与此同时，莉莎·肖赫跟磨坊主老婆干起架，因为她们的鞋看起来果真不相上下，她们的脚又一样大。凯尔·兰姆跟他姐夫也大声争吵起来。玛塔突然明白了这里正在发生什么，她赶紧趴到地上，慢慢爬走。

她的上方是推挤，是咆哮、碰撞。一对夫妇很快找到了自己的鞋，穿上后赶快逃之夭夭。可在俺们这些其他人中间，怒火却燃烧起来，就像它持续了很久似的。木匠莫里茨·布拉跟马掌师傅西蒙·科恩已经开始拳脚相向。如果谁认为这只是因为鞋子，便是大错特错，因为他不知道，莫里茨·布拉的老婆小时候本来是许配给西蒙·科恩的。两人都被打得口鼻出血，都像马匹似的张着嘴巴呼哧呼哧，可没有人敢拦他们。洛瑞·皮、爱丽莎·柯两人也是脸红脖子粗的，她们相互结怨太深，以至连自己都不太清楚因为什么了。

不过，人人都知道，塞勒家和顾安格大院的人为什么动起手来，那是因为农田用地，还有遗产旧事——那些事早些时候已让教会区主管彼得传开了；还因为塞勒家女儿和她孩子的事，那孩子不是她男人的，而是凯尔·舜科的。此时人人好像都怒火中烧，目光所及之处，不是喊叫，就是厮打，有的蜷着身子，有的捂着肚子。这时，玛塔抬起头，向上方望去。

他还在那儿站着，笑着，身体向后弯，嘴巴大张，双肩抽动着。只是他的双脚还稳稳地站着，腰部随着绳子的摆动在轻轻晃动。玛塔觉得她必须看得更清楚些，才能理解他为什么这样高兴。可就这工夫，一个男人朝她跑来，看也不看，便一脚踹到她胸口，她当即倒下，脑袋撞到地上，顿时在吸气时感到像有许多针在扎。待她翻过身来，绳子上、天上都没了人影。提尔·乌伦不见了。

她挣扎着站起身，步履蹒跚地穿过那些还在彼此击打、撕咬，还在哭泣，还在拳脚相加的人们，走过这个或那个能认出的面孔；她沿着街道，猫着腰，低着头，跌跌撞撞刚走到家门口，忽然听到身后传来那篷车的轰轰声响。她转身望去，但见车夫的高座上坐着那个叫尼尔的年轻女子，那个老妇人在她旁边蹲着。怎么没人拦住她们？怎么没人跟上她们？篷车从玛塔身边驶过去了。她盯着车子渐渐远去。很快车子会到那棵榆树下，然后会从城门口出城去。

篷车就要驶过最后一座房子时，有个人跨着大步毫不费力地追了上来。他脖颈处披风上的牛毛直立着，好像那儿是个什么活物。

"我真想带你走！"他从玛塔身旁跑过时，喊道。车子就要拐弯时，他赶上了，跳了上去。此时城门的守门人正跟俺们一起在主广场上，他们自然没有受到阻拦。

玛塔慢慢走进房子，在身后关上了门，又插上门闩。卧在炉子旁边的公山羊听到声响，抬头看她，好像在问咋啦。玛塔还能听到奶牛的吼声，还有从主广场传来的俺们的喊叫声。

最后，俺们平静下来。夜幕降临前，都赶着去给奶牛挤奶。玛塔的母亲回来了，除了几道划伤外，她没什么大伤。玛塔父亲掉了一颗牙，耳朵被撕裂；姐姐脚上让人狠狠踩了一脚，看来接下来的几个星期她得瘸着走路。不过明天早上，明天晚上还会来到，生活还会继续。每家每户都有人不是被打出肿块，就是有割伤、划伤，不是扭了手臂，就是缺了牙的。只是第二天，主广场上又整洁如初，每人又都穿上了自己的鞋子。

没有人再谈论发生过的事情。也没有人再提提尔。没有事先商定，但俺们依然恪守。汉斯·塞勒也做出一副什么都没发生的样子，尽管他受伤最重，不得不躺在床上，除了喝浓汤什么也不能吃。还有凯尔·舜科的寡妇，第二天，俺们把她老公埋葬在教堂墓地，可她看上去好像一切都是命中注定似的，好像她并不能完全搞清楚，是谁把刀子插到了她丈夫后背上。只是那根绳子还在风中颤抖着，它在广场上挂了好几天，成了麻雀和燕子的落脚之地。直到神父有一天又可以爬上钟楼，把绳子剪断。这位神父也陷入了那场混战，因为俺们不喜欢他的自我炫耀，不喜欢他那居高临下、貌似宽容的样子，所以他伤得惨重。

不过俺们忘不了。至于发生了什么，只有俺们知道。记忆总会在这儿或那儿隐隐出现：当俺们收割庄稼的时候，当俺们做谷物买卖的时候，当俺们星期日在教堂聚集，看到做弥撒的神父有了新表情的时候——那上面一半写着惊异，一半写着害怕。当广场上又举行庆祝活动，俺们不得不面对面跳舞的时候，记忆尤其近在眼前。那个时刻俺们会觉得气氛沉重，水也变了味道；自从那里横过一根绳子后，天空也不再是以前的模样。

整整一年之后，战争还是来到了俺们这儿。一天晚上，俺们听到外面有马匹嘶鸣声，然后是人的笑声，鼎沸的嘈杂声。随后是砸门声。之后，俺们走到街上，举着完全不顶用的刀具、干草叉，晃动着燃着火苗的火把。

　　雇佣兵个个像恶兽，喝起酒来更是吓人。他们已经好长时间没有遇到一个能提供这么多吃、喝、用的城市了。这次，路易丝老太还不知发生了什么事，便死在了床上。神父死了，因为他站在教堂门口，做出护卫的姿势。莉莎·肖赫死了，因为她想把金币藏起来。面包师、铁匠、老雷姆还有莫里茨·布拉，以及其他大多数男人都死了，因为他们想保护自己的女人；一些女人也死了，如同在战争中死去的其他女人那样。

　　玛塔也死了。死之前，她还看到屋子上方的天花板上蹿出了红色火苗，在浓烟还没有完全把她裹住之前，她还闻到了烟味，后来她什么也看不到了；在她听见姐姐的救命呼喊时，原本属于她的未来渐渐化作一片乌有：她那未曾拥有的男人，她不能抚养的孩子，永远不会听她讲那个著名滑稽大师在那个春天的上午都做了什么的孙子孙女，还有她孙子的孙子，还有所有不会再存在的人。她想，一切进行得都这样快，否则她会了解一些大秘密的。当她听到屋顶横梁的断裂声时，她还在想，提尔·乌伦也许是唯一一个还能记得俺们面孔，知道世界上还有过俺们的人。

　　空前浩劫之后，只有三个人幸免于难。老塞勒由于瘫痪在床，不能动弹，房子没有引起注意，因而免遭了火劫；还有爱莎·资勒和保罗·谷安，当时他俩正在森林里幽会。当黎明时分两人穿着凌乱的衣衫，顶着一头乱发回到城里，看到到处是触目惊心的烟熏火燎、碎石烂瓦时，起初还以为，那是上帝为惩罚他们的孽行，造出毛骨悚然的景观来吓唬他们。他们赶紧收拾行装，匆匆离城，向西逃去，之后，他们有了一段短暂的幸福时光。

后来，在俺们曾经生活过的地方，活着的人还能听到俺们的声音，有时在树林里，有时在草丛里，在蟋蟀的鸣叫中；当人们把耳朵贴到老榆树的树洞上时，有时也能听到俺们。孩子们甚至觉得，有时他们可以在小河流水里看到俺们的面容。俺们的教堂已荡然无存，但河里那些让流水冲洗着的光滑的石头，还没变样，那些树林也没变样。即便没有人怀念俺们，俺们也会怀念俺们自己，因为俺们还不能接受自己不再存在。对俺们来说，死亡仍然是新鲜事，生者的事情对俺们并非不相干连。毕竟，一切都还并不久远。

第二章

气
王

I

———

　　他在椴树和老冷杉之间系上一根绳，绳子有膝盖那么高。为此，他得先在树上切出凹槽。在冷杉上切槽还比较容易，可在椴树上刀子已经滑掉好几次了，不过槽口最后还是切了出来。绳子系上后，他检查了一下绳结，然后不慌不忙，脱掉木鞋，爬到绳上。可他马上掉了下来。

　　他再次踩到绳上，张开双臂，抬起一只脚，双臂还张着，但已站立不稳，他又掉下来。再次踩上绳子，再次尝试，再次掉下。

　　他又试了一次，又掉下。

　　人怎么可能在绳子上行走呢。这是显而易见的。人脚不是为此生就的。可为什么还要试？

　　他还是尝试下去。总是从椴树这边开始，每次都马上掉了下来。时间在流逝。终于在一个下午，他成功地迈出了第一步。不过只是一步，直到天黑，他没能走出第二步。不管怎样，他还是在绳子上站了一会儿，站在那儿，如同站在坚实的地面上。

　　第二天下起大雨。他留在家里，帮母亲干活儿。"把布拉紧，看在基督的分上，别总跟在做梦似的！"雨点像数百个小手指在敲打房顶。

转天，雨还接着下。天气很冷，绳子淋湿了。在上面一步也迈不出来。

转天还是雨天。他踩到绳子上，掉下来，再踩上去，再掉下来，如此反复。有一阵，他躺在地上，张开双臂，湿漉漉的头发成了黑色的一块。

转天是星期天，做弥撒用了整个上午的时间，他只能在下午练踩绳。晚上他迈出了三步，如果绳子没湿过，似乎迈出四步也没问题。

渐渐地，他知道了该怎样做。知道了膝盖、肩膀应该怎样反应。人要顺应绳子的摆动，膝盖、腰部要保持柔和，要在掉下来之前迈步。用重力迈出一步后，紧跟着就要迈出另一步。走绳索其实就是：避免掉下来。

之后，天越来越暖和。寒鸦开始鸣叫，甲虫和蜜蜂开始嗡嗡作响，阳光渐渐将乌云驱散。他呼出的气像小云朵升到空中。明亮的清晨能将声音载得更远，他听见父亲在房子里对一个雇工大喊大叫。他唱起歌，《割草人之歌》："有个割草人，名字叫冥王。雄健无人比，天神赐力量……"这首歌很适于走绳。只是他的歌声太响，阿内塔，就是他母亲，突然站在他跟前，问他为什么不干活。

"我马上就来。"

"得打水了，"她说，"炉子也得打扫。"

他张开双臂，踩到绳上，让自己不去注意她隆起的腹部。她肚子里现在果真有一个小孩，在抽动，在伸展，在听他们说话吗？这个念头困扰着他。如果上帝要造一个人，为什么要在另一个人身体里造？生面团中长出蛆，粪便里出苍蝇，褐土里爬出虫子，所有生物都是在藏匿中生成，令人感到颇为污浊。父亲对他讲过，小孩很少很少是从曼德拉草根里长成的，从变味鸡蛋里生出的婴儿更少。[①]

"那我去叫塞普？"她问，"你同意吗，我去叫塞普？"

男孩从绳子上掉下来，然后又站了上去，他眼睛闭着，张开双臂。眼睛再次睁开时，母亲已经离开。

他希望她的威胁不是真的，然而过了一会儿，塞普果真来了。塞普看了他一眼，一脚踢到绳子上，接着把他撞倒在地：那不是轻轻的而是狠狠的一撞，让他整个身子都扑到了地上。他气得大骂塞普是个跟自家姐妹睡觉的恶心公牛。

这不是明智之举。首先他根本不知道，塞普是不是真有姐姐，或者妹妹，塞普只不过跟所有雇工一样，某一天从某个地方而来，某一天又会从这儿离开，去别的地方，其次他也不知道塞普正等着他说这样的话。没等男孩爬起来，塞普已坐到他后脑勺上。

他无法呼吸，石头割着他的脸。他转动身子，可没有用，塞普的年龄是他的两倍，体重是他的三倍，力气是五倍。所以他屏住呼吸，以免消耗太多的氧气。他的舌头尝到了血味。他吸进了泥土，喘不上气，不得不将污物吐出。他耳朵轰鸣着，地面好像在掀起，落下，又掀起。

突然，身上的重量消失了。他被翻过身，后背着地。他嘴里有土，眼睛粘到了一起，头上钻心地疼。这个雇工把他向磨坊拖去，将他的身子拖过石子地，拖过草地，又拖过长长一段路，拖过一粒粒尖尖的小石头，拖过树木，拖过那个咯咯笑的女佣，拖过干草

---

① 都是用来搪塞孩子的迷信说法。曼德拉草有毒，可用来做麻醉剂，其根似人形。

屋、山羊棚。然后把他拽起来，打开门，把他推了进去。

"现在是时候了，"阿内塔说，"炉子不会自己变干净的。"

如果需要离开磨坊去村里，得先穿过一片林地，走到树林渐渐稀疏时，就可以看到村里教堂的尖顶了。林子后面要穿过村子的耕地——那里是草地、牧场和农田，此时农田三分之一闲置，三分之二得到耕作，全都由木栅栏围着。不过木栅栏的这儿或那儿总会出现破损，因而总有人躺在泥泞的地上修理它们。栅栏必须坚固，否则牲畜会跑掉，树林里的动物也会来毁坏谷物。大部分的农田都是彼得·施格的，大多数的牲畜也是，很容易认出来它们，因为它们脖子上有专门的烙印。

进村时先要经过汉娜·柯尔的房子。汉娜不会做别的，只会坐在门槛上，修补衣服挣她的饭钱。之后，要从两个宅院间的小道穿过，小道的一边是农庄主彼得·施格家的大院，另一边是维希·史岭的铁匠铺；接着要走上一块让人免于踏入泥泞的木板通道，走过右边罗恩家的牲口棚后，便可以踏上村里唯一的一条街——主街了。这里住着安姆·梅和他的妻子、孩子，他家旁边住着他姐夫维希·果勒，再旁边是玛丽亚·洛因，她丈夫去年遭人诅咒后不幸身亡；他们的女儿年方十七，非常美丽，她将嫁给彼得·施格的长子。马路的另一边住着面包师马丁·霍尔和他的妻子、女儿们，再旁边是塔姆家、赫里希家和海灵家的几座小房子，从这几家窗口经常会传出吵架声；海灵家都不是什么好人，他们没脸没皮。除了铁匠和面包师外，所有的人在外面都有一些土地，每家都有几只山羊，但只有富有的彼得·施格拥有奶牛。

现在就走到村子的教堂及广场跟前了。那里立着一棵村树①——老椴树，还有一口水井。教堂旁边是神父楼，再旁边是地方官保罗·施格住的房子，保罗·施格是彼得·施格的堂兄弟，每年他要做两次耕地巡查，每季度第三个月向领主交一次征得的租子。

广场后边是一个围栏。打开小门走出去，穿过一片田地——也是施格家的田产——便又会走进树林。如果不怕那个寒怪，继续步行下去，又不会在灌木丛中迷失方向，那么六小时以后可以走到马丁·豪家的大院跟前。如果没遭那里的狗咬，继续前行三小时，就能走到下一个不比这个村大多少的村子。

不过这个男孩从没去过那村子。他也从没去过其他任何地方。尽管很多去过其他地方的人告诉过他，那些地方也同这里一样，他还是要不停地问下去：如果到了下一个村子后，还接着走，一直走下去，会走到哪里呢。

桌子的一头，磨坊主正在讲解星象。太太、儿子、几个雇工还有女佣坐在一旁，都是一副认真听讲的样子。他们吃的是谷粒粥。昨天是，明天还会是，用水煮的，有时水多些，有时少些。每天都有谷粒粥，只是在艰难的日子，什么都没有。窗户上有块厚厚的挡风板。炉子散发着微弱的热气，那下边有两只小猫滚在一起。一只山羊卧在屋子的一角，它本该待在外面的牲口棚里，不过没人愿意

---

① 村树（Dorflinde），神圣罗马帝国时期种在村落广场中央的椴树，人们在此举行集会和审判等重要活动。——编辑注

赶它走，因为大家都累了，山羊头上的角又很尖，扎人很疼。屋门旁边和窗户周围刻有一些五角星，用来驱邪避恶的。

磨坊主讲，在整整一万零七百零三年五个月又九天之前，默斯肯大漩涡在世界中心①卷起大火。现在，那个东西，就是那个世界，一直像纺锤一样自转着，生出了无数永恒的星星，因为既然时间没有开始之时，也就没有结束之日。

"时间没有结束之日。"又说了一遍后，他停下来，注意到自己的话说得不是很清楚，于是又轻轻重复道，"没有结束之日。"

克劳斯·乌伦是莫尔恩②人，莫尔恩在路德思想盛行的北方。他十多年前来到这里时，已不太年轻。因为不是当地人，起初他只能为磨坊主当雇工。磨坊主的地位虽不像处理死兽的兽皮工，或者守夜更夫，或者刽子手那样没脸面，不过也不比按日计酬的短工好到哪儿去，而且肯定远远比不了拥有自己协会的手艺人（比如铁匠）或是农民③，这些人见到磨坊主是不会伸手相握的。后来他同磨坊主的女儿结了婚。不久，磨坊主死了。现在他自己成了磨坊主。闲暇之余他喜欢为农民治病，尽管他们还是不和他握手，这也无妨，不该握，则不握，他们若有病痛，还会来找他。

"没有结束之日。"克劳斯不能再说下去了，这个话题一直缠绕着他的思维。时间怎么能停止呢！可另一方面……他揉了揉脑袋，它也得有开始啊，如果它从未开始，它如何能到了现在？他四下看

---

① 默斯肯大漩涡（Mahlstrom），是挪威默斯肯岛开放海面上的大漩涡，13 世纪得到首次描述。这里的世界指地球。
② 莫尔恩（Mölln），现德国北部一个市级镇，有 18 460 人。
③ 德语中的农民（Bauer）是有自己农田的有产者。

看。无穷尽的如此多的时间不可能都已经过去了。所以它一定是刚刚开始而已。可是时间之前是怎么回事？这问题真让人头晕。就像从山上看下面大峡谷的感觉。

克劳斯接着讲下去，有一次，他在瑞士看到了这样一个峡谷。那年春天，一个牧民带他上阿尔卑斯山，他们要把牲畜赶到山上绿草丰盛的地方。奶牛身上都挂着大铃铛。这位牧民叫鲁尔迪。克劳斯停下片刻，想了想他到底要说什么。对了，他当时向一个深谷望去，可那里太深了，根本看不到底。于是他问那个牧民，就是叫鲁尔迪的那个——这个名字很少见："这个深谷能有多深？"鲁尔迪拖着长腔，好像他很累很累似的，说："它没有底！"

克劳斯叹了口气。屋里静得只能听到勺子的刮动声。他接着讲下去，一开始他以为这不可能，这个牧民是个骗子。然后他问自己，这峡谷有没有可能是地狱的入口呢。突然他意识到，这也无关紧要：即使这个峡谷有底，头上那个峡谷也没有底，只要向上看就知道。说着，他用自己粗壮的手指抓抓头，嘴里嘟囔着，一个深谷，它一直延伸，延伸，延伸，还延伸，把世界上所有东西都装进去，仍不会减少哪怕一点点深度，那个深度，会使一切变为虚无……他吃下一勺谷粒粥。然后接着说，站在那儿真让人不舒服，就像当你想到，数字永远没有终止一样！每个数字后面还能加上数字，就像世界上没有上帝可以来阻断似的！数字永远永远会继续！数字没有终止，深谷没有底，时间前面的时间呢？克劳斯摇摇头。要是——

忽然，塞普啊了一声。他用双手按住嘴。大家不解地朝他望去，同时也都暗暗庆幸，讲话被打断了。

塞普吐出几粒棕色石子，它们看上去就像谷粒粥里的小面疙瘩。能在他碗里扔进这几粒小石子可不是容易的事，需要格外耐心，伺机行动，必要时还得转移他人注意力。因此就在饭前，男孩冷不丁踢了女佣洛莎的小腿迎面骨一脚，害得她大叫起来，骂他是臭老鼠，他反骂她，丑母牛，她又骂他头号脏鬼。于是男孩母亲叫道，看在上帝的分上，你俩都给我闭嘴，否则今天谁都没吃的！趁大家都看着阿内塔的当口，男孩赶快猫下腰，把几块小石子放进了塞普的碗里。这不过是几秒钟的事，说过去就过去了，不过只要用心，还是能抓到。在没有人注意的情况下，连独角兽都可以自在地穿过房间。

塞普把指头探进嘴里，找寻着什么，接着把一颗牙吐到桌上，然后他抬起头，盯着那男孩。

不好。男孩本来非常肯定塞普不会看透这事，但很明显，塞普并没那么笨。

男孩跳起来向门口跑去。可惜塞普不仅高大，而且动作敏捷，他马上抓住了他。男孩想逃，逃不掉，塞普挥起拳头砸到男孩脸上。这一拳把所有其他声响都盖住了。

男孩眼冒金星。阿内塔跳起来。女佣咯咯直笑，她就喜欢看斗殴。克劳斯还沉浸在思绪中，坐在那儿皱着眉头。另两名雇工好奇地眼睛大睁。男孩什么都没听见，只觉得屋子在旋转，天花板转到他脚下：塞普将他像个面袋子似的抛到肩膀上，走出门去。男孩看到头下的草地，草地下方是弧状的天空，天上晚霞正在轻轻移动。现在他又听到了什么，空中响起尖尖的颤音。

此刻塞普按着他的上臂，贴到最近盯着他的脸。男孩可以看到他胡子里的红色。那是牙齿掉下后，流出的血。现在只要他使出全身力气一拳砸到他脸上，塞普就会放下他，只要他站到地上，他就可以跑开，跑进林子。

可是，这有什么用呢？他们在同一个磨坊干活，躲过今天，躲不过明天，躲过明天，也躲不过后天，塞普早晚会抓到他。最好还是，现在了结，因为每个人都在看着。当着众人的面，塞普可能不会杀了他。

所有的人都走出了房子：洛莎还咯咯笑着，她踮起脚尖，以便看得更清楚些，站在她旁边的两个雇工也跟着一起笑。阿内塔在喊着什么，男孩看见她嘴巴大张，双手在摆动，但他什么也听不见。克劳斯站在她旁边，一脸懵懵懂懂，好像还在想着什么别的事。

现在塞普把他举过头顶。男孩担心这个雇工会把他摔到硬地上，他把双手举到额头前。然而塞普迈开了步子，一步，一步，又一步。突然，男孩的心急速地跳动起来，血在耳朵里怦怦直跳，他开始大叫。他听不见自己的声音，他叫得更响了，可仍听不到。现在他知道塞普要做什么了。其他人也知道吗？他们仍然可以干涉，但——现在晚了。塞普已经做了。男孩落下来了。

他还在下落。时间走得好像很慢，他还能四下张望，他能感到下落，感到在空中滑行，他还能思考，此时发生的，正是他从小到大一直听到的告诫：不要走进水车跟前的水里，不要到水轮前面去，绝对不要去，永远不要去，永远不要走进磨坊水轮前面的水里！而眼前，在他想到这点之际，这次下落仍然没有结束，他仍在下落，下落，下落依旧，就在又一个念头出现，即或许他会永远下落却无事发生时，他重重地落下了，接着他沉了下去，只一小会儿的工夫，他已感到冰冷刺骨，随即胸口发紧，眼前一片黑暗。

他感到，脸颊上有条鱼滑过，感到水在流，而且流得越来越快，感到手指间的吸力。他知道他必须抓住什么，但是，抓什么呢，一切都在动，没有什么是固定的，接着他感到上方有什么在动，他回想起，平日里自己曾想象过这个处境，他曾怀着恐惧及好奇之心问过自己，如果他果真掉到了水里，掉到了水轮前，他得做什么。可现在的情形完全不同，他什么也不能做。他知道他马上会死的，会遭击打，遭挤压，遭碾碎。只是他还记得，他不能钻出水面，那上面没有逃路，那上面是水轮。他必须沉下水去。

可是水下又是什么地方？

他使出全身力气游起来。他明白，死就是什么都不是了。这可以发生得很快，不是什么大事，只要在一步、一跳、一动时出点差错，草茎便被拔出，甲虫便被碾碎，火苗便会熄灭，你就没命了。人死了，就什么都不是了！他的双手抓到了泥土，他已经到了水底。

突然他知道今天不会死了。他感到长长的水草在触摸着他，污秽在进入鼻腔。他感到脖子上有个冰冷的推力，听到吱吱响动，感到背上有什么动静，然后到了脚上，再然后，他已经从水轮下游过。

他蹬了一下腿，离开水底，开始上升。此刻他好像看到眼前有个苍白的面孔，眼睛又大又空，嘴巴大张，它显现在昏暗的水中，那可能是一个早些时候死掉的孩子的魂灵，他不如他幸运。他游着，游出水面。他喘着，咳着，一边吐出嘴里的泥渣，一边紧紧抓着草茎，爬向岸边。

他右眼看到，有个有着众多小细腿的斑点在移动。眨眨眼，斑点越来越近。他眼眉痒痒，他把手按到脸上，斑点消失。一块云朵，周边闪着亮光悬浮在上方。有人向他弯下腰。是克劳斯。他跪下来，伸手摸他的胸口，嘴里还嘟囔着什么，他听不见，因为空中还有一个尖尖的声音在响，它盖过了其他所有声响。不过父亲说话的时候，那个声音越来越小，越来越小。克劳斯站起身，那声音不见了。

现在阿内塔也出现了。她身边是洛莎。每一个面孔出现时，男孩都需要一点时间去辨认，他脑子里有什么转得慢了，有什么暂时不工作了。父亲用手画着圆圈。他感到自己渐渐有了力气。他想说话，可嗓子只能发出沙哑的声响。

阿内塔抚摸着他的脸颊。"两次了，"她说，"你现在又受洗礼了。"

他不明白她说的是什么意思。也许因为他头痛。他头痛得如此剧烈，好像这痛不仅填满了他，而且将整个世界，将所有所有可见的东西，将大地、他身边的人们，还有天上依然洁白如雪的云朵，统统填满了。

"好了，回屋去。"克劳斯说。他的声音听上去带着责备的味道，好像男孩在做什么禁忌之事时被他抓了个正着。

男孩坐起来，又不得不弯腰呕吐。阿内塔跪在他身边，抱着他的头。

接着他看到，父亲挥手扇了塞普一记耳光。塞普上半身斜到一边，捂住自己的脸，直起身后，又挨了一击。克劳斯愤怒已极，又高高挥起手臂，击出第三记耳光，差点把塞普打趴在地。克劳斯揉揉疼痛的手，塞普身子晃了晃。男孩知道那是装相：他疼得并不厉害，比起磨坊主，他要强壮得多。不过他心里也明白，这样对待给自己饭吃的雇主的孩子，而且差点没把孩子整死，这是必须要受到惩罚的。可磨坊主及所有其他人也同样知道，无论如何不能把塞普赶走。克劳斯需要三个雇工，不能少上一个，如果少了一个，要等到想在磨坊找活干的小伙路过，雇上新的，恐怕需要几周时间。农场雇工不肯到磨坊来工作，这里离村子太远，活儿又不体面，只有很没指望的人才愿意干。

"回屋吧。"阿内塔说道。

天差不多全黑了。大家都赶快进了屋，没有人还想待在外面。人人都知道夜里树林中会有什么出来游荡。

"你两次受洗了。"阿内塔又说了一次。

他想问她这是什么意思时，才注意到，她已不在跟前。他身后传来溪水哗哗的声响。透过磨坊窗户上厚厚的窗帘，能看到屋里有光线射出。克劳斯一定点燃了牛脂蜡烛。显然没有谁想费劲把他拖进屋去。

男孩站起身，冷得瑟瑟发抖。他没死。他活了下来。他从水轮下活了过来。那个水轮，没有置他于死地。他逃过了水轮。他感到无以言述的轻松。他想跳，可腿脚不跟劲儿，他又呻吟着弯下膝盖。

林子那边传来一声低语。他屏息倾听，是呼呼声，嘶嘶声，平静片刻之后，重新又响了起来。他好像觉得，只要他好好听，就能听懂。不过他现在一点不想听。他赶快瘸着腿走回磨坊。

几周之后，腿伤好些了，他又站到绳上。他再次站上去的头一天，面包师的一个女儿坐到了跟前的草地上。以前他见过她，她父亲常来磨坊，自从跟汉娜·柯尔吵了一次架，遭到诅咒后，风湿病就缠上了他。他常常痛得睡不成觉，隔三岔五地来请克劳斯施展他的疗病神术。

男孩想，是否该把她撵走。不过，首先这不够友善。其次，他没有忘记，上次村里有庆祝活动时，比赛投石头，她得了冠军。这个女孩一定很有劲儿，可他现在呢，还是一身疼痛。看来目前还得忍忍。尽管他只用眼角看她，他还是注意到，她手臂上、脸上有些雀斑，而在阳光下，她的眼睛像水一样蓝。

"你父亲，"她说，"跟我父亲说，地狱不存在。"

"他没说。"他走出了四步，掉下来。

"说了。"

"他从没说过，"他肯定道，"我发誓。"

其实他绝对知道，她是对的。可他父亲也可以说相反的话：我们身处地狱，一直在地狱里，永远出不去。或者他也可能说过：我们在天堂里。只要是能说的，他什么都听父亲说过。

"你知道吗？"她问，"彼得·施格在那棵老树那儿宰了一头小牛。这是铁匠讲的。他们一共三个人在场：彼得·施格、铁匠、还有老海灵。他们晚上去那棵柳树跟前，后来，把小牛留那儿了，说要献给寒怪①。"

"我也去了。"他说。

她笑了。她当然不相信，她当然是对的，他没去那儿。如果不

① 中世纪时的一种迷信，将柳树视为不吉利、能害人的怪物。这里柳树被称为寒怪。

是迫不得已，谁也不会到那棵柳树跟前去。

"我去了，我发誓!"他说，"尼尔，相信我吧!"

他回到绳上，站着不动。现在他可以做到这个程度。为了让誓言更加可信，他把右手的两根手指放在胸口上。只是他又赶快把手放下，因为他想起去年小凯特·骆泽就因为向父母发了假誓言，结果两天后就死了。为了摆脱尴尬，他假装失去平衡，掉到草地上。

"继续努力。"她静静地说。

"什么?"他站起身，脸上带着强忍疼痛的表情。

"你应该接着踩你的绳。做别人不能做的事，这很好。"

他耸耸肩。他不清楚她是否在取笑他。

"我得走了。"说着，她从草地上跳起来，跑开了。

望着她的背影，他揉了揉疼痛的肩膀，又接着踩到绳子上。

接下来的那个星期，他们得驾驴车给豪家大院送面粉。三天前马丁·豪送来了谷粒。可他不能来取面粉了，他的雇工海纳昨天来磨坊说，他们车上的车辕坏了。

事情有些棘手。让雇工送面粉是不可能的，他可以带着面粉跑掉，让你永远再见不到他。这样的活儿永远不能交给雇工做。可克劳斯又离不开磨坊，因为活儿太多，分不开身，所以只好让阿内塔跟着。但她不能单独同海纳一人穿过树林，因为在树林里雇工什么事都可能干出来，所以这个男孩得跟着去。

他们赶在日出前动身，此时树干之间还缭绕着重重的雾气，树冠好似还隐藏在黑天上。夜里下了不少雨。草地很湿。毛驴慢腾腾地走着，对它来说一切都没什么两样。对这头驴，男孩很熟悉，从他记事起，家里就有这头毛驴。他常几小时几小时地待在牲口棚，听毛驴的轻声呼吸，轻轻地抚摸它。当毛驴用那永远湿润的口唇轻触他脸颊的时候，他尤其感到享受。此时阿内塔正手握缰绳，男孩正眼睛半闭，坐在她身边的一个箱子上，偎在她身上。海纳在他们身后躺在面粉袋上；有时他好像在打呼噜，有时候他又会笑出声，没有人能说清楚，他在睡觉，还是醒着。

本来如果他们走大道的话，下午就可以送到，但那样的话，会离那块有着老柳树的林间空地太近。尚未出生的婴儿不能接近这个寒怪。所以他们不得不绕弯道，走上崎岖小路，走入茂密的树林，还要翻过枫树山，经过鼠池塘。

阿内塔讲起她当上乌伦媳妇以前的事。那时候，面包师霍尔两个儿子中的哥哥想和她结婚。他威胁说，如果她不接受，他就加入雇佣军，到东边匈牙利平原，去跟土耳其人打仗。她差不多都同意接受他了——为什么不呢，她想，到头来，这个跟那个都没什么两样。可是，此时克劳斯到村里来了。这是一个信仰天主教的北方人，跟他结婚，是因为无法抵抗他。奇怪的是，那个面包师的儿子也没有如他威胁的那样，由此离家东行。他留下了，烤起面包。两年后，瘟疫传到村里，他最先死去，后来他父亲也死了，他弟弟接管下了面包房。

阿内塔叹了口气，摸摸男孩的头："你不知道他过去是什么样子，他年轻，高大，身体又灵活，跟其他人完全不同。"

男孩用了些时间才知道，她说的是谁。

"他什么都知道。他读过很多书。英俊，健壮，有一双浅色的眼睛，他唱歌、跳舞都比别人强。"想了一会儿，她又说，"他……

头脑很清楚!"

男孩点着头。其实他更愿意听童话故事。

"他是个好人，"阿内塔说，"这点你永远不能忘记。"

男孩打了一个哈欠。

"不过他从来都是心不在焉。那时候我一点不明白，我从来不知道，怎么还会有这种人。我怎么能知道呢？我从来没离开过这里。这么个人在我们这儿从来都格格不入。开始的时候，他只是有的时候会心猿意马，大部分时间心思还在我这儿，顺着我，我们常在一起笑，他的眼睛很明亮。只是有时候，他的脑子在书本里，在他的试验里，不是试着把什么点燃，就是配制各种粉末。后来，他花在书里的时间越来越多，同我在一起的时候少了，而且越来越少。现在呢？你也看到了。上个月，碾磨机的主轮停转了。过了三天，他才修，就因为这之前他要在草地上做什么试验。这个磨坊主啊，没有时间照顾他的磨坊。再说那个主轮还修坏了，主轴给卡住了，我们只好去请安姆·梅来帮忙。可结果也是一个样!"

"我能听个童话吗？"

阿内塔点点头。"很久很久以前，"她讲道，"石头还年轻，世界上还没有公爵，没有人必须交什一税①。很久很久以前，即使在冬天，也不会下雪……"

她停顿了一下，摸摸肚子，把缰绳拉紧了些。这条路很窄，现在前面的路上有很多树根。只要毛驴走错一步，就可能导致翻车。

"很久很久以前，"她又重讲故事，"有一个女孩找到了一个金

---

① 教会征收的税，需缴纳十分之一的收入。

苹果。她想跟母亲分享，可是母亲把自己的手指划破，血流到地上。然后，从血滴里长出了一棵树，树上有很多苹果，不过不是金苹果，它们看上去一个个皱巴巴的，不好看。谁要是吃了这种苹果，就会凄惨地死去。因为女孩的母亲是个妖精，她像护卫自己瞳孔似的护卫着金苹果。哪个骑士想跟她对着干，想解救她的女儿，她就会把他扯烂，吃掉。她还会嘲笑他们说：你们这些人里就没有英雄吗？当冬日来临，四野披上冰冷的白雪的时候，可怜的女儿还得为母亲打扫卫生，做饭洗碗，日复一日，没有个头。"

"你是说白雪？"

阿内塔不说话。

"你说过以前的冬天没有雪。"

阿内塔还是不说话。

"对不起。"男孩说。

"可怜的女儿必须为母亲打扫卫生，做饭洗碗，日复一日，没有终结。虽然她是一个美丽的女孩，可没有谁能见到她，爱上她。"

阿内塔又不说话了，轻轻呻吟起来。

"怎么了？"

"深冬的一天，这个女孩跑了。因为她听说很远很远的地方，在大海边上，有一个有资格得到这个金苹果的男孩。但她得先逃走。这非常困难，因为她母亲，就是那个妖精，把女孩看得很紧。"

阿内塔再次沉默。林子越来越密，只有上方的树梢之间，还能在这儿或者那儿看到闪亮的蓝天。阿内塔拉了拉缰绳，驴车停下来。一只小松鼠跳到小路上，用冷冷的眼睛看着她，接着又像一个错觉，消失了。他们身后的雇工停止了打鼾，坐了起来。

"怎么了？"男孩再次问道。

阿内塔没有回答。她的脸色突然死人般苍白。这时男孩看到，她裙子上满是鲜血。

有那么一刻，男孩很惊异，为什么到目前为止自己竟然没有注意到这么一大片血迹。不过他马上明白了，这血是刚刚出现的。

"要生了，"阿内塔说，"我得回去。"

男孩呆望着她。

"得要热水，"她嗓子沙哑地说道，"克劳斯得在。得用热水，得有克劳斯，得用他的草药，用他的咒语。还得叫村里那个接生婆——叫克勒林来。"

男孩呆望着她。海纳呆望着她。驴子呆望着前面。

"否则我会死的，"她说，"必须这样做。不然没办法。在这儿车子不能掉头。海纳架着我，我们走回去，你留下。"

"为什么我们不接着走？"

"到豪家大院，咱们得走到晚上，走回磨坊更快一些。"她喘息着下了车，男孩想抓她的胳膊，让她推开了，"你懂了没有？"

"什么？"

阿内塔喘着粗气，说："得有一个人留在面粉跟前。面粉没了，半个磨坊就没了。"

"我一个人留在林子里？"

阿内塔呻吟着。

海纳麻木地看看这位，又看看那位。

"你们真是俩白痴。"这时阿内塔把两只手放到男孩的脸上，紧紧盯着他的眼睛，以至他可以看到自己的镜像。她的呼吸像呼哨声，她喘息着问道："你明白没有？我的小儿子，我的心肝宝贝，你明白没有？你得在这儿等着。"

他的胸口怦怦跳着，他觉得她肯定能听到。他想告诉她，她这样考虑是不对的，她疼糊涂了。走回去是不可能的，得走几个小时，她肯定走不了这么远，她流了这么多血。可他的喉咙直发干，话都卡在嗓子里了。他只能看着她怎样无助地靠着海纳，一瘸一瘸地走开。海纳一半架着，一半拖着，每走一步她都要呻吟一声。他们的背影很快消失了，能听到的呻吟声越来越小。然后，林子里只剩下他一个人了。

为了分散自己的注意力，他揪毛驴的耳朵玩了一阵。左边一下，右边一下，再左边一下。每揪一次，毛驴都会发出伤心的叫声。它怎么这么有耐心，这么温和，又不踢不咬呢？他盯着它的右眼看。那眼窝里像卧着一个玻璃球，黑幽幽，水汪汪，又很空。它不眨眼，只是当他用手指触它眼睛时，那里才会稍稍抽动一下。他问自己，做一头毛驴会是怎么一回事？有一颗驴的心灵，肩膀上顶个驴脑袋，脑袋里装着驴念头，那会是什么感觉？

他屏住呼吸四下倾听。他听到了风的声响：声响里面还有声响，声响后面还有别的声响，不是呼呼的，轰轰的，就是嗡嗡的，沙沙的，吱吱啦啦的。树叶的耳语声又会盖过所有声音的低语，让他觉得，他得好好听上一阵才能听懂。他自己开始唱歌，自己的声音听上去很陌生。

这时他注意到，这些面袋子是由一根绳子捆起来的。这是一根很长的绳子，把一个个袋子连在了一起。他心里一阵轻快，取出刀来，开始在树干上切槽。

当他将绳子齐胸高地在两棵树之间系紧后，心里感到舒畅多了。他又检查了一下绳子的牢固程度，然后脱掉鞋子，爬上树，踩到绳上，伸出双臂，一直走到绳子中间。到那儿之后，他站住，此时他正好站在毛驴和拖车跟前，下面是泥泞的小路。他失去平衡，跳了下去。紧接着又爬上绳去。一只蜜蜂从灌木丛飞出，又落下，接着消失在绿色之中。男孩在绳上一步一步地慢慢走着，差不多走到另一头了，他还是掉下来了。

这回他在地上趴了一会儿。为什么还要站上去？他翻了个身，仰面朝天，有种时间停滞不前的感觉。周围在发生着什么变化：风在继续私语，树叶在继续摇动，毛驴肚子里传来饥肠辘辘的声响。不过所有这些都与时间没有关系。从前如同现在，现在是现在，即便到了以后，当一切发生了变化，当其他人降生，当除了上帝无人再知道还有过他，还有过阿内塔、克劳斯和磨坊的存在，那时将依然如同现在。

他头上方的那道蓝天，颜色深了，现在罩上了一层绒绒的灰色。阴影爬到树干下方，林间很快就到了傍晚时分。上面的光亮渐渐缩成窄窄的闪亮。然后，夜晚降临了。

他哭起来。可因为没人能来帮助，又因为总不能哭很长时间，这样眼泪会流干，人会筋疲力尽，最后，他还是停止了哭泣。

他渴。阿内塔和海纳把啤酒囊带走了，走时海纳把酒囊系在了身上。没人想到给他留下什么喝的。他嘴唇干了。附近一定会有溪水，可他应该怎么找呢？

现在能听到的声音与白天的不同：出现了其他动物的声响，其他的风声，甚至树枝的咯吱声也有所不同。他听着。他心想，上面应该更安全。他起身爬树。可是，如果你什么都看不见，爬树也很困难。不断有细小树枝折断，树皮裂隙还会扎到手指。一只鞋从脚上滑掉，他能听到鞋子撞到了一根又一根树枝的声响。他紧紧抱住树干，让自己向上爬高一点，再高一点点，直到他再也爬不动了。

他在树上挂了一会儿。他原本以为，可以躺在一根又粗又宽的树枝上靠着树干睡觉。但他现在意识到，这是不可能的。树上没有什么是软的，要想不掉下来，你必须不断地抱住树干。一个树杈抵到他膝盖上了。起初他觉得可以忍受，但很快变得不能忍受。而且他坐着的树枝也让他感到硌着疼。他只好把注意力集中到那个恶妖精、恶妖精的美丽女儿、骑士和金苹果的童话故事上。他还能不能听到故事的结尾呢？

他想回到树下。在黑暗中做这事也不容易，好在他身体灵巧，不会失控。只是到地面后，他却找不到那只鞋子。幸好跟前还有毛驴。男孩把身子靠过去，这毛驴皮毛温软，散发着臭气。

这时他想，母亲会还魂的。如果她在回家的路上死了，那么她现在可能会突然现身。她会在他跟前走过，对他轻轻说话，让他看到她已变了模样的面孔。这个念头让他感到心里一阵发凉。真会有这样的事吗？如果你所爱的人死后还魂，你会被吓死吗？他想起，去年小格丽特采蘑菇时遇见了死去的父亲：他没有眼睛，浮在空中，离开地面大概有一手掌高。他还想起那个脑袋，那个奶奶多年前在地界碑里看到的，在施格家大院后面。丫头，把裙子撩起来！好像没有人藏在石头后面，可好像石头上忽然长出了眼睛和嘴唇。丫头，撩起裙子来，让我看看那下面是什么！这件事是他小时候奶奶讲给他听的。现在奶奶早已死了，她的躯体也肯定早已腐朽，眼睛变成石头，头发变成草了。他让自己不去想这些事，可是没有用，尤其是这样一个念头，更让他挥之不去：如果阿内塔活不成，那么宁愿让她落入永恒地狱的最深处，也不要让她变成鬼，突然走出灌木丛。

这时毛驴抽动一下，附近传来木头的咔嚓声，好像有什么在接近，他裤子热了。一个大块头从身边擦过去，走开了。裤子变冷了，变沉了。驴子吼起来，它一定也感到了什么。可那是什么呢？现在树丛里出现了一个绿色亮点，比萤火虫大，但不那么亮，他吓得脑袋里出现了许多可怕画面。他感到热，随后是冷。接着又是热。不管怎样，他想：阿内塔死也好，活也好，一定不能让她知道自己尿裤子的事，否则他会挨打。接着他看到她在一片灌木丛下抽泣，那灌木就像一条带子，上边连着明月，下边连着大地。这时他那正在消散的剩余理智对他说，恐惧、心慌让自己累坏了，他刚才睡过去了。不如就在冰冷的地上，在夜晚的林间声响中，在轻声打呼噜的毛驴身旁，放松下来吧。他不知道的是，此时母亲的确就在一片灌木丛中呻吟着，抽泣着，这片灌木丛离他不太远，果然与他梦中见到的没什么不同，那是刺柏丛，灌木上还挂满了可爱的果实——杜松子。她就躺在那儿，躺在黑暗里。

阿内塔和雇工抄了近路，她太虚弱了，再不能绕道走。这样他们停下的地方，离那寒怪所在的林中空地很近。此刻阿内塔躺在地上，虚弱无力，甚至连喊叫的力气都没了。海纳坐在她旁边，怀里抱着新生儿。

雇工想，他是不是该溜掉。他为什么还留着不走？这个女人会死的，如果他留在跟前，别人会说是他的错。事情总是这样的，如果发生了什么，而雇工刚好在场，那就总是雇工的错。

他可以走得远远的，让人再也见不到他；豪家大院没什么好留恋，那儿的粮食不够吃，那农庄主对他不好，常打他，揍他就像揍自己儿子。为什么不离开这娘俩？雇工们都这么说，世界这么大，其他雇主并不难找，新农庄有的是；不管你找什么，也比找死好。

他知道晚上不应留在林子里，他饥肠辘辘，又口渴得厉害，不知什么时候他把那个啤酒囊搞丢了。他闭上眼睛。这样很有帮助。闭上眼睛，便可以回归自己，那里没有谁对谁做什么，你回到了内在，你便是你自己。他想起小时候曾经走过的草地，想起新鲜可口的面包——已经很久没有尝到那个味道了，还想起一个曾用棍子打过自己的男人，那也许是他父亲，他不知道了。反正因为这，他从那儿跑了。跑到一个新地方，然后又一走了之。一走了之的确是一个上策。如果你跑得快，就没有什么危险是你逃脱不掉的。

不过这次他没跑。他抱着孩子，还抱着阿内塔的头。她想站起来的时候，他扶着她，用力往上架她。

尽管如此，如果阿内塔没记起那个神奇的回文方块咒的话，她是站不起来的。那是克劳斯教给她的，他说，除非万不得已的时候，千万不能用它。你可以写出来，但绝对不能读！于是，她使出最后的脑力，将那些字母写在地上。开头是 SALOM AREPO，可下面是什么，她想不起来了。如果没有学过写字，书写更是难上加难，更何况要在黑暗中写，在身体失血的情况下写。于是她撇开克劳斯的告诫，用沙哑的声音喊出来："Salom Arepo Salom Arepo！"不想片段也发挥了效力，记忆又回来了，她也想出了剩下的内容：

```
S   A   L   O   M

A   R   E   P   O

L   E   M   E   L

O   P   E   R   A

M   O   L   A   S
```

单凭这个，她已感到，邪力退却了，流血得到减缓，就在痛苦万状之时，婴儿如同灼烧的铁块滑出了她的身体。

她很想就这样躺着。但是她知道，如果身体失血过多，这样躺着，就意味着永远躺下去了。

"把孩子给我。"

他把孩子递给她。

她看不见孩子，漆黑的夜晚让人觉得自己就像瞎子，但当她抱住这个小生命时，她感到，孩子还活着。

她想，没有人会知道你。没有人会忆起你，只有我，你的母亲，我不会忘记你，因为我不可以忘记你。因为其他人都会忘记你。

这些话，她对其他三个出生后便死去的孩子也说过。真的，对每个死婴，她知道所有的细节：他们的气味，他们的重量，以及他们在她手中的微小不同。尽管他们连名字都没有过。

她双膝发软，海纳忙架住她。有一瞬间，她真想再次躺下。可是她失血过多，寒怪离得又不远，而且也有可能让小人族发现。她把孩子交给海纳，想迈步前行，但马上又栽倒在地，躺到了树根、草丛之上，她感到，夜是怎样强盛。为什么要抗拒？一切本可如此简单。听之任之，如此容易。

但她不能听之任之。她睁开眼睛，感觉到身体下面的树根。她冷得发抖，这使她意识到，自己还活着。

她又站了起来。显然，出血已经止住。海纳把婴儿递给她，她接过婴儿，立即意识到，孩子已经没有生命了。她又把婴儿递给他。现在她得用两只手抓住树干。他把婴儿放到地面，听她嘴里发出嘶嘶声，他又把婴儿抱起来。当然，不能将婴儿留在这儿：苔藓会长到孩子身上，植物会把孩子覆盖，甲虫会爬上孩子的四肢，小生命的魂灵将永远得不到安宁。

就在这一刻，在磨坊阁楼上的克劳斯心中渐渐不安起来，他预感到了有什么不对劲。他马上祈祷，口中念念有词，然后把曼德拉干草末撒到冒着烟的昏暗油灯上。不好，油灯没有变得更亮，反倒灭掉了，屋里顿时溢满了刺鼻的烟味。这是不祥之兆。

黑暗中，克劳斯在墙上写出一个具中等效力的回文方块咒：

$$
\begin{array}{ccccc}
M & I & L & O & N \\
I & R & A & G & O \\
L & A & M & A & L \\
O & G & A & R & I \\
N & O & L & I & M
\end{array}
$$

为了加强效力，他还大声读了七次"Nipson anomimata mi monan ospin"。他知道这是希腊文，至于是什么意思，他就不知道了。这也是一个回文，正向读同反向读都一样。这样的回文具有特效。过后他躺到硬木地板上，继续自己的工作。

近来，他每天晚上都在观测月亮的行进。他的进度实在太慢，简直令人绝望。每天晚上月亮出升的地方总不同于前一天，它的轨道天天在变化。显然至今还没有人能解释这个现象，因而克劳斯决定，自己来搞清这件事。

"如果有什么事无人知晓，"沃尔夫·胡纳曾对他说过，"那么我们必须找出解释来！"

胡纳是他的老师，康斯坦茨人，手相大师，是个能招魂唤神的巫师。他的职业是守夜人。克劳斯·乌伦曾有一个冬天在他那儿工作。从此，克劳斯没有哪一天不对他的老师心怀感激。胡纳教给他许多回文方块，教给他咒语，教给他调制强效草药的方法，还给他讲大人族、小人族的故事，讲史前时代的古人，讲地下深处的住民，讲空中精灵，还说不能信任学者，因为他们什么都不懂，可又不承认这一点，否则他们得不到主子的恩宠。克劳斯把这些话句句记在心上。当冰雪融化，初春来到，克劳斯离开胡纳时，行李袋里装了三本胡纳的藏书。那时他还不识字，到奥格斯堡后才学会了识字，是那里的一位神父教的。他治好了神父的风湿病。当他又上路时，行李包里又装上了三本神父书房里的书。书很沉，十几本书装在行李袋里简直像铅一样重。很快他意识到，要么把书留下，要么他安居下来，不再四处打工，而且最好找个离大马路比较远的地方。因为书很贵重，不是所有的书主都自愿与他们的图书分手的。如果运气不好，胡纳本人会突然站在门前，对他施上咒语，讨回那些本来属于他的书。

事实上，当他的藏书太多的时候，命运为他做出了决定，不让他再次上路了。他喜欢上一个磨坊主的女儿。她很好看，是个风趣又强壮的姑娘，连瞎子都能看到，她也喜欢他。要赢得她并不很困难，他是跳舞能手，他还懂得用什么草药和语言去赢得她的心。总之，比起同村小伙子，他懂的要多得多，这点她颇为满意。起初，父亲有疑虑，不过雇工中没有哪位看上去有可能接管磨坊，父亲只能让步。而且的确有一段时间，一切都还称心如意。

后来他感到了她的失望。开始时，只是偶尔如此，后来变得越来越频繁。再后来，失望成了常态。她不喜欢他的书，不愿意他总想解开世界的谜底。本来嘛，这是一项庞大的工作，它让人不再有精力去顾及其他，更不会顾及小小磨坊的日常劳作。有一天，克劳斯也突然觉得自己在犯错：我在这儿做什么？我干吗要跟这些云里雾里的面粉打交道，干吗要跟那些无聊的、付款时总想赖账的农户打交道，要跟那些笨头笨脑的、永远不会完成你交办的事情的雇工打交道？可另一方面，他又常这样对自己说，生活总会把人带到某个地方，不是到这儿，便是其他什么角落；可不管到哪儿，都会奇奇怪怪。而且，有一个问题果真令他担心起来：偷了这么多书的人，会不会下地狱。

不过，人总得掌握知识，得在能找到知识的地方学习，人总不能糊里糊涂地闷头过苦日子。只是如果你找不到交谈对象，那就不容易了。你总是忙不过来，却没有人想听你的思考。你天天想的是天上到底是些什么，石头是如何生成的，苍蝇以及所有无所不在的生物都是从何而来，天使彼此交谈时使用什么语言，还有，吾主上帝是如何创造自身，并且仍然在日复一日地不断创造，如果他不这样做，万事万物都会在瞬间停滞不前……那么除了上帝，又有谁能够令世界免于不复存在呢？

有些书克劳斯需要读上几个月，有些需要几年。有些他能背下来，却仍然不能理解。那本厚厚的拉丁文著作，每个月他至少会翻开一次，可每次又得懵懵懂懂地合上。那是他从特里尔一座烈焰熊熊的神父住所偷出来的。放火的不是他，不过他正好在附近，闻到烟味，他抓住了时机。如果他没拿，这本书本来也会葬身火海。所以他有权利拥有它。只是他读不了这本书。

这本书一共有七百六十五页，字母密密麻麻的，有些书页上还有图示，画面好像出自可怕的梦境：有顶着鸟头的男人们；有一个建在云端的城市，它有城墙、烽火台，下面下着毛毛细雨；有一匹顶着两个脑袋的马站在林间空地；一只昆虫长着长长的翅膀；一只乌龟，正沿着太阳光线向天上爬去。这本书里写有书名的封面没有了，同样，书中第二十三页、二十四页，以及五百一十九页、五百二十页也已被人撕走。拿着这本书，克劳斯已经到神父那里去了三次，希望得到神父的指教。但神父每次都三言两语把他打发走。神父宣称，只有受过教育的人才能读懂拉丁文。开始时克劳斯想，要不要对着他的脖子诅咒什么：咒他得风湿病，或家里遭鼠患，或者咒他的牛奶变味？后来他注意到，这位穷得叮当响的乡村神父，平日贪杯，布道时往往不断重复，其实他自己也不懂拉丁文。这样想来，即便他可能永远读不懂这本或许包含着所有答案的书，他心里也几乎无奈接受了。说来也是，在这样一个遭上帝遗忘的偏远磨坊，能指望谁来教他拉丁文？

尽管如此，过去一些年来他还是有了很多发现。现在他基本上知道了万物从何而来，世界是如何形成的，还有，不论是鬼怪、物质、心灵、木头，还是水、天空、皮革、谷物和蟋蟀，为什么一切会如此这般。胡纳一定会为他骄傲的。要不了多久，他会为最后一个问题找到答案。然后，他自己会写一本书，书中会为所有问题给出答案，会让大学里的学者们抓耳挠腮，惊异感慨，自惭形秽。

可这做起来并不容易。他那双手又粗又大，细细的羽毛笔在他手指间总是一再折断。要想蘸着墨水写下满满一本蜘蛛样的文字，他必须下大功夫练习写字。他的所有发现，不可能永远存在于记忆里，所以他必须写出来。要写的实在太多，令人伤脑筋，想到自己脑袋里的那些知识，他会感到头晕。

他想，也许有一天他可以教给儿子。他注意到，吃饭的时候，儿子有时候在听他讲话，基本上是强迫自己在听，还极力不让他人注意。儿子身体瘦弱，看上去倒还精灵。最近有一天，克劳斯看到儿子玩三个石子，他把它们毫不费力地在两手和空中置换，不让它们落地，做得轻松自如。尽管是闹着玩，不过也许还是一种迹象，表明他不像其他孩子那样笨头笨脑。近来儿子还问过他，天上到底有多少星星。还好，他先前刚好在夜里亲自数过，所以才能不无骄傲地给出了回答。他还希望阿内塔肚里怀的又是一个男孩；如果运气不错，体格更强健些，这样可以帮他打整磨坊的工作，同时他也可以教他一些东西。

木板地太硬。可是如果躺在软些的地方，他躺下就会睡着，那样的话，便无法观察月亮。要在斜置的房顶窗户上，安上一个细线网，克劳斯费了不少心血。他的手指又粗又大，阿内塔纺的羊毛线又不太好使。不过，最后他还是设法用网子将窗户分成了许多近乎等大的小正方形。

他躺在地板上，仰视天空。时间一分一秒地过去。他打起哈欠。眼泪溢满眼眶。你不许睡觉，他对自己说，无论如何你不能睡觉！

月亮终于出现了，闪着银光，近似圆形。它上面有些斑块，好像铜锈。它出现在网子的最下层，不像克劳斯期望的那样，出现在第一个方块中，而是出现在了第二个方块里面。这是为什么？他眨了眨眼。眼睛很痛。他同瞌睡抗争着，头低下去，又抬起来，再低下去，再抬起来。这次他保持住了清醒，又眨眨眼，月亮已不在第二层，到了从下面数的第三层，左起的第二个方格里。这是怎么回事？可惜的是，这些正方形的大小不完全等同，因为羊毛脱纱，接起的结又太粗。但月亮为什么会如此运行？它真是一个可恶的星体，虚伪而狡诈；难怪卡片上它的图像象征着厄运与背叛。此外，要记录月亮在什么时候出现在什么地方，还需要知道怎样确定时间。可是，天啊，鬼才知道，如果不能确定月亮的位置，又怎么能确定时间？这些思虑真可以让一个人疯掉！而且，一根线偏偏又在这当口断开了。克劳斯不得不起身，用他不灵活的手指将断线系好，接上。可还没等他接好，一片云朵飘来。月亮周围的光线暗淡、模糊下来，它此刻的具体位置实在让人难以说清。他闭上酸痛的眼睛。

天刚蒙蒙亮，克劳斯冻醒时，他梦见了面粉。真是难以置信，这个梦一再出现。从前，他的梦里充满了光与噪声。他的梦里有音乐，有时还有幽灵同他说话。不过那是很久以前的事了。今天他梦到的是面粉。

不情愿地起身时，他意识到，让他醒来的不是面粉，而是外面的响动。这个时候，哪儿来的声响？他心中一阵不安，想起昨晚的不祥预兆，赶紧把身子探出窗外，就在这时，在朦胧晨曦笼罩着的树林之中，阿内塔和海纳一瘸一拐地走了出来。

无论如何，他们到底走了回来。起先，雇工把他们两个，那个还活着的女人和那个死去的婴儿，都带着；后来带不动了，他只架着阿内塔一人走。婴儿对他来说太沉重，又太危险，因为未受洗的死者会引来鬼魂，可能是天上的，也可能是地下的。这样阿内塔只得自己抱着死婴。终于他们摸索着找到了归途。

克劳斯赶快爬下阁楼梯子，迈过那些还在打鼾的雇工，把一只山羊踢到一边，拉开门，冲了出去。眼看阿内塔就要瘫倒在地，他抓住了她。他把她小心翼翼地放倒在地，触摸她的脸。他感到了她的呼吸，在她额头上画出一个五角星，当然一个角必须朝上，这样才有治疗效果。接着他深深吸了一口气，一口气说道：你们不许这样，你们应滚倒所有树木，涉过所有水域，登上所有山岗，回避所有上帝的天使，让所有的大钟轰鸣，所有弥撒歌唱，所有人都读福音书，祝她体康神还。这些话是什么意思，他也只知道个大概。这是一个很古老的咒语，不过，要驱逐寒夜之邪气，这是他所知道的最有效的秘诀。

现在要是有水银就好了，可惜他用完了，他便在她下腹上画出一个水银标志，就是十字上再加个 8 字形，这是赫尔墨斯①的象征，是伟大的墨丘利②的象征。不过单是这个象征，疗效远不如真正的水银，但总比没有强。接下来他对海纳喊："快，上阁楼，把红门兰草拿来！"海纳点点头，摇摇晃晃地走进磨坊，气喘吁吁地爬上梯子。当他站在弥漫着木头和旧报纸气味的小屋里，迷迷糊糊地盯

① 赫尔墨斯是宙斯与迈亚之子，众神的使者，引领亡灵的神。行走如飞，多才多艺。
② 对应于希腊神话中的赫尔墨斯，墨丘利在罗马神话中为众神信使，是医药、旅行者、商人和小偷的保护神。

着窗户上的羊毛网子看时，才想起自己根本不知道什么是红门兰草。于是，他躺倒在地，头一枕到由干草填充的枕头上，即磨坊主脑袋留下的凹陷处，便睡了过去。

天亮了。克劳斯把妻子抱进磨坊。这时草地上浸出露水，在晨雾渐渐退去之时，东方升起了红日。太阳抵达顶点后，开始下落。现在，磨坊旁边出现了一堆刚挖出来的新土，土坑里躺着那个无名婴儿，孩子没有受洗礼，因此不可葬在墓地。

阿内塔没有死掉，这令所有人感到惊异。也许因为她有强大的内在力量，也许因为克劳斯的咒语，也许因为红门兰草的作用，虽然它的药效并不很强。泻根草或者乌头草的药效会更好些，可惜他最近在给玛丽亚·史岭治病时都用光了。她的孩子一出生就死了；人们传言，说她自己做了手脚，因为她怀的不是自己丈夫的孩子，而是安姆·梅的。不过克劳斯对这些不感兴趣。是的，阿内塔没有死，当她勉强坐起来，一脸倦容地环顾四周，开始轻轻地喊出一个名字，又大声喊出那个名字时，大家才忽然意识到，在一片慌乱、激动和紧张之中，他们把那个男孩，那辆驴车，还有那些贵重的面粉口袋忘得一干二净了。

可是太阳就要落山了。现在出发已经太晚。就这样，又一个夜晚开始了。

转天一大早，克劳斯同雇工塞普和海纳上了路。一路上，大家沉默不语。克劳斯沉浸在默想之中，海纳本来就是沉默寡言的主，只有塞普轻轻地吹着口哨。他们都是男人，又是三个，因而他们不必绕道，可以直接穿过老柳树旁边的空地。那棵可恶的大树黑幽幽地立着，它的枝条一起晃动，那阵势是其他树木不会有的。男人们尽量不去看它。又走进树林时，大家才都松了一口气。

克劳斯不住地要往那个死去的孩子身上想。虽然是个女孩，仍旧令人十分痛心。他对自己说，这个习俗不错，不要过早地爱自己的孩子。阿内塔已经生过几个孩子了，只有一个幸存了下来，而且体格还那么单薄、瘦弱，真不知道，他能不能挺过这两个夜晚。

对孩子的爱——不，最好是回避爱。跟狗不能离得太近，尽管它看上去很友好，可说不好什么时候它会咬人。同自己的孩子也要保持距离，孩子们死得太快了。只是随着时间的流逝，你终究会越来越习惯一个生灵的存在，会产生信赖感，会彼此喜爱。可突然之间，这个生灵就会一去不返。

快到中午时，他们发现了小人族的踪迹。出于谨慎，他们停下脚步。经过仔细查看，克劳斯发现，小人们已经离开这里，向南边去了。再说，这些小人在春天不是很危险，到了秋天，他们才忙着干坏事。

傍晚时，他们才找到了那个地方。开始时他们差点儿错过那里，因为他们有点偏离了小路。林下灌木十分茂密，你往往不知道正走向何方。还是塞普注意到了那股有些甜味的刺鼻气味。他们把大树枝推到一边，折断小树枝，手捂住鼻子。接着，越往前走，气味越重。然后，他们看到了面粉车，被苍蝇云团环绕蜂拥着。袋子都被撕开，地上到处都是白色面粉。车后面有个什么东西。它看起来像一堆破旧毛皮。花了一些时间，他们才认出，那是驴的残骸。不过，驴头不见了。

"可能是狼吃的。"塞普边说边挥动手臂抵挡苍蝇。

"那看起来会不一样。"克劳斯说。

"是寒怪吃的?"

"寒怪对驴不感兴趣。"克劳斯弯下腰,摸摸这儿,按按那儿,仔细查看起来。伤口很光滑,没有咬痕。毫无疑问,那是刀子划的口子。

他们呼唤起男孩的名字。然后停下来,静静听上一会儿后,又开始呼喊。这时塞普抬头看了一眼,沉默下来。克劳斯和海纳还在继续喊。塞普站在那儿,好像僵住了。

克劳斯也抬头望去。这一看不得了,他惊骇不已,毛骨悚然,巨大的恐惧感紧紧攫住了他,以致感到窒息晕厥。他们头顶上方浮着什么东西,从头到脚都是白色,正睁着眼睛朝下看。虽然天已渐渐黑下来,你还是能看到那双圆睁的眼睛、龇出的牙齿和肌肉紧绷的脸。就在他们向上看的当口,还听到了一个声音。听起来像抽泣,可又不是。那是他们上方的那个东西,那东西在笑。

"下来。"克劳斯叫道。

果真是那个男孩,他还在那儿一动不动,咯咯傻笑。他一丝不挂,全身白色,他一定在面粉里打了滚。

"吾主上帝啊!"塞普叫道,"伟大的仁慈的上帝啊!"

克劳斯朝上看时,还看到了其他什么,那是个很奇特的东西,他以前从没见过。那个赤身裸体站在绳子上傻笑着的、掉不下来的男孩,头上还顶着个什么,那不是帽子。

"圣母玛利亚,"塞普又叫道,"帮帮我们,不要离开我们!"

海纳也一个劲地画着十字。

克劳斯赶快拔出刀,颤颤巍巍地在树干上刻出一个五角形:尖端向右,形状闭合。然后他在右边刻上希腊字母表的第一个字母阿尔法，左边则为最后一个字母欧米茄，之后他屏住呼吸，慢慢数到七，还念念有词道：上界幽灵，下界幽灵，所有圣人，仁慈玛丽亚，以三位一体上帝之名，与我们同在。念毕，他对塞普说："把绳子割断！"

"为什么让我？"

"因为我说的。"

塞普还愣着，站着不动。苍蝇落到他脸上，他也不赶。

"那你来。"克劳斯对海纳说。

海纳张了张嘴，又把嘴闭上。如果他说话不那么吃力，这时他肯定会说，他刚靠着自己的力量，找到回磨坊的路，把一个女人拖出了树林，救了她的命。一切总得有限度吧，最温和的人也有忍耐的极限。由于说话正是他的弱势，他只好双臂交叉，执拗地看着地面。

"那你来。"克劳斯对塞普说，"反正得有一个人干这事。我有风湿。你现在爬上去，不然你会后悔一辈子的。"他试图想出那个能让他人放弃抗拒，变得顺从的咒语。可不管他怎么想，也没想起来。

塞普嘟囔了几句可怕的诅咒后，开始朝树上爬去。他喘息着，脚下很难找到落脚的树杈，他竭尽全力，不去看上面那个白色形体。

"你到底要干什么？"克劳斯气恼地叫道，"你到底是怎么了！"

"大魔鬼，大魔鬼。"男孩兴高采烈地叫道。

塞普又爬下来。男孩的这种反应已超出了他的承受力。再说他想起了把男孩扔进溪水的事。如果男孩还记住这事，对他怀恨在心的话，那么现在真不是再见到他的时候。他下到地面，摇起头来。

"那你去！"克劳斯对海纳说。

可这位干脆一言不发地转过身，在黑暗中消失了。有一阵还能听到他的动静，然后什么也听不到了。

"再试一次。"克劳斯对塞普说。

"不！"

"Mutus dedit。"克劳斯嘴里念念有词，这会儿他想起了那个让人顺从的咒语，"mutus dedit nomin——"

"没用。"塞普说，"这事我不干。"

灌木丛中传来一些声响，有树枝折断声。海纳回来了。他觉得马上要入夜了，不想独自待在黑暗的树林里，这一回他肯定会挺不住的。他靠在一根树干上，一边气恼地赶苍蝇，一边呼哧喘气。

克劳斯和塞普的视线刚从海纳身边转回来，猛然看到男孩已站在他们旁边。他俩吓得一个劲儿后退，他怎么这么快就从树上下来了？男孩把戴在头上的东西拿下来：那是一块覆满黑毛的头皮，上面还伸着两只长长的驴耳朵。男孩头发上沾满了血迹。

"天啊，"克劳斯嘴里念叨着，"仁慈的上帝，仁慈的玛丽亚啊。"

"这么长时间都没人来。"男孩说，"就是好玩。还听见了声音！太有意思了。"

"什么声音？"

克劳斯四下看去。驴头的其他部分在哪儿？眼睛、带着牙齿的下巴，还有那整个大头骨，它们都在哪里？

男孩慢慢跪下，然后身子向旁边一歪，不动了。

他们把他抱起来，用毯子把他裹住，离开了那里，离开了车、面粉和血迹。他们在黑暗中跌跌撞撞地走了一阵，感到足够安全了，才把孩子放下。他们不生火，不相互交谈，尽可能地不引起注意。男孩在睡梦中总是咯咯地笑，皮肤很烫。他们不断地听到风的低语，听到树枝的折断声。克劳斯闭着眼睛，不是祈祷，便是念着驱邪咒语。这多多少少有些帮助，让他们感到心里平静了一些。祈祷时，他还做了一下粗略估计，损失到底有多大：木车毁了，驴死了，尤其是他得赔那些面粉。他拿什么来赔？

黎明时分，男孩的烧退了。他醒来时，迷惑不解地问，他头发怎么粘到了一起，他为什么全身白色。然后他耸耸肩，不再觉得这些有多重要。他们告诉他，阿内塔还活着时，他高兴地笑了。他们找到一条小溪，让他洗了澡。水很冷，令他全身发抖。克劳斯又把他用毯子裹起来，然后，他们接着上路。路上男孩给他们讲起他从阿内塔那里听到的童话故事。故事里有一个妖精，一个骑士，还有一个金苹果，结尾皆大欢喜，可恶的老妖精死了，公主嫁给了英雄。

回到磨坊，男孩倒在炉子旁边的草袋子上，马上睡着了。夜里他睡得很沉很沉，好像没有什么可以把他再唤醒。他是唯一一个还能睡觉的人。因为死去的婴儿还魂现身，四处游荡：黑暗中有个火苗在闪动，还能听到轻轻的抽泣声，其实那更可能是气流的声响，而非人声。在克劳斯和阿内塔睡觉的屋子，这情形持续了一段时间，但它受到阻挡，无法抵达父母床边，因为柱子上贴有五角星。于是它现身在灶房里，游荡到温暖的炉子旁男孩和雇工们睡觉的地方。它又聋又瞎，什么都不懂，会把牛奶罐撞翻，会把放在灶台上刚洗干净的布巾掀起来，并把自己卷入窗户上的窗帘里头，然后消失在地狱边缘。在那里，没有受洗的亡灵需在严寒中受冻十个十万年，才会得到上帝的宽恕。

几天后，克劳斯让男孩去村里找铁匠维希·史岭。克劳斯需要一把新锤子，但不能太贵，因为丢了一车面粉，他还欠着马丁·豪的债。

男孩在路上拾起三个石子。先把第一个抛向空中，再抛第二个，第一个落回手里后，再把它抛出，然后再抛第三个，第二个回到手里后，再抛出，这时他接到了第三个，抛出它后，又接到第一个，再抛出——此刻三个石子同时出现在空中。他用双手画了几个圆圈，一切好像自然而然。这里的诀窍是不要思考，也不要仔细看石子。你只需小心谨慎，同时做出一副它们好像不存在的样子。

他就这样玩着石头，走过汉娜·柯尔的家，穿过施格家的农田。到铁匠铺门口时，他把石头扔进湿乎乎的泥地里，然后走进门去。

他从兜里掏出两块硬币放到铁砧上，兜里还剩有两块硬币，不过这点铁匠不必知道。

"太少。"铁匠说。

男孩耸耸肩，取回两块硬币，转身向门口走去。

"等等。"铁匠说。

男孩停下脚步。

"还得再给点儿。"

男孩摇了摇头。

"这样不行。"铁匠说，"如果你想买什么，就得讨价还价。"

男孩向门口走去。

"等等。"

这个铁匠是个大块头，赤裸的肚皮上毛茸茸的，头上围了一块布巾，他脸上红扑扑的，毛孔粗大。村里每个人都知道，一到晚上他就和伊莎到丛林里去，只有伊莎的丈夫不知道这事，或者知道，却装作不知道。因为谁能拿铁匠怎么样。星期日神父布道，批评伤风败俗时，总是用眼睛看看铁匠，有时也看看伊莎。可对这两位，这也作用甚微。

"太少了。"铁匠说。

不过男孩已经知道，他达到了目的；他擦了擦脑门，火苗窜动的地方荡来阵阵热浪，墙上舞动着各种阴影。他把手放在胸前，发誓道："我就带来这么多。以我的灵魂担保！"

铁匠怒气冲冲地把锤子递给他。男孩礼貌地致谢，慢慢地向门口走去，好让兜里的硬币不发出声响。

走过了雅各·布兰的牲口棚，又走过梅家和塔姆家的房子，就到了村广场。尼尔会不会在那儿呢？果然，她正在那儿坐着，坐在蒙蒙细雨之中，坐在水井的小围栏上。

"你又来了。"他说。

"那你走就是了。"她说。

"你才该走。"

"我可是先来的。"

他坐到她旁边，两个人都笑了。

"那个买卖人又来过了。"她说，"他说，现在皇帝要让波希米亚的所有贵族掉脑袋。"

"国王也掉脑袋?"

"对,那个冬王也得掉脑袋。他们管他叫冬王,因为波希米亚人给他戴上王冠,可他只当了一个冬天的国王。他成功逃掉了,他还会率领一支大军回来,英格兰国王是他夫人的父亲。他要夺回布拉格,推翻皇帝,自己当皇帝。"

汉娜·柯尔提着一个水桶来到井边,她要从井里打水。这里的水不干净,不能喝,不过可以让牲畜喝,还可以用来洗东西。小时候,他们喝牛奶,长大些了,从几年前开始,得到允许喝淡啤酒了。村里的所有人都吃谷粒粥,喝淡啤酒。连富有的施格家也是如此。冬王和皇帝则要喝玫瑰水①和葡萄酒。普通百姓只喝牛奶和淡啤酒,从他们出生的第一天,到他们的最后一天,都是如此。

"布拉格啊!"男孩说。

"是啊,布拉格!"尼尔说。

两人都想到了布拉格。因为这只是一个词,又因为他们对它一无所知,所以它听起来像出自童话一样富有希望。

"布拉格有多远?"他问。

"很远。"

他点点头,好像这也算个答案。"那英格兰呢?"

"也很远。"

"得走一年。"

"一年也到不了。"

---

① 制作玫瑰香精时蒸馏出的水。

"咱们去英格兰吧?"

尼尔笑了。

"为什么不呢?"他问道。

她没回答。他知道他们现在需要小心一点。用词不当会造成某种后果。彼得·施格最小的儿子去年送给爱莎·内因一支木笛,因为她接受了礼物,两人现在就算订婚了,尽管他们根本不喜欢对方。这事一直告到城里地方长官那儿,地方长官又转给宗教法庭的主教代表,此人的裁决是,这事没有办法:礼物就是承诺,承诺是受上帝认可的。请他人一起旅行,虽说算不上礼物,但几乎也是一种承诺。这点男孩知道,他知道,尼尔也知道,他们两人都知道,他们现在必须换个话题。

"你父亲怎么样?"男孩问,"风湿病好些了吗?"

她点点头,说:"我不知道你爸爸是怎么治的,不过很有效果。"

"就用草药和咒语。"

"你也想学吗?你以后也想给人治病?"

"我更想去英格兰。"

尼尔笑了。

他站起身,心里不甚明了地期待,她会挽留他,可她没有动。

"到夏至节的时候,"男孩说,"我就能像其他人一样,跳过火堆了。"

"我也会。"

"可你是个女孩!"

"这女孩能马上给你一巴掌。"

他径直走开了，没再回头。他知道这很重要，如果他回头的话，她就赢了。

锤子很重。走过海灵家后，便没有木板路了。男孩只能在高高的草丛里跋涉。这里并不是完全没有危险，因为可能有小人族出没。他想起塞普。从那个树林之夜开始，这位雇工开始怕他，总与他保持着距离，这点可以利用。他要是知道，在树林里都发生了什么就好了。他知道，他不愿去想它。回忆是很奇特的东西：它说来就来，走却不像希望的那么简单。但你可以把它像一炬松木火把一样点亮，再灭掉。男孩想起自己的母亲，她刚刚可以下地走动；有一阵，他还想起了那个死去的小婴儿，他的妹妹，由于她没有受过洗礼，现在她的魂灵只能在严寒中受冻。

他停下脚步，向上望去。在一座教堂塔楼与另一座教堂塔楼之间，在一个村庄与另一个村庄之间，其实是可以在头顶拉上绳子的。他张开双臂，想象着。然后坐到一块石头上，望着天上的云卷云舒。天气暖和起来，空气中充溢着蒸汽。他热出了汗，把锤子放在身边。忽然，他觉得肚子饿了，又很困倦，可现在离吃谷粒粥还有几个小时。要是能飞该多好。那样便可以振动臂膀，离开绳子，升到空中，升到高处。他掰断一根草茎，插到两唇之间。草有些甜，有些潮，有点辣。他躺到草地上，闭上眼睛，让阳光温暖他的眼皮。草丛中的潮气浸着他的衣裳。

一个影子落在他身上。男孩睁开眼睛。

"我吓着你了吗?"

男孩坐起来，摇摇头。这里很难见到陌生人。有时候地方长官会从城里来。说不好什么时候也会来些买卖人。不过这人他不认识。他很年轻，几乎还不算个成年人。他蓄着小胡子，穿着一件紧身上衣，灰裤子面料精美，脚踩一双高筒靴子。他目光明亮而好奇。

"你是不是在想，如果你能飞，会怎么样？"

男孩吃惊地看着陌生人。

"不是的，"陌生人说，"这不是什么法术。别人想什么是读不出来的。谁也读不出来。不过，如果一个孩子踮起脚尖，张开双臂，抬头望着天空，那就是想飞。孩子会这样，是因为他还不太相信，他永远不会飞。上帝不允许我们飞。鸟可以，但我们不行。"

"不过，总有一天我们都可以飞，"男孩说，"如果我们死了。"

"如果人死了，那就是死了，会躺进坟墓，直到主回来审判我们。"

"那主什么时候回来？"

"神父布道时没告诉你吗？"

男孩耸耸肩头。教堂里的那个神父当然经常说这些事情，说坟墓，说审判，说死者，可他的声调总是很无聊，再说他喝醉的情况也不少见。

"末日来临的时候，主就会回来。"陌生人说，"只是死人感觉不到时间，因为他们死了。这就是说：一旦你死了，审判日马上开始。"

"我父亲也这么说。"

"你父亲是学者？"

"我父亲是磨坊主。"

"他有自己的见解？他会读书？"

"他知道得很多。"男孩说,"他还帮助别人。"

"怎么帮助别人?"

"给人治病。"

"也许他也能给我治治。"

"您有病?"

陌生人坐到他身边的草地上:"你认为明后天是晴天,还是会下雨?"

"我怎么知道。"

"你是本地人啊!"

"会下雨的。"男孩说,因为大部分时候是在下雨,天气几乎总是不好,所以粮食收成不好,所以磨坊没有足够谷物来磨,所以有这么多人没饭吃。据说,从前情况要好些。有些老年人还记得有过长长的夏天,但这也可能是他们的想象,谁知道呢,他们太老了。

"我父亲说,"男孩说,"天使骑着雨云,朝下俯瞰我们。"

"云是由水形成的。"陌生人说,"云上面没有人。天使的身体由光构成,不需要座驾,恶灵也是。恶灵由气体构成。所以人们也把魔鬼①称为气王。"他停了一下,好像想倾听自己的句子,同时用一种近乎好奇的表情看了看自己的指尖,随后又说:"是的,恶灵只不过是上帝意愿的小颗粒。"

"魔鬼也是吗?"

"当然。"

---

① 此处的"魔鬼"(Teufel)可理解为"恶灵"(Dämon)之王,即撒旦。Dämon 常译为"恶魔",并与"魔鬼"混用,其实是附属于魔鬼的更次要存在。英语中的 devil(魔鬼/撒旦)与 demon(恶灵/恶魔)也有类似关系。——编辑注

"魔鬼们也是上帝的意愿吗?"

"上帝的意愿比任何可想象的事物都强大。他如此强大,强大到他可以否认自己。有这样一个古老的问题:上帝可以造出很沉很沉的石头,以至他自己也搬不动。这听起来像一个悖论。你知道什么是悖论吗?"

"知道。"

"真的吗?"

男孩点点头。

"那么悖论是什么?"

"您就是悖论,您那混蛋的皮条客老爹也算悖论。"

陌生人沉默了一阵,然后嘴角朝上现出一丝微笑,说道:"其实这不是悖论,正确的答案是:他当然可以。那块他搬不动的石头,过后他当然可以搬动,而且毫不费力。上帝无所不在,不需要与自己统一为一体。所以会有气王和他的同伙。所以会有一切不是上帝自身的东西,会有这个世界。"

男孩举起一只手挡在脸上,眼下太阳跟前没有任何云彩遮挡。一只乌鸫鸟扇着翅膀飞了过去。对呀,他想,人要能这样飞就好了,比在绳子上走还好。只是,如果你不能飞,走在绳子上就算是第二好的。

"我很想认识你父亲。"

男孩漫不经心地点点头。

"快赶路吧。"陌生人说,"过一个小时会下雨的。"

男孩不解地指指太阳。

"你看没看到那后边的那些小云?"陌生人问他,"还有咱们头顶上这些拖得很长的云？云后面有风在聚集，它从东边来，带着冷空气；我们上面这些云会迎上它们，然后会冷却，凝成水，水越来越重，便落到地上。云层上面没有天使，不过观察云层还是很值得，因为它们会带来水和美丽的事物。你叫什么？"

男孩告诉了他。

"提尔，别忘了你的锤子。"说完陌生人转过身，走了。

这天晚上克劳斯很沮丧。他不能解决那个"谷粒堆问题"，这让他心绪不宁。

这的确是个棘手的问题。如果你面前有一堆谷粒，然后你把谷粒一粒一粒地取走，可你跟前还是一堆谷粒。你再拿走一粒。那还是一堆吗？答案是肯定的。然后再拿走一粒。那还是一堆吗？是的，当然是。再拿走一粒，那仍是一堆吗？当然是。这样可以一直进行下去。道理很简单：仅仅通过取走一颗谷粒，一堆谷粒永远不会不再是一堆谷粒。而如果不是一堆谷粒，就算你添加上一颗谷粒，它也不会成为一堆谷粒。

还有：如果你继续取走谷粒，渐渐地，谷粒便不再为一堆。渐渐地，只剩下几粒留在地上，这时你无论如何不能称之为一堆了。你再继续拿走谷粒，这一刻最终会到来：你拿走的是最后一颗，地上什么都没有了。一颗谷粒是一堆吗？自然不是。那一颗谷粒什么都不是吗？不是。那"什么都不是"是一堆吗？"什么都不是"不是一堆，"什么都不是"就是什么都不是。

如果你继续取走谷粒，那么从哪颗谷粒开始，一堆谷粒不再是一堆？这种情况在什么时刻发生？克劳斯已做了几百次试验，在想象中他堆起数百堆谷粒，然后在想象中将谷粒一颗颗取走。但他还是找不到那个决定性时刻。他甚至把观察月亮也忘到了九霄云外，对那个死去的婴儿也不再经常想起。

这天下午他要做实际尝试。麻烦的是，得把那么多谷粒搬到阁楼上，又不能造成任何损失。因为后天彼得·施格会来磨坊取磨好的面粉。让雇工给他搬谷粒时，他一个劲地警告、威胁，声言他无论如何负担不起更多的债务了。阿内塔把他称作浑身长毛的笨蛋，他反过来说，不要掺和对女人来说太难的事，为此她给了他一巴掌，他回应说她得小心点，为此她又给了他一耳光，以致他不得不坐下来歇一会儿。这样的事在他们之间经常发生。开始时他会还击，打了阿内塔几次，但结果从来不好。尽管他更强壮，但她通常火气更暴，不论什么纷争，往往总是更火暴的获胜，因而他早习惯不打她了；再说，她这人总是火来得快，消得也快，转眼又会快活如初。

过后，他到阁楼上开始工作。开始时，他平和、认真，每取走一粒，都要查看一下谷粒堆，可是渐渐地，头上溢出汗滴，心头烦躁起来。到了下午晚些时候，他已经完全绝望了。屋子右侧已经出现了另一堆谷粒，而左侧，也许你还能叫它为一堆，也许不能叫了。又过了一段时间，左边顶多剩下一把谷粒了。

界限到底在哪儿？这真让人绝望。他用勺子盛着谷粒粥，一边叹气，一边听着窗外哗哗的雨声。粥的味道一如既往地糟糕，不过有一阵子，雨水的声响还是对他有些安抚效果。忽然他想到，下雨的情况也与之类似：雨滴减少到多少时，就不再是雨了？他叹口气。有时候他差不多觉得，上帝在建构世界之时的目标之一，就是要存心愚弄一下一个可怜的磨坊主的心智。

这时，阿内塔的手搭到他胳膊上，问他要不要再来些谷粒粥。

他不想要。不过此时他知道，她心疼他了，这是对先前那记耳光做出的和好姿态。"好吧，"于是他说，"谢谢。"

忽然，有人敲门。

克劳斯防卫性地把手指交叉到一起。他一边念念有词，一边在空中画着护符，然后喊道："谁呀，以上帝之名？"每个人都知道，在外面的人说出自己的名字前，绝不能让他们进门。邪恶的魂灵很凶险，不过大多数情况下，如果你不邀请它们，它们不会跨越门槛。

"两个旅人，"一个声音说，"以基督之名，请开门。"

克劳斯起身走到门口，把门闩推到一边。

一个男人走了进来。他已不年轻，看上去倒还健壮，头发和胡须都浸满了水，厚厚的灰色亚麻披风上还滴着雨水。紧跟着走进来的第二位，看上去要年轻得多。他向四下望去，看到男孩时，脸上露出笑容。他就是男孩中午遇到的陌生人。

"我是耶稣会的泰西蒙德博士[①]。"年长的那位说，"这是珂雪博士[②]。我们受邀到此。"

"受邀？"阿内塔不解道。

"耶稣会的？"克劳斯问。

"对，我们是耶稣会士。"

---

① 奥斯瓦尔德·泰西蒙德（Oswald Tesimond，1563—1636），英格兰耶稣会成员。

② 阿塔纳斯·珂雪（Athanasius Kircher，1602—1680），德意志耶稣会士，博学家。

"耶稣会士。"克劳斯重复道,"真是耶稣会士?"

阿内塔搬来两个凳子,放到桌边。其他人聚到一起。

克劳斯笨手笨脚地鞠了一躬。他说,他是克劳斯·乌伦,那是他老婆、他儿子,那些是他的雇工、佣人。他们这里难得有尊贵的大人光临,不胜荣幸。他们虽不富有,不过只要有的,都愿意拿出来款待。这是谷粒粥,这是淡啤酒,罐子里还有一些牛奶。他清了清嗓子,问:"请问,您、您都是学者?"

"我想是的。"泰西蒙德博士说着,用尖细的手指取来一个勺子,"我是医学博士、神学博士,此外还是研究龙学的化学家。珂雪博士研究神秘符号,研究结晶体,还有音乐。"他吃了点谷粒粥,脸上抽动了一下,把勺子放下。

屋里出现一阵沉寂。这时克劳斯鞠了一躬,问道,他可否问一个问题。

"当然。"泰西蒙德博士说。他的说话方式有些不同寻常:句子中的一些词不出现在你觉得应出现的地方,而且他强调的方式也颇为不同;听他说话,好像他嘴里有个小石头。

"龙学是什么?"克劳斯问。即使在蜡烛微弱的光线下,人们也能看到,他脸红了。

"就是关于龙的学问。"

雇工们抬起头。女佣张开嘴。

男孩来了劲头,他问:"先生见过龙吗?"

泰西蒙德博士皱了皱眉,好像有什么不中听的声音烦扰了他。

珂雪博士看看男孩,摇摇头。

请原谅,克劳斯说。他们是寻常老百姓,儿子不懂事,有时候会忘记，大人说话的时候小孩子不许插嘴。不过这个问题毕竟也出现在了他的脑海里："先生见过龙吗？"

泰西蒙德博士说，这个有趣的问题，他已不是第一次听到了；的确，每个龙学专家遇到普通人时，都会遇到这个问题。"不过龙很少见。它们非常……那个词怎么说的？"

"容易受惊。"珂雪博士说。

泰西蒙德博士说，很抱歉，德语不是他的母语，他说话的时候有时又会回到自己最心爱的祖国——英格兰的方言中，不过在有生之年他恐怕不会再回故乡了；英格兰，晨雾缭绕之岛，盛产苹果。是的，龙容易受惊的程度难以想象，它们具有绝妙的隐藏自身的能力。你就是找上百年，也不会找到一条龙的影子。同样可能的是，你已经在一条龙跟前待了百年，却永远不会注意到它。也正因为此，我们需要龙学。因为医学不能放弃龙血的疗效。

克劳斯擦了擦额头，问："那你们怎么能搞到龙血？"

"我们当然没有龙血。医学是……怎么说来着？"

"医学是替代术。"

正是。龙血是一种效力强劲的物质，但龙血本身对人并非是必需物。它存在于世，这就足够了。在他心爱的故乡英格兰，还存在着两条龙；几百年来，没有人能找到它们的踪迹。

这时珂雪博士说："蚯蚓和甲虫幼虫看上去很像龙。如果把它们晒干，细细捣碎，会在人身上产生不可思议的作用。龙血能使人体不受伤害；不过治疗皮肤疾病，也可以用颜色近于血红色的朱砂，把它捣细来代替龙血。只是朱砂也不容易得到。许多具有龙样鳞皮的草药又可以取代朱砂。治病艺术就是按照相似性原则寻找替代品——藏红花草可以治眼病，因为它看起来像眼睛。"

"一个龙学家的专业知识越丰富，"泰西蒙德博士说，"他越有望找到龙的替代物。最了不起的成就，不是要利用龙的躯体，而是要利用龙的……那个词叫什么来着？"

"知识。"珂雪博士说。

"对，要利用关于龙的知识。普林尼①已经有过描述，说龙知道一种草药，用它可以复活已死的同类。寻找这种草药，应该是我们这个学科的神圣目标。"

"那怎么能知道，世上有龙呢？"男孩问。

泰西蒙德博士皱皱额头。克劳斯俯身给了儿子一耳光。

"因为替代品显示出了有效性。"珂雪博士说，"昆虫幼虫这样微不足道的东西，如果不是跟龙有相似性，哪儿来的治疗效果！为什么朱砂能治病，如果不是因为它具有接近龙血的深红色泽！"

"还有一个问题。"克劳斯说，"既然我有幸能与学者交谈……如果我有这个可能，我很想……"

"请讲。"泰西蒙德博士说。

"有一堆谷粒。如果你把谷粒一颗一颗地取走……这个问题简直让我发疯。"

雇工们笑起来。

"这是一个著名的问题②。"泰西蒙德博士说着，对珂雪博士做了一个请讲的动作。

---

① 普林尼（Plinius，23—79），古罗马作家、博物学家，著有《博物志》一书。
② 这个"谷堆悖论"问题由古希腊哲学家欧布利德斯（Eubulides，生活于公元前 400 年前后）提出。

于是珂雪博士说："一个东西，不会变成其他东西，但两个词却不会相互排斥。在一堆谷粒与非一堆谷粒这两样东西之间，没有明确的边界。堆的特性会慢慢减弱，这点可以用云的消失来比较。"

"是这样，"克劳斯好像自言自语地说，"是这样。可是，不是，不是的。因为……不对！指头大小的木头不能用来做桌子。没有谁能用它做什么家具。它太小。不行的。用两块指头大小的木头也不行。增加得太少，木料还是太少，这永远也做不成桌子!"

两位来客也沉默了。此刻，大家能听到勺子的碰撞声，还有门外的雨声，风吹到窗板的声响。

"这个问题提得很好。"泰西蒙德博士说着，还用眼神鼓励珂雪博士说下去。

"东西是什么，就是什么，"珂雪博士说，"但在我们概念的深处，并不总是一清二楚，并不总是很清楚：一个东西是山还是非山，是花还是非花，是鞋子还是非鞋子，或者是桌子还是非桌子。所以，如果上帝想做确切的说明，他就用数字说话。"

"一个磨坊主会对这样的问题感兴趣，非同寻常。"泰西蒙德博士说，"还有这类东西。"他指指门框上刻的五角星。

"它们可以驱魔避邪。"克劳斯说。

"这样刻上就行？管用吗?"

"还得配上适当的口诀。"

"闭嘴吧。"阿内塔说。

"可这是件很难的事，"泰西蒙德博士说，"用……"他朝珂雪博士望去。

"口诀。"珂雪博士说。

"对，"泰西蒙德博士说，"口诀。可是口诀不危险吗？有一种说法，同样的口诀既可以驱逐恶灵，可在某些情况下，又可以吸引恶灵。"

"那是另外的口诀。我也知道一些，不用担心，我知道怎样区分它们。"

"别说了。"阿内塔说。

"那么，这位磨坊主，是不是还有其他感兴趣的事？脑子里还琢磨些什么，想知道什么呢？我们还可以提供什么帮助吗？"

"还有，树叶的问题。"克劳斯说。

"你闭嘴吧!"阿内塔说。

"几个月前，我在雅各·布兰的田里，在一棵老橡树跟前发现了两片叶子。其实那不是布兰家的田，它一直属于骆泽家的，不过闹遗产纠纷时，村长把它判给布兰家了。噢，无所谓了，不过，无论如何，这两片叶子看上去是一模一样的。"

"这当然是布兰家的田，"塞普说，他曾在布兰家当过一年雇工，"骆泽家里的人都是骗子，最后只能让魔鬼抓走。"

"如果说咱们这里有骗子，"女佣说，"那就是雅各·布兰。稍微留心点就知道，在教堂里他就会盯着女人看。"

"可那块田就是属于他。"塞普说。

克劳斯拍了一下桌子，大家都不说话了。

"两片叶子一个模样，每条叶脉，每道裂隙都一样。我把它们晾干了，我可以拿给你们看。为了看仔细，我甚至从那个到村里来的商贩手里买了一个放大镜。那个商贩不常来我们这儿，他叫雨果，左手只有两个指头，你要是问他，那些指头是怎么没的，他就说：磨坊主先生，不就是手指头嘛!"克劳斯停顿了一下，惊异自己的话走了题，又接着说下去，"我把那两片叶子放在面前，忽然问自己，能不能说，其实它们就是同一片。如果它们的区别不过是，一片在左边，一片在右边，那用一个动作就可以做到。"他做出一个笨拙的表情，示意一把勺子飞到一边，一只碗飞到了另一边，"你想啊，若有人说，这两片叶子是一样的，就是同一片，你该怎样反应？他说得对啊!"克劳斯砰的一声手砸到桌子上，只见一只碗转了一圈，又转了一圈，停下来。所有的人都盯着那只碗看，只有阿内塔一直盯着他，用平静的目光请求不要再讲下来。可克劳斯还是接着说下去："这两片叶子嘛，如果它们只是看上去是两片，而实际上是一片，那岂不是要说……这个问题也好，那个问题也好，都是上帝做的扣，让咱们看不透他的秘密？"

"现在你打住吧。"阿内塔说。

"因为我们谈到了奥秘，"克劳斯说，"我这儿还有一本我看不懂的书。"

"上帝创造了芸芸众生，他不会造出两片完全相同的叶子。"珂雪博士说，"甚至两颗完全相同的沙粒也不存在。没有哪两样东西，上帝不知道它们之间的差异。"

"那两片叶子在楼上，我拿来给您看！那本书我也可以拿来！尊敬的先生，那个甲虫幼虫的事不可信，把它们晒干磨碎不能治病，反倒会造成腰酸背痛，关节发冷。"克劳斯对儿子示意道，"把那本大书拿来，就是那本没有封面、有很多插图的书！"

男孩起身走到梯子处，他爬得很快，不一会儿就消失在顶盖口。

"你儿子真不错。"珂雪博士说。

克劳斯心不在焉地点点头。

"不过，"泰西蒙德博士说，"时候不早了，我们还得在天黑之前赶到村里。你也来吧，磨坊主?"

克劳斯茫然地看着他。两位客人站起身。

"你傻呀。"阿内塔这时说。

"去哪里?"克劳斯问道，"干吗去?"

"不用担心，"泰西蒙德博士说，"咱们只是聊聊，详细地静静地聊聊。磨坊主，这正是你想要的，不是吗? 安安静静地，聊你所关心的所有的事情，什么都可以聊。我们像坏人吗?"

"可是，不行，"克劳斯说，"后天彼得·施格要来取他的粮食。还没磨呢，还在阁楼上。时间很紧。"

"你有这么好的雇工，"泰西蒙德博士说，"这些活儿他们会干完的，你可以放心。"

"不想跟随朋友的人，"珂雪博士说，"说不好什么时候就得同不是朋友的人打交道。咱们一起吃了饭，一起在磨坊里聊了天，咱们就可以互相信任了。"

"那本拉丁文书，"泰西蒙德博士说，"我也想看看。如果有问题，我们可以解答。"

大家都在等男孩，他正在黑暗的阁楼里摸索着。找了一阵，才在谷粒堆旁找到那本大书。等他爬下来时，父亲和两位客人已经站到了门口。

他把书递给克劳斯，克劳斯摸摸他的头，然后弯下腰，亲他的额头。在最后一抹日光中，男孩看到父亲脸上有众多小而深的皱纹，看到父亲眼里不安的闪动——那眼睛看什么都往往只是短短的一瞥——还看到父亲黑胡子里的白须。

克劳斯向下看着儿子，他很惊奇，这么多孩子一出生就死去了，偏偏这个活了下来。他感到自己对这个男孩一直关心得太少。他几乎已习惯了孩子们早早夭折。该有所改变了，克劳斯想，我要教给他我所知道的，教给他那些咒语口诀、回文方块、草药，还有月亮的运行。想到这儿，他高兴地拿起书，走出门。雨停了。

阿内塔紧紧抓住他。他们长时间地拥抱。克劳斯想挣脱，阿内塔仍抱着他。雇工们咯咯直笑。

"你很快会回来的。"泰西蒙德博士说。

"你听到没。"克劳斯说。

"你傻呀。"阿内塔哭着说。

突然一切都让克劳斯感到尴尬，他的磨坊，他哭哭啼啼的老婆，他瘦小的儿子，他整个困窘的生活状态。他决然地推开阿内塔。比起跟磨坊里的无知之辈在一起，能与学识渊博的男人们共事，这令他更感到称心如意。

"不用担心，"他对泰西蒙德博士说，"夜里我也能找到路。"

克劳斯迈着大步走去，两个男人跟着他。阿内塔一直看着他们的背影，直到他们消失在朦胧中。

"回屋去。"她对男孩说。

"他什么时候回来?"

她关上门，推上了门闩。

II

珂雪博士睁开眼睛。屋里有人。他听了听。这里除了泰西蒙德博士，没有别人。那博士的鼾声正从对面床上传来。他推开被子，在胸前画了十字，站起身。这一天来了。今天是审判日。

更有甚者，他又梦到了那些埃及字符。黄色土墙上，画着顶着狗头的男人，狮子带有翅膀，还有各种斧头、宝剑和长矛，各种波浪线。没人能看懂。有关这些字符的知识已经失落，直到一位富有天赋的奇才出现，它们才会得到破解。

有一天，他会成为这位天才。

他的后背又像每天早上一样疼起来。睡觉时，身子下方的干草袋很薄，地面又冰凉坚硬。神父楼里只有一张床，睡在上面的是他的导师，连神父本人也得躺在床边地板上。不管怎样，这天晚上导师没有醒来。导师睡觉的时候又喊又叫是常事，有时他会觉得自己的性命受到了威胁，会把藏在枕头下面的刀子抽出来。如果发生了这样的事，那是因为他又梦到了那次大策反①，那是在英格兰，他

---

① 指 1605 年 11 月发生于英格兰的"火药阴谋"（Gunpowder Plot），一伙英格兰天主教极端分子试图炸掉国会大厦，杀死国王詹姆士一世，最终行动失败。

与几位勇士差点把国王炸上天。他们没有成功，但他们并未放弃：他们又花了几天时间想绑架伊丽莎白公主，想强迫她登上王位。事情本来可以成功，如果成功了，今日的大不列颠岛又会回归正确的信仰。失败后，泰西蒙德博士在林子里生活了好几个星期，靠树根充饥，泉水解渴，他是唯一漂洋过海成功逃出来的人。后来他将被封圣，但晚上别人仍不能躺在他近前。因为他枕头下总放着一把刀，他的梦里总会现出一个个信仰新教的刽子手。

珂雪博士披上披风，走出神父楼，茫然地站入清晨的苍白中。他右边是教堂，面前是有井台和椴树的主广场，这里昨天搭起一个台子，台子旁边是塔姆家、赫里希家和海灵家的房子。现在他已结识了这个村子里的所有村民，他一一审问了他们，知道他们的秘密。此时赫里希家房子上好像有什么动静，他本能地退了两步，不过也可能只是一只猫。他念诵着护身祷词，同时画了三次十字：走开，妖魔鬼怪，主和圣母以及所有圣人都在护卫我。然后他坐下，靠在神父楼的墙上，一边冻得牙齿打战，一边等待着日出。

他注意到有人坐到他身边。这人走来、坐下都悄无声响，他是狄曼师傅。

"早上好。"珂雪博士低声道，可他马上意识到这是一个错误，因为狄曼师傅也可以这样同他打招呼。

令他担心的事发生了："早上好！"

珂雪博士四下看看，幸好不见半个人影，村子还在沉睡。没有人看到他们。

"真冷。"狄曼师傅说。

"是的。"珂雪博士说，反正总得说点什么，"真不好。"

"而且一年比一年糟。"狄曼师傅说。

他们不说话了。

珂雪博士知道最好不要接话，但沉默令人压抑，所以他又清了清喉咙，说："世界末日就要到了。"

狄曼师傅吐了一口唾沫："还要多长时间？"

"可能一百年，"珂雪博士说着又不很惬意地看了看周围，"有人认为用不了这么长，还有人认为需要一百二十年。"

他不言语了，感到喉咙里有个什么肿块。每次他说到世界末日时，都会出现这种情形。他在胸前画起十字，狄曼师傅也跟着画。

这可怜的家伙。珂雪博士想。其实刽子手不需要害怕最后审判①，因为被判刑者遭处死前，须原谅他们的行刑人。但总有些时候，会出现冥顽不化者拒绝原谅，近来甚至还出现了被判刑者对刽子手说到约沙法谷②再见的事例。人人都知道这个诅咒——咱们约沙法谷见——是什么意思。对刽子手说这种话，就是指控他犯有杀人罪，拒绝宽恕。狄曼师傅是不是也经历过此事？

"您不想问，我会不会害怕审判？"

"不想！"

"不想问，有没有人约过我到约沙法谷见？"

"不想！"

"每个人都会自问的。您知道，这活儿不是我自己找的。我干这行当，是因为我父亲做了，我父亲是干这个的，因为他父亲就是

---

① 古代基督教、伊斯兰教和犹太教都认为世界末日之时神会出现，将死者复生并对他们做出判决，将之分为永生者和打入地狱者。

② 约沙法谷（Tal Josaphat），被认为是上帝进行最后审判的地方。

干这个的。我儿子也会像我一样，因为刽子手的儿子还会是刽子手。"狄曼师傅吐了一口唾沫，"我儿子性情很温和，才八岁，是个很可爱的孩子，我看杀人不适合他。但是他别无选择。这活儿也不适合我。可是我学会了，而且干得还不错。"

珂雪博士这时真的担心起来。他同一个刽子手在这儿平和地聊天，这无论如何不能让别人看到。

天边的鱼肚白逐渐扩展开来，房子墙面上已经可以分辨出不同的颜色。即使是椴树前面的台子他现在也能看清楚了。朦胧晨光中，台子后面现出一辆驴车的模糊轮廓，说唱艺人两天前已经抵达。事情总是这样：只要有什么可看的，这些"游动族"马上会聚集过来。

"感谢上帝，这个臭地方没有酒馆，"狄曼师傅说，"如果有的话，我晚上在那儿只能孤单坐着，所有的人都会交头接耳，都会斜眼扫过来。尽管我知道会这样，我还是会去那儿，要不我还能去哪儿？我恨不得马上回艾希斯特①。"

"那儿的人对您要好些?"

"不是，可我家在那儿。在家受到不好的对待，总比在其他地方被糟蹋好。"说着狄曼师傅举起双臂，一边打哈欠，一边伸伸懒腰。

珂雪博士让到一旁。此时这刽子手的手离他肩膀只有几英寸，千万不能让它碰到。谁让刽子手碰到了，哪怕只是在路上偶尔碰了一下，也会毁了名声。当然也不能惹恼他。如果让他生气了，他会

①　现为巴伐利亚的一个市级镇。

有意收拾你，不论代价如何。珂雪博士诅咒自己的好心肠，他真不该陷入这种对话。

令他宽慰的是，这一刻楼房里传来导师的干咳声。泰西蒙德博士醒了。他做出一个歉意的表示，站起身。

狄曼师傅斜着嘴角笑了笑。

"在这个大日子里，上帝与我们同在。"珂雪博士说道。

狄曼师傅没有做出什么表示。珂雪博士赶快进了神父楼，去帮导师穿戴。

泰西蒙德博士身着一袭红色法官长袍，不紧不慢地向台子走去。台上的桌子上，放着一打一打的纸，上面压着从转着水车的小溪里找来的石头，以免让风吹走。太阳快到最高点了。阳光穿过椴树冠射下来，光影婆娑。大家都到了：前面是施格家的所有成员，铁匠维希·史岭和他老婆，农庄主雅各·布兰和他的家人；后面是面包师霍尔和他老婆、两个女儿，安姆·梅和他孩子、老婆、嫂子、老母、老岳母、岳父还有姑姑，旁边是玛丽亚·洛因和她的美貌女儿；再后面是赫里希家和海灵家连同他们的雇工；站在最后面的是塔姆家的几张家鼠一样的圆脸。狄曼师傅站在一旁，他靠在椴树干上。他身着一件棕色大褂，脸色苍白浮肿。一个说唱艺人站在他的驴车后面，正在一本小书上写着什么。

泰西蒙德博士轻盈地走上高台，站到椅子后面。珂雪博士尽管年轻不少，登上这台子并不让他感到轻松，这台子实在太高，长袍又妨碍他迈步。他走上台后，泰西蒙德博士一直用眼睛看着他。珂雪博士知道，这是示意他现在该开口发话了。可四下望去，他感到头晕目眩。那种不真实感如此强大，以至于他必须抓住桌子边，稳稳神。他已经不是第一次经历这样的情形了，但这是绝对要保守秘密的事情之一。他刚刚得到了一个较低的圣职，要成为完全正牌的耶稣会士，前面的路还很长。只有具有最强健身体和精神的男人，才能获许成为耶稣会的一员。

最重要的是，不能让任何人知道，他的时间感会怎样一而再地陷入混乱。有时候，他发现自己又到了一个陌生的地方，却全然不知这期间都发生了什么。最近他竟然在整整一个小时里，忘记了他已经长大成人，还觉得自己是个在父母家房子旁边的草地里玩耍的小孩，就好像其后的十五年以及在帕德博恩①的艰难学业不过是一个想要长大的小男孩的想象。世界多么脆弱。他几乎夜夜都能梦见埃及字符，他越来越担心，有一天他有可能再也不能从那个梦中逃出：他将永远困在没有上帝的法老国度的那个斑驳地狱里。

他匆匆地擦了擦眼睛。这时，充当陪审员的彼得·施格和维希·史岭穿着黑袍走到他们面前，跟在后面的是维希·冯·埃希，他是基层法院院长和管事，判决书必须由他宣读才能生效。光影在草地上、井台上舞动着。尽管阳光足够明亮，天气依然冷冽，以至可以呼出朦胧的小云团。椴树冠啊，椴树冠，珂雪博士想，这样一个词可以延伸出另一个词，但现在不能这样，他绝不可以分心，他必须将全部精力集中到审判仪式上。椴树王，椴树冠，椴树乌鸦。不行，不行，现在不行！现在脑子不能乱，现在大家都在等着作为秘书的他宣告审判开始。这是别人做不了的，这是他的工作，他必

---

① 现为德国北莱茵-威斯特法伦州的一座城市。

须认真完成。为了让自己冷静下来，他朝前面和中间的观众望去，可还没等他平静下来，他的视线遇上了磨坊主儿子的眼睛。男孩站在最后，站在他母亲旁边。他眼睛细长，脸颊凹陷，嘴唇有点突出，好像正要吹口哨。

要想法子将他从脑海中清除掉。你做了那么多祈祷训练不能白做了。思维就像眼睛，眼睛可以看见它们面前有什么，但把眼光投到哪儿，却要由你决定。他眨了眨眼。不过是一块斑点，他想，只是一块颜色，只是光的游戏。我没看到什么男孩，我看到的是光。我没看到一张脸，我看到的是颜色。只是颜色、光和阴影。

果然，这个男孩已经没有了意义。只要他不看着这男孩，他们的目光就不能相遇。只要没有相遇，就一切正常。

"法官到了吗?"他有些沙哑地问道。

"法官到了。"泰西蒙德博士答道。

"管事在吗?"

"我在。"维希·冯·埃希气哼哼地说。常规情况下，应当由他来主持法庭审理，不过今天这里不是常规情况。

"第一陪审员到了吗?"

"到了。"彼得·施格说。

"第二位呢?"

没人回答。彼得·施格从侧面碰了一下维希·史岭。他惊奇地四下看看。彼得·施格又碰了他一下。

"到了，在这儿。"维希·史岭说。

"好，法庭人员已经到齐。"珂雪博士说。

无意之间他看到了狄曼师傅。这名刽子手正懒洋洋地靠在椴树干上，微笑着摸着自己的胡子。他在笑什么？他的心怦怦地跳着，把头转向别处，无论如何不能给人留下这个印象：他与这名行刑官有什么默契。于是他向说唱艺人望去。

前天他还听了他的演唱。鲁特琴音没有调好，说词的韵律押得也不准，而且他连说带唱的那些闻所未闻的事件，也不是那么闻所未闻：一个发生在马格德堡的新教徒谋杀儿童案，一首无力乏味的嘲讽普法尔茨选帝侯的歌曲，歌中让"面包"与"弯曲"，"奇迹般地"与"武器"相互押韵。想到这位歌手将写出有关这次审判的歌谣四处演唱，自己很有可能也在其中时，他感到十分不悦。

"法庭人员已经到齐。"他又说了一遍，"为了保障这个教区的安宁与和平，法庭人员将在这里进行公正审理、公正宣判，自始至终以上帝之名。"清了清嗓子后，他喊道："把死刑犯带上来！"

有一阵子，广场上一片寂静，你可以听到风声、蜜蜂的嗡鸣声，牛羊的哞哞、咩咩的叫声，还有其他动物的叫声。接着，雅各·布兰家的牛棚门打开了，发出了刺耳的声响，因为门板刚刚用铁做了加固。连窗板也用木板钉死了。棚子里的奶牛失去了落脚地，被带到了彼得·施格家的牲口棚里。为这事还出现了纠纷，彼得·施格要求付款，雅各·布兰不肯支付，宣称这不是他造成的。村子里总是这样，没有哪件事好打发。

一个国土佣兵①打着呵欠走到外面，跟在他后面的是两个直眨眼睛的被告，他们身后又是两个国土佣兵。这两位上了些年纪，快

---

① 国土佣兵（Landsknecht），为15至17世纪神圣罗马帝国的雇佣步兵。以长枪兵为主，一开始是为皇帝效命，后来装备乃至效命对象都日益复杂。出现在此说明审判为国家行为。

退伍了，一个瘸着腿，另一个没了左手。看来从艾希斯特派不出更好的兵了。

人们看到被告时，感到这阵势显得多没必要。被告的头发已经剪光，光秃秃的头上，各种包块、凹陷突兀其上，令人一览无余，这种情况下，他们看起来本来就是最脆弱、最无足轻重的一类。他们手上缠了厚厚的绷带，好让人看不到伤残的手指；额头上还渗着鲜血，那是由狄曼师傅用皮带勒出来的。珂雪博士想，让人产生同情是多么容易，但绝不能相信这表面现象，因为他们关系着世界上堕落的势力，那个世界的主子每时每刻都和他们在一起。因此有同情心会很危险，法庭审理之时，魔鬼总有介入的可能，魔鬼随时可以来逞强，解救他们，法官必须以勇气和纯正的头脑来加以阻止。在神学院进修时，他的师长曾一次又一次地告诫他：绝不能低估魔鬼党羽！永远不要忘记，你的同情就是他们的武器，他们可以使用的手段，你根本无从想象。

观众们让出一条道，两名被告被带到台子上：走在前面的是老太太汉娜·柯尔，磨坊主走在后面。两人都弯着腰，他们显得神情恍惚，很难说他们是否知道自己在哪儿，正在发生什么。

不能低估他们，珂雪博士对自己说，你不能低估他们，这很重要。

法庭人员坐了下来：泰西蒙德博士居中，彼得·施格在他的右边，维希·史岭在他的左边。维希·史岭左边不远处放着一把椅子，那是给书记员留出来的，虽说他得确保整个审理过程顺利进行，但他本人不是法庭成员。

这时泰西蒙德博士举起一张纸，开口道："汉娜，这里是你的供词。"

汉娜一言不发。她的嘴唇一动不动，眼睛似乎空了。她看上去像一具空壳，面孔好像一张剥下来的面具，手臂的关节好像错位了。珂雪博士这时想，最好是不要去想。而就在这一刻，他仍旧自然而然想到，狄曼师傅是怎么搞的，让胳膊成了这样。最好不去想。他揉揉眼睛，脑子里却仍然在想这个问题。

"你不说话，"泰西蒙德博士说，"那我们就读一读审讯时你说的话。它们都写在这张纸上了。汉娜，这些都是你说的，现在大家都来听听。现在要让一切公之于众。"他的话好像产生了回音，好像他是在一座石头房子里说话，而不在露天，不在椴树下，椴树冠可以减弱风势吗？——哦，天啊，珂雪博士不止一次这样想到，他是多么幸运，上帝对他是何等关照，让泰西蒙德博士将他选作了助手。为此他自己可是什么都没做，没有表示过任何意向，也没有积极争取。那年，泰西蒙德博士这位传奇的人物、令人钦佩的遍走天下者、真正信仰的见证人，作为自己上司的客人从维也纳来到帕德博恩。在耶稣会的一次研习活动中，他忽然站起，径直向他走来。我要问问你，我的孩子，快回答我。不要考虑，我想听什么，这个你猜不到。说你认为对的就是。你说，上帝更爱谁——是没有孽行的天使，还是犯有孽行后来又悔过的人？快点回答。天使是否也具有上帝的本质，像上帝一样永生，或者他们是被造出来的，同我们一样？快点说。还有那些孽行，是不是上帝的造物？如果是的话，上帝可以像爱他的所有造物一样爱它们吗？如果不可以，那么对孽行者的惩罚怎么会无终无止，孽行者的痛苦、他在火中的苦难为何没有尽头？快说啊！

一个小时就这样过去了。对那一个个问题，他听到自己给出了回答。如果他没有答案，也会自己编出来，有时还要加上名言和名言出处，托马斯·阿奎那①写有上百本书，没有人全都读过。他对自己的发明本领很自信。他就这样说了又说，好像另一个人在通过他说话，他全神贯注，让自己的记忆提供所有引语、名字和答案，还不顾心跳过速，不顾大脑晕眩进行数字计算，做相减或相除。整段时间里，这位兄弟一直专注地看着他的脸，此等情形有时好像还会出现在今天，好像提问还在持续，并将永远持续下去，好像从那时起，一切都是个梦。终于，泰西蒙德博士后退一步，闭上眼睛，像自言自语似的说："我需要你。我的德语不好，你必须帮助我。我得回维也纳，神圣的事业在召唤，你得跟我一起去。"

　　就这样，他们在路上已经走了一年。去维也纳的路很远，路上不时又会遇上紧急情况。像泰西蒙德博士这样的人，但凡发现有什么不正当的事，是不会一走了之的。在利普施塔特，他们除掉了一个恶灵；在帕绍赶走了一个忘记廉耻的神父。到捷克的比尔森时，他们不能进城，因为当地怒气冲冲的新教徒很有可能会将过路的耶稣会士逮捕。为此，他们绕道而行，经过一座小村庄时，他们停了下来，因为要在那儿对一个可恶的女妖实施逮捕、审判、施以酷刑，这样前前后后又用去了半年。接着，他们听说在拜罗伊特②要举行一个龙学学术讨论会。他们自然要去参加这个会议，绝不能让博士的最大对手哈德·冯·费尔在那里胡言乱语，散布相反的观

---

① 托马斯·阿奎那（Thomas von Aquin, 1225—1274），意大利哲学家、神学家。
② 拜罗伊特（Bayreuth），现德国上弗兰肯行政区（Oberfranken）的首府。

点。这样，两人的争论持续了七个星期，外加四天又三个小时。之后珂雪急切希望，他们能尽快抵达皇城；然而，两人在艾希斯特的维利巴迪努神学院过夜时，那里的侯爵兼大主教召见了他们，大主教对他们说："我这里的人个个萎靡不振，泰西蒙德博士啊，村里的教会管事很少控诉，结果妖怪越来越多，人人袖手旁观；因为上面不同意资助，我自己的耶稣会学校快揭不开锅了。你们能不能帮帮我？只要你们愿意帮我，我可以让你们设立捉妖特别委员会，会授权给你们，立即收缴作恶者的资金财产，什么样的授权你们都可以得到。"

正因为如此，当珂雪博士同那个很特别的男孩交谈后，他整整犹豫了一下午，随即感到，他们很可能又遇到了妖怪事件。他想，这件事我不必讲，我可以不提它，可以忘掉它。我本来不必同这个男孩过话，这是一个偶然事件。然而，他心中又出现了良知发出的声音：要同导师谈这件事。不存在任何偶然，只存在上帝的意愿。跟预料的一样，泰西蒙德博士马上做出了到磨坊主家走一趟的决定。跟预料的一样，一切都以他惯有的方式，按部就班又重演了一遍。如今，自打他们驻留在这个偏远的村子，又已过去了几个星期。维也纳还远着呢。

忽然他发现每个人都在看他，只有被告看着地面。显然他精神不集中的状况又出现了。他只希望走神的时间不太长。他赶快四下看看，定了定神，看到了面前摆着的汉娜·柯尔的供词。他认识纸上的字迹，那是他的，是他自己写的，现在他得当众读出来。他的手指在犹疑，就在他想拿起纸，手指刚要触到这张纸时，一阵风吹了过来。好在珂雪博士手疾眼快，将纸拿到了手里。它若是飞走，后果实在不敢想象，撒旦恶势强大，空气是他的王国，用此来嘲弄法庭，会是他的拿手好戏。

　　读着汉娜的供词，他不由自主地想起审讯过程。那是在神父楼的一间黑屋子里，那里原本用来放置扫帚等用具，他们把它腾空，成了审讯室。在那里，狄曼师傅和泰西蒙德博士用了好几天的时间，让老太太说出了真相。泰西蒙德博士心地友好，如果能避开严酷审讯，他最为乐意。只是，按照"卡尔大帝刑法典"①中的规定，由法官安排的刑讯，法官本人必须在场。这里面还规定，必须要有供词。没有供词不能结束审理。如果被告不承认罪行，则不能判决。尽管审讯得在封闭的房间进行，但在审判日，唯有在供词被公之于众并被公开确认后，方可宣布判决。

　　珂雪博士读着供词，惊叫声、窃窃私语声不断从人群中传来，人们或者大气倒吸，或者闭目摇头，或者厌恶、愤怒地露出牙齿。当他念到夜间飞行，念到赤身露体，念到乘风而行，念到夜间的妖怪聚会②，念到锅里的血和袒胸露背，他的声音变得有些发颤。看哪，他们翻来滚去，雄山羊的欲望永不衰减，它从前面获取你，又从后面占有你，他们唱着歌，用着冥府的语言。③珂雪博士翻到下一页，念到施魔法的部分：让寒冷和冰雹降下田野，毁坏虔信者的收成，让敬畏上帝者食不果腹，让疾病与死亡降临弱者，让孩子染上瘟疫。有好几次他有些失声，可一想到自己的神圣职责，又命令自己恢复常态。感谢上帝，他还是有一定的心理准备。这些可怕的

---

① 指神圣罗马帝国皇帝卡尔五世 1532 年颁布的《加洛林刑法典》（Constitutio Carolina Criminalis）。
② 自 15 世纪出现的民间传说：妖怪定期在山间聚会。
③ 以上的描述符合自 15 世纪起流传的关于妖怪行为、妖怪聚会的想象和传说。

事情对他来说都不新鲜，也不是他第一次写下，他已经写了一次又一次，他熟悉纸上的每一个词。那是他在门外写的。狄曼师傅在屋里面审讯罪犯，他必须追问出具体的妖怪行径：汉娜，你是不是也飞过？所有的妖精都会飞，怎么偏偏你不会飞？你是不是不承认？还有妖怪聚会，汉娜，你有没有吻过撒旦？如果你承认，你会被宽恕，如果你什么都不说，那你就得看看狄曼师傅手里正拿着什么要使唤。

"以上所述属实。"珂雪博士在读最后几行，"我，汉娜·柯尔，迪娜·柯尔与兰茨·柯尔的女儿，正是以此种方式违背了主的意愿，背叛了全体基督教徒，给自己的同胞带来危害，也同样危害了神圣教会和我的地方行政当局。我为自己的罪行深感羞愧，愿意接受公正惩罚，对我来说，处罚是上帝的施助。"

他念完了。一只苍蝇嗡嗡地从耳边飞过，绕了一圈，停到他前额上。应该把它赶走，还是假装没注意到？怎样做更符合法庭威严，怎样做才不会很可笑？他斜眼看看自己的导师，但他没有给出任何建议。

相反，泰西蒙德博士将上身前探，看着汉娜·柯尔问："这是不是你的供词？"

她点点头。她身上的镣铐发出碰撞声。

"汉娜，你必须用嘴说出来！"

"这是我的供词。"

"这些你都做了，是不是？"

"是的，这些都做了。"

"那，谁是头目？"

她不说话。

"汉娜！谁是你的头目？你是跟谁一起去聚会的？谁教你们飞的？"

她不说话。

"汉娜，说呀。"

她举起手，指向磨坊主。

"汉娜，你必须说出来。"

"他。"

"大声点！"

"是他。"

泰西蒙德博士做出一个手势，卫兵把磨坊主推到前面。现在，法庭审理的首要部分才算开始。对老汉娜的审理只是顺带为之。妖怪几乎总有随从。尽管如此，维希·史岭的老婆受到处罚威胁后，过了好一阵才承认，她与汉娜·柯尔争吵之后犯了风湿病。玛格·施格和玛丽亚·洛因的情况也是这样，审问过去一周后，她们才想起来，如果汉娜称病不能去教堂，过后往往会出现恶劣天气。汉娜本人也没否认多久。狄曼师傅刚给她看了刑具，她便开始承认自己的罪行。当他真的动起家伙的时候，她很快就招认了全部罪行。

"克劳斯·乌伦！"这时泰西蒙德博士把三张纸举到空中，"这是你的供词！"

珂雪博士一看到导师手中的那几张纸，头马上疼起来。他能背下上面的每句话，那是他一遍又一遍写上去的。那是在关着的审讯室的门外写的，在那里他可以听到里面的一切。

"我可以说点什么吗？"这时候磨坊主问道。

泰西蒙德博士不情愿地看着他。

"拜托了。"磨坊主说。他摸了一下额头上皮带留下的红印。镣铐发出叮当的声响。

"要说什么?"泰西蒙德博士问。

从审讯开始,一直是这种情况。后来泰西蒙德博士一再强调,像这个磨坊主这么艰难的案例,是他以前从未遇到过的!尽管狄曼师傅付出了所有努力,尽管又是刀扎,又是针刺,尽管用了盐、火、皮带,用了"湿鞋""拇指夹""钢铁女伯爵"①,结果还是不明不白。一个行刑人知道如何让犯人开口说话,但如果这位说了又说——即便自相矛盾也毫不在意,好像亚里士多德从未论述过逻辑问题——他能怎么办?开始时,泰西蒙德博士以为这是阴谋诡计,随后却注意到,在磨坊主的这些胡言乱语中,仍有着真理的碎片,有些见解甚至令人惊诧。

"我考虑过这个问题,"克劳斯说,"现在我知道我错在哪里了。我请求原谅,请求宽恕。"

"这个女人说的,组织妖怪聚会,是不是你干的?"

"我以为自己很聪明,"磨坊主眼睛看着地面说,"我高估了自己,太相信大脑,太相信可恶的思考能力了,很抱歉。我请求宽恕。"

"还有那些施法降祸的事呢?那些遭灾的田地,是不是因为你施法术,引来了寒流和淫雨?"

"我用老办法帮助了一些病人。有些我帮不了,老法子也不那么可靠,我总是尽心尽力,病人觉得真有帮助,才会付我点钱。如

---

① 这里是不同刑具的名称。

果他们想让我卜卦他们的前程，我就到水里看看，从鸟的飞行方式上看看。彼得·施格的堂兄，不是保罗·施格，是另一个，叫卡尔·施格，我对他说，他不该爬到山毛榉树上，我说，想找财宝也不要上树。彼得·施格的这个堂兄问，要是他的山毛榉树上有财宝呢？我说，不要上树。这位卡尔说，如果有财宝，他就上去找。他上树了，结果从树上摔下来，把脑袋砸了。有个问题我翻过来掉过去地想，可还是想不清楚：一个没有被采纳的卜卦，我不该说的卜卦，到底算不算卜卦，或者应该算别的什么东西？"

"你听没听到这个女妖的供词？她说你是妖怪聚会的头领，你听到没有？"

"如果山毛榉树上有财宝，那么财宝还在那里。"

"你听到那个女妖说的了吗？"

"还有，我找到两片白桦树的叶子。"

"不许再来这套！"

"它们看上去就像一片叶子。"

"不要再提树叶！"

克劳斯头上冒汗，呼吸很重。"这事令我非常困惑。"他一边想，一边摇头，还在剃光的头上抓了几下，以至镣铐哗哗响，"我可以让您看看那两片树叶吗？树叶肯定还在磨坊，在阁楼上，那是我搞愚蠢研究的地方。"他转过身来，把戴着镣铐的胳膊举过众人头顶，一边指着，一边说，"我儿子能把树叶取来！"

"磨坊里没有什么魔法用具了。"泰西蒙德博士说，"现在那儿有了新磨坊主，他不会留下那些破烂的。"

"那，那些书呢？"克劳斯轻声问道。

珂雪博士不安地看到一只苍蝇落到他手中的纸上，四只纤细的小黑腿走在上面的黑字间。有没有可能，它想告诉他什么？不过它走得太快，无法读出它走出的图形，再说，他不能再次分散注意力。

　　"那，那些书呢?"克劳斯问。

　　泰西蒙德博士向他的助理做了一个示意，珂雪博士站起来，开始念磨坊主的供词。

　　可他的思绪却回到了事件的调查上。雇工塞普主动告诉他们，他经常见到磨坊主大白天里陷入沉睡。如果没有人做这种昏厥态的见证人，便无法将妖术定罪给某人，因为妖术有着严格定义。撒旦的仆人们会留下身体的虚壳，灵魂则溜出窍，飞到遥远的地方。塞普口述道，磨坊主沉睡时，即便对他喊叫、摇晃，甚至打他踢他，都毫无作用。泰西蒙德博士对这些都做了记录。神父的揭发也对磨坊主非常不利——一旦村里有人惹恼了磨坊主，他就会喊：我诅咒你，我烧死你，我让你疼死！他要求全村人都服从他，人人都怕他发火。面包师老婆说，有一次，天黑的时候，她在彼得·施格家田里见到许多恶灵，都是他招来的，她看到了血盆大口、青面獠牙、毛爪子，还有大阴茎等在午夜显得黏糊糊的形体。珂雪博士几乎无法把这些记下来。接着村里先后有四个、五个、六个村民，然后又有三个，又有两个，后来越来越多，前来详细述说，磨坊主如何经常给他们的农田带来恶劣天气。这种害人法术比昏厥态更重要，如果昏厥态不能得到证实，被告顶多可被判为异端，但不能判为妖怪。为了确保不是误解，珂雪博士用了几天时间来给他们解释必须注意的表情、言谈和手势。这些人脑子很慢，在他们能记起之前，博士必须一遍一遍地重复讲解什么是魔法咒语，什么是可唤来撒旦的古老咒语。后来，他们果然都表明，这些咒语、说词他们确实听到过，那些呼唤魔鬼时需做出的姿势，他们也都看到了。可问到面包师时，他突然感到不很确定。这时泰西蒙德博士把他拉到一边，问他是不是真想保护妖怪，问他，他的心灵是不是纯洁到不害怕接受一次更仔细的检查。这一下让面包师果真都想起来了，别人看到的一切他也都看到了。如此这般，证人证词渐渐一应俱全，只需磨坊主在威严的审讯中坦白交代了。

"我让冰雹下到田里，"珂雪博士读道，"我在地上画了一个圈，唤来地下势力，唤来地上恶灵，唤来气王，给农田带来歉收，给大地带来冰雪，给谷物带来死亡。此外，我还收藏有一本禁书，一本拉丁文书……"

忽然，他注意到出现了一个陌生人，他不说话了。此人从哪儿来的？珂雪博士没有注意到他是如何走近的。如果他先前站在村民中，凭他那宽边帽子、天鹅绒的领子，还有那镶银拐杖，他是不会不注意到他的！现在他就站在那儿，在说唱艺人的车子旁边。如果只有他一人看见了此人，那可怎么办？他的心咚咚直跳，就好像那个男人只为他而存在，其他人根本看不见似的，若是这样，该怎么办？

不过，当这个陌生人一步一步慢慢向前走来时，人们纷纷让出一条路。珂雪博士松了一口气。这位男人蓄着短短的胡子，披着天鹅绒披风，毡帽上还晃着一根羽毛。这时他恭敬地脱下帽子，向前躬身道：

"您好，我是瓦茨拉夫·范哈赫。"

泰西蒙德博士站起身，也鞠了一躬，说："荣幸，荣幸。不亦乐乎！"

珂雪博士也站起身，鞠躬致意后，又坐了下来。原来来者不是魔鬼，而是一部著名著作的作者，那是一本有关钟乳石洞穴晶体形成的书。这本书珂雪博士曾在什么时候读过，但具体内容记不起多少了。他疑惑地向椴树望去，那里光影婆娑，好像一切都是错觉。这位晶体专家想在这儿做什么？

"我正在写一篇关于妖道的论文。"范哈赫博士鞠了一躬说，"你们在这个村子找到妖怪的消息已经传开来。我想为他辩护，请求得到许可。"

观众中传来一阵嚷嚷声。泰西蒙德博士犹豫着，说："我当然不怀疑，您这样博学的人知道把时间用到更有益的事情上。"

"或许吧。不过我已经在此，请求您能同意。"

"刑法典中没有规定，可以为死刑犯请辩护人。"

"但也没有禁止辩护。管事先生请允许我——"

"尊敬的同事，请同法官说，不要同管事说，他只宣布判决。做判决的是我。"

范哈赫博士向管事望去，他已经气得脸色煞白。不过事实确实如此，他不能做决定。范哈赫低头想了想，然后对泰西蒙德博士说："有辩护人的审判正变得越来越普遍。这样的例子有很多。一些死刑犯没有能力为自己辩护，如果他们真有这个能力，他们自然会做。例如刚才提到的那本禁书。那人是不是说，那是拉丁文的？"

"是的。"

"磨坊主读过吗？"

"我的上帝，他怎么能读？"

范哈赫博士笑了笑。他看了看泰西蒙德博士，看了看珂雪博士，看了看磨坊主，然后又看着泰西蒙德博士。

"这又如何？"泰西蒙德博士问。

"这本书可是用拉丁文写的！"

"那又怎样？"

"可磨坊主不懂拉丁文。"

"那怎么了？"

范哈赫博士张开双臂，笑起来。

"我能问点什么吗？"这时磨坊主说。

"尊敬的同事，一本不许拥有的书，指的就是不许拥有的书，而不是不许阅读的书。有远见卓识的神圣法庭①定义的是拥有，不是知晓。是不是这样，珂雪博士？"

珂雪博士咽了口唾液，咳了咳嗓子，眨了眨眼睛，说："一本书是一个可能性，它时刻可以说话。一个人尽管不懂上面的文字，也可以把书传给可以读懂它的人，让亵渎之书对他们产生作用。或者他自己可以学习上面的文字，如果没有人教他，他也有可能找到自学的方法。这点人们也已经认识到了。可以通过纯粹的对字母的考察来学习，看看它们出现的频繁程度，通过考察它们的固定模式来学习，因为人类智能很强大。圣人扎格拉尤斯（Zagraphius）就是这样在沙漠中学会希伯来语的，就凭着要了解原汁原味的上帝语

---

① 神圣法庭（das Heilige Offizium），即天主教法庭，罗马教廷原最高机构。

言的强烈愿望。还有拜占庭的塔拉斯（Taras）的故事，他仅凭多年的考核钻研，搞懂了埃及的象形文字。不幸的是，他没有给我们留下解释，所以我们必须重新研究解读，不过这项工作我们会完成的，也许就在不远的将来。不要忘记，这样的可能性总是有的，撒旦的随从什么语言都懂，撒旦也可能在某一天突然赋予他的仆人阅读这本书的能力。由于这些原因，对于能否理解一本书，评估应由上帝决定，而不应由他的仆人决定，唯有那个在审判之日能看透灵魂的上帝才能决定。人类法官的任务是，要澄清简单事实。其中最简单的就是：如果一本书是禁书，便不许人拥有它。"

"再说，要做辩护已为时太晚，"泰西蒙德博士说，"审理已经结束。现在只差判决了。被告已经供认不讳。"

"不过显然是在受刑情况下招供的，是不是？"

"这是当然。"泰西蒙德博士喊道，"不然他怎么会承认！如果不用刑永远不会有人承认什么！"

"如果用刑，每个人都会招供。"

"感谢上帝，正是如此！"

"对无辜者也如此。"

"但他并非无辜。我们有其他人的证词。我们有这本书！"

"提供证词的其他人如果不作证，也会受刑，是不是？"

泰西蒙德博士沉默了一会儿，然后轻声说道："尊敬的同事，如果一个人自己不交代当妖怪的罪行，当然得对他提出指控，得对他的罪行进行调查。如果不这样，又能怎么做？"

"好吧，我再提一个问题：妖怪的昏厥态本身究竟有什么意义？从前人们认为，处于昏厥态的女妖会在梦里与魔鬼交媾。在上帝的世界里魔鬼本来就没有势力，所以即使是克雷默①，也认为魔鬼只能利用睡眠对他的党羽施加他的妄念，施予他的性欲。可是现在，人们对妖怪的指控，指的正是那些从前认为由魔鬼注入幻觉而造成的行径，睡眠以及怪诞梦境也被问罪讨伐。那么，孽行是真实存在的，还是想象的？两者兼而有之是不可能的，是没有意义的。尊敬的同事！"

"说得有道理，尊敬的同事！"

"那就给我解释解释吧。"

"尊敬的同事，我不能让这个审判日因为夸夸其谈和怀疑而变得一文不值。"

"我可以问什么吗？"磨坊主喊道。

"我也要问。"彼得·施格一边整理他的长袍，一边说，"时间过去太久了，我们可不可以休息一下？奶牛乳房都胀圆了。您肯定都听到了。"

"把他抓起来。"这时泰西蒙德博士说。

范哈赫博士后退一步。几个卫兵都盯着他。

"绑上，带下去。"泰西蒙德博士又说，"不错，是这么回事，刑法典允许死刑犯有辩护人。不过规定中没有说，自告奋勇为魔鬼仆人做辩护，用愚蠢的问题干扰审判活动，是正当行为。尽管我非常钦佩富有学识的同事，但我绝不容忍审判受到干扰。这里我们要提出一个严正的问题，要搞清楚：是什么促使一位受敬重的人有如

① 克雷默（Institoris，原名 Heinrich Kramer，约 1430—1505），审理异端的宗教法庭审判长，中世纪末除妖运动发起人，著名的妖怪理论家，他的《锤击妖怪》一书对妖怪及其识别方法做了详细定义和解释。

此行径。"

没有人动一动。范哈赫博士看着卫兵，卫兵看着泰西蒙德博士。

"也许是想追逐名誉，"泰西蒙德博士说，"也许是什么更糟的缘由。会搞清楚的。"

人群中传出一阵笑声。范哈赫博士又后退了一大步，一只手按到剑把上。他本来是可以脱身的，那几个卫兵动作慢，胆子又小。然而，狄曼师傅已经摇着头，站到了他身边。

别的什么也做不了。狄曼师傅个子高，块头又大，肩宽背厚，他的脸色突然就已不复刚才。范哈赫博士手一松，长剑落到地上。一个卫兵取过长剑，一把抓住他的手腕，把他押向那个门板上加了铁的牲口棚。

"我抗议！"范哈赫博士不做抵抗地边走边喊道，"你们不能这样对待有身份的人。"

"尊敬的同事，请允许我向您保证，您的身份不会被忘记。"

范哈赫博士边走边转过身。只见他张开嘴，一脸惊诧，好像突然之间瘫软无力了。这期间，那扇吱吱作响的门已经打开，他和那卫兵转瞬消失在牲口棚里。很快卫兵又走了出来，把门关上，推上两个门闩。

珂雪博士的心跳得咚咚响。他自豪得有些发晕。导师的毅然果断被这样低估，他已经不是第一次经历了。导师能成为英格兰"火药阴谋"事件的唯一幸存者，当然不会无缘无故。要成为耶稣会最著名的殉道者，本不是轻而易举的事。人们往往有眼不识泰山，不知正与谁打交道。不容置疑的是，他们会很快知道的。

这时泰西蒙德博士对彼得·施格说："今天是重要的审判日。不是用来挤奶的。如果奶牛乳房胀痛，那也是为了上帝的事业。"

"我理解。"彼得·施格说。

"你真理解吗?"

"是的，是的，我真理解。"

"那你呢，磨坊主，我们已经读了你的供词。现在我们要听你的回答，你得大声地清清楚楚地回答：这些都是真的吗？是不是你做的？你后悔不后悔?"

场内一片寂静。只能听到风声和母牛的哞哞叫声。一片云朵飘来，挡住了太阳。

珂雪博士感到一阵轻松，椴树冠上的光线游戏终于停了下来。可树枝之间响起了哗哗声响。天冷了下来，很可能马上会下雨。面对这样恶劣的天气，就是杀掉这个妖怪也无济于事。世界末日前这最后几年的严寒、作物歉收，以及众多短缺和不如意之事，是由太多太多的恶人一起促成。不过仍要尽力而为。即便失败，也要战斗。一定要守住残存的阵地，坚持到底，直到上帝辉煌归来的那一天。

"磨坊主，"泰西蒙德博士重复道，"你必须当着这里所有人的面说出来。这些是不是真的？是不是你做的?"

"我可以问什么吗?"

"不可以。你只可以回答。这些是不是真的？是不是你做的?"

磨坊主四下看看，好像不太清楚自己在什么地方。这不过是一个伎俩，珂雪博士知道得很清楚，对此不能上当，因为那个伺机搞破坏、行杀戮的宿敌，正隐藏在看似失落绝望的人背后。树枝不再哗哗作响就好了。忽然间，这风声比那光影婆娑更令人难以忍受。要是那些奶牛再安静些，就好了！

狄曼师傅走到磨坊主旁边，好像一个老朋友，把一只手搭到他肩上。磨坊主看着他，他比这行刑人矮，向上看的样子就像一个孩子。狄曼师傅弯下身，在他耳边说了些什么。磨坊主点点头，好像明白了。这两者之间显示出的信任，令珂雪博士感到一阵迷惑。很可能这种恍惚致使他不小心看错了方向，他正好看到那个男孩的眼睛。

此时男孩爬到了说唱艺人的车顶上。他站在车顶边缘，站在制高点上。奇怪的是他掉不下来。他在那儿如何能保持平衡？珂雪博士对他不自然地笑了笑。男孩没有笑。珂雪博士不由自主地问自己：这孩子是否也与撒旦有染，不过在审问过程中并没显示出这样的迹象。审问时那女人一直哭，男孩则是自闭自封状，可两人该说的都说了。珂雪博士忽然不确定起来。是不是有什么疏忽大意之处？气王从来都是诡计多端。如果磨坊主并不是最可恶的妖怪，那会怎样？珂雪博士感到内心里萌发着一个疑惑。

"这些事你做没做？"泰西蒙德博士再次问道。

行刑人这时后退了一步。所有的人都在倾听，他们踮着脚尖，仰着头。当克劳斯·乌伦深深吸了一口气，最终要开口答话时，连风力也减弱了一阵儿。

III

———————

　　他不知道，世上还有这么好吃的食物。这是他这辈子都没有遇到过的：头盘菜是味道鲜美浓郁的鸡汤，加上新鲜出炉的小麦面包，然后是由盐甚至还有胡椒调味加工的羊腿肉，接着是卤汁肥猪里脊肉，最后还有带着烤箱余热的甜美的樱桃蛋糕，外加度数不低的红葡萄酒，喝进肚里让人感到脑袋里云腾雾绕。厨师一定是他们从什么地方专门请来的。坐在牛棚里的小桌子前享受美味佳肴，克劳斯甚至能感到，自己的胃在由温暖的美食填充。他甚至觉得，为吃上这样一顿美餐去死，其实也挺值得。

　　他一直以为，死刑前的断头餐不过是俗话里说着玩的。没想到，果然有厨师给找来了，还做出了他一辈子都没吃过的如此佳肴。因为胳膊被镣铐铐在一起，吃起肉来很是艰难。手腕已被铁镣磨破，伤痕累累，但眼下都无关紧要，这餐饭实在太好吃了。再说，他的双手已不像一周前那样疼了。克劳斯绝不妒忌地承认，狄曼师傅也是一个医师，这屠夫知道一些他从未听说过的草药。但他受过刑的手指还麻木着，以致肉块一次又一次地掉到地上。他闭上眼睛。他能听到隔壁牲口棚里鸡爪子刨地的声音，还能听到那个想做他辩护人的先生的打鼾声。这位衣着考究的先生，现在也戴着镣铐躺在干草堆上。磨坊主一边咀嚼着精美的猪肉，一边勉力想象，自己不可能得知这个男人的审讯结果了。

那时他已经死了。他也不会再知道后天天气会怎样。那时他都死了。也许明天晚上又会下雨。可这又有什么关系，谁还会对下雨感兴趣。

只是这事还是挺蹊跷：现在你仍坐在这儿，仍可以念叨从一到一千之间的所有数字，后天你却会变成气，或者会还魂转世，变成一个人，或一个动物。可不论变成什么，都不再能回忆起现在这个磨坊主了——你变成了一只黄鼠狼，或者一只鸡，一只树上的麻雀，不知自己曾是一个想了解月球运行轨道的磨坊主。也就是说，你只知从这个树杈跳到另一个树杈，只想着谷物，当然还得时时提防着食肉鹫。那么，你曾为磨坊主，而你对此也不再知晓，这个事实还有什么意义？

这时他想起来，狄曼师傅说了，如果不够吃，随时可以要。狄曼师傅说：喊就是了，你想要多少，就给你多少，过后可就什么都没有了。

于是克劳斯喊起来。他边嚼边喊。他的盘子里还有肉，蛋糕还没吃，可是你想多要，而且能要，为什么要等到一切都被吃光，等到外边的人改了主意再要呢？他又喊了一次，这次门真的打开了。

"我可不可以再要一些？"

"每样都要？"

"对，请每样都再给一些。"

狄曼师傅一声不吭地走了出去，克劳斯吃起蛋糕。吃着这温暖、柔软、甜美的蛋糕，他突然想到，其实他总是处于饥饿状态：

不论白天还是黑夜，不论在傍晚还是早上。只是他以前并不完全知道，那就是饥饿。那是不够吃的感觉，是虚空感，是让人感到膝盖发软、双手无力、大脑混沌的虚弱感。不必如此，本不该如此，这不过就是饥饿！

门吱吱响着打开了。狄曼师傅端着一个托盘走了进来，托盘上有几只碗。克劳斯高兴地舒了口气。狄曼师傅以为他是叹气，将托盘放下，一只手放在磨坊主肩膀上。

"没什么的。"他说。

"我知道，"克劳斯说。

"会很快的。这我办得到。我向你保证。"

"谢谢。"克劳斯说。

"有些死刑犯惹我生气，那就别想快了。你可以相信我。你没气我。"

克劳斯感激地点点头。

"现在的年头不错了。以前会把你们烧死。烧得很慢，不是什么好事。绞刑没什么。很快。你站上去，几乎还没准备好，你就已经站到造物主跟前了。过后你会被烧掉，那时你已经死了，完全没感觉了。你会看到的。"

"好的。"克劳斯说。

两人都看着对方。狄曼师傅好像还不想走开，仿佛他喜欢待在牲口棚里。

"你这家伙不赖。"狄曼师傅说。

"谢谢。"

"比起其他魔鬼党羽来。"

克劳斯耸耸肩。

狄曼师傅走出门，推上门闩。

克劳斯继续吃着。他再次想象起外面的房子，天上飘浮的云朵，飞翔着的鸟儿，想象起覆盖着草地和田地的棕绿色大地，以及鼹鼠在春天掘出的所有小土堆。你灭不了那些鼹鼠，什么草药什么咒语都不管事。当然还想到了雨。一切都还会继续，唯有他不行。

只是他无法想象这一点。

只要他想描画一个没有克劳斯·乌伦的世界，他的想象力就会鬼使神差地把本来该清除掉的克劳斯·乌伦，又塞回去，作为不可见的存在，作为没有躯体的眼睛，作为魂灵。当他果真撇开自己不想时，这个世界——这个他要想象的没有克劳斯·乌伦的世界——就会跟他一起消失。而且不管他怎样尝试，结果总是一样。就此他可以得出推论，他高枕无虞吗？可以推想，他不会离开，因为这个世界不能消失，因为没有他世界必然消失吗？

猪肉的味道依然诱人，可他忽然注意到，狄曼师傅并没带来更多的蛋糕。因为蛋糕是最好吃的，克劳斯还想再要一些。他又一次喊起狄曼师傅。

刽子手走进来。

"能不能再来点蛋糕？"

狄曼师傅不回答，走出门。克劳斯嚼着猪肉。现在，当没有了一点饥饿感的时候，他才真正注意到，这肉的味道有多好，多精细而丰足，多温暖而咸浓，还有点甜。他朝牲口棚墙上望去。如果在午夜前，在上面画上一个正方形，再用些血在地上画两个双圈，然后将全能上帝的第三个隐秘的名字叫三遍，便会出现一扇门，就可以从那里逃脱。成问题的只是铁链。要摆脱它们，需要煎问荆草。所以他必须戴着铁链逃走，路上再找问荆草。只是现在克劳斯疲惫已极，浑身疼痛，而且现在也不是生长问荆草的季节。

再说，逃到什么地方一切重新开始，也不是容易的事情。以前倒有过可能，可他现在已不再年轻，再没了那样的力气和勇气，再去当不受敬重的、一切都得从头学起的走乡串户的伙计，再去一个什么村子边上，做受歧视的短工，再去做一个人人都想回避的陌生人了。做个医师也不可能，这太容易引人注意。

哎，吊死更容易些。人死后若真可以回忆从前的事，这可能会使他对世界知识的研究、获取加快十年。也许他死后能搞懂月球轨道的问题；能知道，从哪颗谷粒开始，一堆谷粒不再是一堆；甚至还能搞明白，怎样可以将两片看上去一模一样的树叶区分开来，证实它们是两片，不是一片。也许是葡萄酒的作用，也许因为他这辈子第一次感受到的这种舒适，他现在甚至不再想逃走。就让那堵墙在那儿待着吧。

门闩又被推开，狄曼师傅送来蛋糕。"这是最后一次了，我可不来了。"他拍了拍克劳斯的肩膀，他喜欢这样，也许因为他从不被允许碰外面那些人。接着他打了一个哈欠，出去时把门撞得很响，把那个睡觉的人撞醒了。

只见此人坐起来，伸伸懒腰，四下打量着问："那个老婆子呢？"

"在另一个牲口棚，"克劳斯答道，"幸运啊。要不她总是抱怨，让人受不了。"

"把酒给我！"

克劳斯吃惊地看着他。他想说，这是他的酒，是给他一人的，只有他有资格喝，因为为此他得付出死亡的代价。不过他又很同情这个男人，要说他也不容易，于是他把酒壶递给了他。这男人接过酒壶大口喝起来。克劳斯很想喊："行了，别喝了，我都没有了！"可他说不出口，不管怎样这是一位有身份地位的人，对这样的人不能发号施令。他眼睁睁地看着酒液流过他下巴，流到那件天鹅绒披风的领子上，他似乎一点不介意，他实在渴坏了。

终于他放下酒壶："我的天，这酒太好喝了！"

"是啊，是啊。这酒真不错。"克劳斯嘴上说着，心里却暗暗想，可不要吃我的蛋糕啊。

"现在，没别人在这儿。你说实话，你是不是同魔鬼结盟了？"

"仁慈的先生，我也不知道。"

"你怎么能不知道？"

克劳斯琢磨起来。显然是愚蠢的脑袋瓜做错了什么，要不他怎么会落到这里。可到底错在哪儿，他又无从知晓。他受到一次又一次的审讯，每次都血腥痛苦。他被迫一次又一次地讲述他的故事，每一次都交代得不够彻底，又得做补充说明，还要再讲一个恶魔，还要再解释一个招魂唤鬼的口诀，再坦白一本禁书，再解释一下妖怪聚会，不然狄曼师傅不肯罢休。可这样的话他每次又得讲出新细节，以至他自己都不再清楚，哪些由他编造，哪些是他短暂生命中确实发生过的。他的一生杂乱无章：在某个地方待过一段时间，之后换了地方，接着又换了地方，后来突然落入白面粉尘之中，然后是老婆不满意，雇工们拿他不当回事，现在他戴上了铁镣，这就是他的全部过往。眼下该怎样吃掉这块蛋糕呢？也许能吃三四口，若每次只吃一小口，也许能吃五口。

"我不知道。"他又说。

"该死，我真不走运！"这男人说着，眼睛看着蛋糕。

克劳斯吓得赶快把剩下的蛋糕全往嘴里塞，嚼都不嚼就往下吞。蛋糕卡住了嗓子，还尽可能往下咽。咽下去了。饭就算吃完了。永远吃完了。

"仁慈的先生，"克劳斯又开口道，他要表现出自己的礼貌，"您现在会有什么情况呢？"

"很难说。只要进来了，就不容易出去了。他们会把我带进城，然后会审讯我。我肯定得交代什么。"他看着自己的手，叹了口气。显然他想到了那位行刑师傅。谁都知道，审讯时，施刑总是从手指开始。

"仁慈的先生，"克劳斯又说，"如果您想象一堆谷粒。"

"什么？"

"你将谷粒一颗一颗地取走，放到一边。"

"什么？"

"总是只取走一颗。什么时候这一堆会变得不再是一堆了呢？"

"取走一万两千颗以后。"

克劳斯擦了擦额头。铁链叮当作响。他摸到额头上皮带留下的勒痕。当时的每一秒钟他都还能忆起，那真是地狱般钻心地疼，他疼得直哀号，直求饶，然而直到他又编出、描述出一次妖怪聚会后，狄曼师傅才松了皮带。他问："正好一万两千颗？"

"当然了。"这个男人说，"你觉得我也能得到这样一顿饭吗？肯定还有剩的。这也太不公平了，我不应该落到这里，我只想为你辩护，然后写进我的书里。水晶的问题我已经告了一个段落，现在我想搞法学研究。只是我的情况与你没有任何关系。也许你真跟魔鬼结盟了，我怎么知道，也许你真是这样！也许你不是。"他沉默片刻，然后粗声喊道，"狄曼师傅！"

凭克劳斯现在对这位行刑师傅的了解，他觉得，这样喊可不好。他叹口气。现在他真想再喝点葡萄酒来缓解悲伤。不过狄曼师傅早撂下话了，多的不会再有了。

门闩推开，狄曼师傅走进来。

"给我拿肉来，"这位男人对他看都不看地说，"还有酒。酒壶空了。"

"你明天也死吗？"狄曼师傅问。

"这是一个误会，"男人嗓音嘶哑地说，他做出一副在对克劳斯说话的样子，因为用这样的口吻顶多可以同被定罪为妖怪的人，而不可以同行刑官说话，"这也太过恶劣了，有人会受到处罚的。"

"谁明天还会活着，就得不到断头餐。"狄曼师傅说着，把一只手放到克劳斯肩上，"听着，"他轻声说，"明天你站到绞架下时，别忘了，你必须原谅所有的人。"

克劳斯点点头。

"你得原谅法官，"狄曼师傅说，"也得原谅我。"

克劳斯闭上眼睛。他还能感觉到那葡萄酒，感到那温暖的柔和的晕眩。

"你得大声说，清清楚楚地说。"狄曼师傅说。

克劳斯叹口气。

"这是必须得做的，"狄曼师傅说，"死刑犯得大声地、清清楚楚地讲明，他原谅自己的刽子手，要让所有人都能听到。这些你都知道了，是不是？"

克劳斯想到自己的老婆。阿内塔来过了，通过墙板间的缝隙，他们过了话。她小声地说，她很难过，她没有别的办法，只能说他们让她说的话。她问，他能原谅她吗。

当然，他答道，他能原谅一切。他并不完全清楚，她到底都说了什么。不过这话他没说出来，留在心里了。反正什么都做不了了。受审讯以来，自己的思维能力已不再像从前那样可靠。

然后她再次哭起来，哭诉自己的命苦，还提到那男孩，总让她提心吊胆，不知该拿他怎么办好。

克劳斯很高兴听她讲儿子，他已很久没有想到儿子了，其实他还是很喜欢这个男孩的。只是这孩子有些特别，很难解释，他好像是用与其他人不同的材料制成的。

"你倒省事了，"她说，"你不必再费心，费脑子了。可我在村里待不下去了。他们不会让我待下去的。我可是从没去过别的地方。我可怎么办？"

"是的，不容易，"他说，脑子里还想着那个男孩，"是的，你不容易。"

"也许我可以去表嫂那儿，去芬兹。叔叔在去世前这么对我说的。他听说我表嫂现在在芬兹。也许可以这样。"

"你还有个表嫂？"

"是叔叔侄子的老婆。兰茨·梅的表姐。你不认识我叔叔。我小时候他就去世了。要不，我还能去哪儿呢？"

"我不知道。"

"可儿子怎么办？表嫂也许能帮帮我，如果她还能想起我来，谁知道呢，如果她还活着。可是一下子来了两个饿鬼，很麻烦的。"

"是的，很麻烦。"

"也许我可以让这孩子出去打小工，他还小，活儿还干不好，不过也许还是可以的。我还能怎么办？反正我不能留在这儿。"

"是的，你不能留这儿。"

"你这头笨牛，你现在倒省事了。你倒是说说，我该不该去找那个嫂子？也许她不在芬兹。你总是什么都知道的，说呀，我该怎么办？"

幸好，这时刽子手送断头餐来了，阿内塔赶快躲开，她不能让刽子手看见自己，谁也不许同死刑犯说话。接下来，他全身心地享用起美食和葡萄酒，把老婆的鼻涕眼泪忘得一干二净。

"磨坊主！"这时狄曼师傅喊道，"你听到我的话没有？"

"听到了。"

狄曼师傅的手重重地压了压他的肩膀："明天你一定得大声说！说你已经原谅我了！听见没有？在所有人的面前说。听见没有？都是这样做的！"

克劳斯想说什么，只是脑子已飞到了别的地方，现在他在想儿子的事。前两天他看见儿子玩杂耍。那是两次审讯间的空隙，在那段时间，世界上只有钻心的疼痛，他是通过墙缝看到儿子的，当时儿子正从那儿走过，手里扔着石子。石子在空中跳上跳下，好像自身没有分量。克劳斯叫着儿子的名字，想警告他。谁有这样的本事得格外当心，有可能被当作妖术。只是男孩没有听见。也许因为克劳斯的声音太弱。现在他的声音还是这样，想改变已经无能为力，这都是审讯造成的。

"你听着，"狄曼师傅说，"你不能对我说，到约沙法谷见！"

"一个垂死者的诅咒效力最强，"那个躺在草堆上的人说，"能贴到你的魂上，你永远甩不掉它。"

"磨坊主，你不会这么干，你不会诅咒刽子手，你不会这样对我，是不是？"

"我不会的，"克劳斯说，"我不会这样做的。"

"你也许想，诅咒不诅咒没关系。你觉得，你反正得上绞架，不过我可是跟你一起上梯子的人，我得给绳子打结，得拽你的腿，好让颈椎断开，不然你就耗着吧！"

"是这么回事。"草堆里的人说。

"你不会让我去约沙法谷，是不是？你不会诅咒我，你会原谅刽子手的——这本来就是理所当然，是不是？"

"是的，我原谅你。"克劳斯说。

狄曼师傅的手离开了他的肩膀，又在他肩头友好地拍了一下，说："你原谅不原谅法官，我不管。这同我无关。这事你愿意怎么做主，就怎么做主。"

突然，克劳斯笑了。这一定是酒精的作用，不过也因为他忽然想到，自己终于可以试试那个所罗门的大解方①了。尝试的念头一直有，只是没有机会。他从老胡纳那儿学了很多长口诀，当时对他来说一点不难，现在他也许还能把它们从记忆中找出来。明天待他

---

① 指《所罗门的钥匙》(*The Lesser Key of Solomon*) 中的咒法。该书是中世纪神秘学著作，书中包括众多咒语、法术。

站到梯子上，铁链突然像纸一样自行断开时，众人一定会目瞪口呆的。他会双臂张开，升到空中，在他们愚蠢的面孔上面飘行，他们一定会看傻眼的。他会从可恶的彼得·施格和他更可恶的老婆，还有他的亲戚、孩子、孩子的祖父母头上飘过，这些家伙一个比一个蠢；还会从梅家、赫里希家和霍尔家，还有塔姆家及所有其他人头上飘过。他们会怎样瞠目结舌地看着他不但不掉下来，还会一直上升，上升。随后他会看到他们变得越来越小，慢慢成了小点儿，整个村庄也会变成暗绿色森林中的一个斑块。他仰起头，会看到白色天鹅绒般的云朵，还会看到云上的居民，他们有的有翅膀，有的由白火生就，有的顶着两三个脑袋。他就在那儿，那个气王，那个魂灵与火焰之王，就翱翔于其中。我伟大的魔鬼，发发慈悲吧，带我去你的国度，让我自由吧！克劳斯马上听到了魔鬼的回应：看哪，我的国度有多大；看哪，那下面幅员如此辽阔，来，跟我一起飞。

克劳斯笑起来。忽然觉得脚上有挨咬的感觉，这才看到聚在自己脚边的老鼠，有几只有蛇样的尾巴，另外一些顶着毛毛虫的触角，可它们的叮咬只有刺痒感，几乎让人觉得很舒服。他又感到自己飞了起来，如果我主许可，我竟可以如此轻盈。你一定要记住那些词，要是少了一个，错了一个，所罗门的秘咒便无效了，一切便成了一场空。你若想起那些词，一切都会从你身上脱落，不论是沉重的镣铐，眼下的困境，还是磨坊主饥寒交迫的生活。

"这是酒精的作用。"狄曼师傅说。

"我不会关太久的，"那男人说，眼睛看也不看他，"泰西蒙德会后悔的。"

"他说了会原谅我，"狄曼师傅说，"他说了不会诅咒我。"

"不要跟我说!"

"那你说,你是不是听到了," 狄曼师傅说,"要不我让你不好受。他说没说他会原谅我?"

两人都向磨坊主望去。只见他眼睛闭着,头靠在墙上,正发出咯咯的笑声。

"是的," 这个男人说,"他这么说了。"

IV

———————

　　他唱得不好，这点尼尔从一开始就注意到了。可直到他们到了集市，听果特在人群前面唱起恶魔般的磨坊主的故事时，她才意识到，他们遇到了最差的游唱艺人。

　　他唱歌时音调太高，有时不得不在中途清清嗓子。独白的时候嗓音还不错，可只要他唱起来，声音马上又涩又碎。要是能把音唱准，他的嗓子本来不坏。即便唱得不好也不一定很糟，至少还能弹琴。可弹琴他也偏要出错。有时他唱着唱着还会忘记下面该唱什么。不过，即便如此，若是他的唱词编得好，也不会太令人难以接受。唱词讲的是可恶的磨坊主的故事，他诡计多端，精通妖术，整个村子都掌控在他手里，此外如人们通常所期望的，这些故事不乏血腥恐怖的细节。只是由他唱出，却显得杂乱无章，令人摸不着头脑，韵脚又生硬、笨拙，连孩子都受不了。

　　不管怎样，大家都还听着。游唱艺人并不常见，人们又很愿意听审判妖怪的故事，而且越凄凉悲惨，越具吸引力。可是唱过四段之后，尼尔看到了人们的表情变化，他唱第十二段也是最后一段时，许多人已经离开。现在急需采取些行动来扭转局面。尼尔希望，他能认识到这点，她希望他能有所察觉！

果特开始从头唱起。

他已经感到观众中的不安，由于绝望他把音调扯得更高，结果嗓音更尖利起来。尼尔朝提尔望去。他转了转眼球，张开双臂，做出一个向上帝祈求的姿势，然后便轻盈地跳到歌手旁边，在车子上跳起舞来。

局面马上有所好转。果特唱得还同先前一样难听，不过突然之间好像这也不再多紧要。提尔跳着，好像他学过，他跳着，好像他身体没什么分量，好像除了跳舞他没有更大的乐趣似的。他蹦一下，转一圈，再蹦一下，好像他并没有刚刚失去了一切。他的舞步很有感染力，几个观众跟着跳起来，接着又有几个，接着跳舞的人越来越多。接着，硬币纷纷飞来。尼尔赶忙去敛。

果特也注意到了这点，松了口气，对节拍的把握也有了起色。提尔就这样专注淡定地跳舞，在观众跟前敛钱的尼尔差不多已经忘记，这首歌谣唱的是他的父亲。"磨坊主"与"学生"合辙，"魔鬼"与"核桃壳"押韵，火对火，夜对夜（阴暗之夜，漆黑之夜，妖怪之夜①），夜这个词反正会一再出现。

从第五段起，唱的是法庭审判。这里讲法官的威严公正，讲上帝慈悲，讲每个恶棍最终得到惩罚，讲撒旦的嚎叫，他的肉体腐朽烂掉；还讲绞刑架，可恶的磨坊主最终在上面结束罪恶的生命，魔鬼只能绝望吼叫。提尔不停地跳着舞着，他们实在太需要硬币，他们得填肚子。

这一切对尼尔来说都还像个梦。这个村子不是他们的，她不认

---

① 即民间传说中的瓦普吉斯之夜（Walpurgisnacht），是妖怪聚会之夜，为每年 4 月 30 日夜。

识这里村民的面孔，这里的一座座房子她从未踏入。没有人在她摇篮边上唱过，有一天她会离开家乡。一切都是不曾预见的。直至现在一觉醒来，她还希望躺在自家的床上。那床边就是一个大烤炉，那里不断逸出阵阵烤面包的热气。女孩子一般不会背井离乡。她们会一直留在自己的出生地，过一成不变的人生：你还小，在家帮着做家务；等你大些了，你可以帮女佣干活；等你成人了，如果你漂亮，可以嫁给彼得·施格的一个儿子，或者铁匠家的某个亲戚，如果情况不太妙，也可能嫁给一个海灵家的人。然后，你会生一个孩子，再生一个，生很多孩子，可大多数会死。你会继续帮女佣做家务，去教堂时坐在了更前面，坐在丈夫旁边，婆婆身后。然后，等到了四十岁，筋骨开始酸痛，牙齿也开始残缺不全时，你就该坐到婆婆的交椅上了。

她不想过这样的日子，所以同提尔离家出走了。

从那时起已经过去了多少日子？她说不清。树林里的日子本来就杂乱无章。但她还记得很清楚，那个审判日的晚上提尔站在她面前的样子。他很瘦，身子有点歪斜。那是在施格家麦浪滚滚的农田里。

"你们现在该怎么办？"她问。

"母亲说，我得打工挣钱。她说这会很不容易，因为我个子小，身子又弱。"

"那你去打工吗？"

"不去，我走。"

"去哪儿？"

"去很远的地方。"

"什么时候走？"

"现在就走。那个年轻些的耶稣会士，他总盯着我看。"

"可你不能就这么走！"

"我能。"

"他们抓着你怎么办？你就一个人，他们可是很多人。"

"我有两条腿，穿长袍的法官、扛着戟的卫兵也是两条腿。他们跟我一样，没多出一条腿。他们在一起并不比我们跑得快。"

这让她突然异常兴奋起来，感到喉咙一阵紧缩，心也怦怦跳起来："你为什么说'我们'？"

"因为你也一起走。"

"跟你走？"

"所以呀，我在等你。"

她知道她不能思考，这会让她的勇气荡然无存，这会让她留下来过可以望到头的日子。但是，他说得对，离开是可以的。在那个人人认为必须留下的地方，老实说，没有什么可留住谁。

"你现在回家，"他说，"去拿面包，能拿多少拿多少，能背多少背多少。"

"我不！"

"你不跟我走？"

"我跟你走，但我不回家。"

"可我们得要面包！"

"如果我见到父亲，见到我妈、妹妹，看见烤炉，我就走不了了，我会留下的！"

"我们得要面包。"

她摇摇头。此时，她在一个陌生的村子的集市上，一边敛着硬币一边想：真的，如果那时她回面包房的话，她肯定会留下来的，会很快与施格家的儿子，就是那个大儿子，两颗门牙没有了的那个，结婚的。这样具有决定性的短暂时光在人生中不常出现，片刻间存在两种可能，这种与那种平起平坐，不分高低。你只能在片刻间做出决定。

"没有面包我们不能走，"他说，"反正也得等到明天走。你没在森林里过过夜，你不知道那是怎么回事。"

"你不怕寒怪吗？"

她知道他让步了。

"我不怕。"他说。

"那咱们走吧！"

在森林里的第一夜她永远不会忘记。这辈子她都忘不了那些傻笑的鬼火，忘不了从黑暗中传出的种种声响，忘不了各种动物的声音，以及那忽然在你眼前现出，不待你确定是否真见到了，又旋即消失的闪亮的面孔。这一辈子她都能回忆起那一夜的心理恐惧，能忆起脖子上也能感到的心跳，忆起耳朵里血的敲击，还有那个男孩在她面前的喃喃细语，他也许只在对自己说，也可能是在对森林说。清早时分，他们发现自己都在林中泥泞的空地边上冻得瑟瑟发抖。树上不时落下清新的晨露。他们肚子饿了。

"你瞧，你还是应该拿面包吧。"

"我抽你嘴巴。"

他们上路了。早晨的空气又潮又冷，提尔轻轻地哭了，尼尔也有些抽噎。她感到两腿沉重，感到饥饿难挨。提尔是对的，没有面包就得等死。尽管林中还有浆果、树根，草当然也可以食用，但只靠这些东西吃不饱肚子。在夏天也许还能将就，可在这阴冷的季节是不行的。

忽然他们听到身后有车轮的吱吱声，轰隆声。他们赶快躲进灌木，直到他们看到那不过是辆游唱艺人的车子时，提尔跳了出来，站到路中央。

"哦，"歌手说，"磨坊主的儿子啊！"

"把我们带上吧？"

"为什么？"

"因为第一，不然我们会死。再说，我们也可以帮你。你不想有伴儿吗？"

"他们也许在找你呢。"歌手说。

"这样又多了一个理由。要不然，你也许想让他们抓住我？"

"上车吧。"

果特向他们解释了一些最重要的事：若跟游唱艺人在一起，那就属于游动族了，这个游动族不会受到行会的保护，也不会受到任何当权者的庇护。如果你在某个城市，什么地方着火了，你必须赶快逃走，因为人们会认为是你放的火。如果你正在某个村子，那里有什么东西被人偷了，你也得赶快逃走。如果遇到抢劫，得把所有的东西都给强盗。一般情况下他们什么都不拿，只让你唱一支歌，那么你就得给他们唱，尽你所能，能唱多好唱多好，因为这些强盗，一般来说比村里那些麻木的村民会跳舞。还有，耳朵一定得灵光，要打听出什么地方什么时候有集市，如果没有集市，是不许进村的。在集市上，人们聚在一起，有的想跳舞，有的想听歌，他们也比较容易把钱扔出去。

"我父亲死了吗?"

"是的,他死了。"

"你看到了吗?"

"我当然看到了,就为这,我才去那儿的。他理所应当地先原谅了法官,然后原谅了刽子手,然后他踩上了梯子,然后绳套套上他脖子,然后他开始嘴里念念有词,可是我站得太远了,我听不到他都念了什么。"

"然后呢?"

"该怎样就怎样了。"

"就是说他死了?"

"孩子,如果一个人吊在了绞刑架上,还会怎样?他当然死了!你觉得呢?"

"很快吗?"

回答之前,果特沉默了一会儿:"对,很快的。"

有一阵他们听任车子前行,彼此没说一句话。林子渐渐稀疏起来,越来越多的光束穿过树冠落到地面。林中空地的野草上方,细雾升腾,空中到处是各种昆虫和鸟类。

"怎么才能成一名歌手呢?"终于尼尔开口问道。

"学啊。我有一个师傅。他什么都教给了我。你已经听说过他了吧,就是格兰德。"

"没听说。"

"就是那个特里尔人!"

男孩耸耸肩。

"《恩斯特公爵征伐阴险苏丹之大祷文》。"

"什么？"

"这是他最著名的歌谣。为恩斯特公爵征伐阴险苏丹而写的大祷文。你们真不知道吗？要我唱吗？"

尼尔点点头。于是，他们第一次认识到果特的天赋有限。不过，这个《恩斯特公爵征伐阴险苏丹之大祷文》一共有三十三段，果特尽管才干有限，却拥有出色的记忆力，三十三段他能一字不差地唱出来。

就这样他们驾车走了很长时间。歌手唱着，毛驴不时咕噜着，车轮吱吱响着，轰隆着，好像它们在彼此交谈。尼尔从她眼角的方向，看到泪水从男孩脸上流下。他把头转开，不让别人注意。

果特唱完这首歌谣，又从头唱起。之后则向他们唱起英俊的选帝侯弗里德里希①和波希米亚贵族的故事，之后唱的是恶龙库弗和骑士罗伯特的故事，之后是可恶的法国国王和他的敌人——伟大的西班牙国王。然后他讲起自己的身世。父亲是个刽子手，所以他本来也该是刽子手。但他跑了。

"跟我们一样。"尼尔说。

"这样做的人很多，比你们想象的多！要过安分守己的日子，是可以留在自己家乡的，可这世上到处都有没有留在家乡的人。他们得不到保护，不过他们是自由的。他们不必把人吊死，不必杀任何人。"

"也不必嫁给施格家的儿子。"尼尔说。

---

① 弗里德里希（Friedrich），即后来的冬王。

"也不必去打工。"男孩说。

果特还给他们讲了自己跟随师傅做学徒的经历。格兰德师傅经常打他，踢他，有一次甚至咬他的耳朵，就因为他音调没有弹准，他的指头太粗，差不多弹不了鲁特琴。格兰德师傅对他破口大骂：你真是又笨又蠢，不想当刽子手，现在倒好，你的音乐能让人痛苦十倍！不过格兰德师傅没有把他撵走，他就这样一点一点地学，一点一点地提高，果特自豪地说，然后他自己成了师傅。而且他发现，人们很愿意听处决犯人的故事，不论在哪儿，不论什么时候。处决不会让任何人无动于衷。

"我对行刑的事知道得一清二楚。剑应该怎么握持，绳子应怎样打结，柴垛应怎样分层堆放，热钳子最好在什么地方下手，我什么都知道。别的歌手唱出的歌词可能很押韵，不过我能看出哪个刽子手熟悉他的活计，哪个不很熟悉。我的说唱可是最确切的。"

天黑时，他们点起篝火。果特把他的干粮——干面饼分给了他们。尼尔马上认出，那是自己父亲做的。她看到面饼中间都按上了一个十字架，面饼周围也已破碎时，泪水一下子涌出眼眶，她知道自己现在的处境跟那个男孩完全等同了。他再也见不到自己的父亲，因为他死了；她也见不到自己的父亲了，因为她不能回家，现在他们两人都成了孤儿。但这一刻转瞬即逝，当她打量起篝火时，又忽然感到自己如此自由，就好像她可以随意飞翔。

森林里的第二夜不像第一夜那么糟糕。他们习惯了那些声音，此外，篝火余烬还能送出热量，歌手给了他们一条厚厚的毯子。躺在被子下昏昏欲睡的时候，她觉得身边的提尔还一点不困。他如此清醒，如此小心，如此投入地在想着什么，她感觉到了这些，不敢把头转向他。

"有个人，身上着了火。"他轻声说。

她不知道他是否在跟她说话："你病了？"

他好像发烧了。她贴近他。温热在从他那儿如波浪涌来，令她感到舒适，让她不再感到寒冷。很快她睡着了，梦见了战场，梦见丘陵起伏的野地上有成千上万行进着的人们，那里开始炮声隆隆。她醒了过来，已是早上，又下雨了。

歌手正裹着毯子，猫腰坐着，一只手拿着小日历本，另一只手拿着笔。他写的字很小，几乎没法读，因为他只有这么一个日历本，纸张可是很贵的。

"创作是最难的，"他说，"你们知道哪个词能同'流氓'押韵？"

最后，他终于写完了那首民谣，就是关于可恶的磨坊主的。此刻他们在这个集市上，果特唱，提尔伴舞，看上去竟如此完美娴熟，连尼尔都惊讶不已。

集市上还停着其他几辆车子。集市对面的那辆是布商的，布商旁边是两个磨刀师傅的车，再旁边是水果商、补锅匠，然后又一个磨刀师傅，一个江湖医师（他出售的解毒方，号称可治愈所有疾病），又一个水果商，一个香料商，又一个江湖医师（他没有解毒方，因此对客户的吸引力稍差些），然后是第四个磨刀师、剃须师。这些人都属于流动艺人。如果他们被抢劫，遭杀戮，罪犯不会受到追究。这就是自由的代价。

在广场的边缘还有几位说不清好歹的人物，他们远远地站着，是些江湖艺人，是吹笛子的、吹苏格兰风笛的和拉小提琴的乐师。可尼尔不知怎么搞的，总觉得他们在嘀嘀咕咕，朝这边咧嘴，在说果特的笑话。他们旁边坐着一个戴着黄帽子、穿着蓝上衣的人，从他这身装束就可以知道他是一个说书的，再说他脖子上还挂着牌子，上面写着"说书"两个字。只有说书人挂牌子——其实这牌子毫无意义，因为他的听众大多为不识字的文盲。通过乐器可以识别出乐师，从商人的货物可知道他们的经营方向，说书人就只好挂牌子来让人识别了。那边还有一个小男人，他的装束让人一看就明白，是个杂耍艺人。他穿着杂色上衣、厚裤子，翻着毛皮领子。他带着浅浅的微笑朝这边望过来，那里面有比嘲笑更糟的东西。注意到尼尔正看着他，他扬了扬一侧的眉毛，舌头在嘴角露了一下，眨了眨眼。

果特已经第二次唱到了第十二段，接着他第二次唱完了这首叙事民谣。他略微考虑了一下，又从头唱起。这时提尔对尼尔做了一个手势。她站起身。以前遇到村里有庆祝活动，有乐师前来，年轻人会在火堆上跳过来跳过去，他们当然也会跳舞。她也常跟女孩子们一起跳舞，想跳就跳，没音乐也跳，比如在干活间隙休息的时候。但她还从未在观众面前表演过。

现在她跳起来。马上她注意到，不管向哪个方向转身，向这边还是向那边，其实都一样，她只需跟随提尔跳。这个男孩拍手时，她也拍手，他抬起右脚时，她也抬右脚，他抬左脚时，她也不例外。开始时动作有些跟不上，但很快便能协调一致了，似乎她能事先知道他接下来的动作。他们跳着跳着就好像不是两个人，而成了一个。现在他突然向前方做了一个倒立，以手代脚跳了起来，她便绕着他，自己转圈，一圈又一圈，直至村落广场成了一片杂色涂鸦。她感到头晕目眩，但她极力保持平衡，眼睛看向空处，情形得到了改善，自转又有了平衡感，不再摇晃。

忽然音乐声丰富起来，强劲起来。她有些迷惑不解，随后注意到，原来是那些乐师们加入了进来。他们一边弹着乐器，一边走到这边。果特在把握节奏上本来就吃力，现在他干脆不知如何是好地把鲁特琴放了下来，这样一来音乐与舞蹈终于实现了完美协调。人们热烈鼓掌，硬币纷纷落到驴车上。提尔又站到脚上，尼尔停止了转圈，她一边抑制着晕眩感，一边看着他在驴车上系绳子。这么短的时间里，他从哪儿搞到的绳子？之后提尔将绳子向远处抛出。有人抓到了绳子，她眼前还在晃，看不清是谁抓的。那人系好了绳子，转眼的工夫，提尔已经站到绳子上，他向前跳去，又退回来，向大家鞠躬。车上又飞来很多硬币，果特忙不迭地，简直捡不过来。最后男孩跳下绳子，拉起她的手，乐师们给出一个致谢音，他们一起鞠躬。人们鼓掌呼哨，水果商向他们投来苹果。她抓着了一个，咬了一大口，她已经很久很久没吃到苹果了。提尔在她旁边也抓住了一个，一个，又一个，他马上将它们投向空中，玩起杂耍投球。众人再次欢呼。

傍晚，他们坐在地上听说书人讲故事。他讲布拉格的那个可怜国王弗里德里希，王座只坐了一个冬天，转年就让皇帝的强大军队赶下了台，一座骄傲美丽的城市，就这样陷落了，永远不能再光复。他的讲述抑扬顿挫，长长的句子听上去带着美妙的旋律，即便没有手上的动作，也令人感动，也能将听众的注意力牢牢地吸引住。他说，这都是真的，连编造的也是真的。尼尔虽然没有听懂这句话，还是鼓起掌。

果特一边在他的日历本上画着什么，一边嘴里嘟囔着。他都不知道，弗里德里希又下台了，现在他又得重写弗里德里希的故事。

尼尔的旁边，小提琴师闭上眼睛全神贯注地给乐器调音。尼尔想，现在我们也属于这群游动族了。

有人轻拍她的肩膀，她转过身。

那个杂耍艺人在她身后蹲了下来。他看上去已不很年轻，脸上红红的。这么红的脸海希·塔姆去世前也有过，不过这人的眼睛还布满血丝。这眼光敏锐、警觉、聪明，并不友好。

"嘿，你们俩。"他轻声说。

男孩也转过身。

"你们想跟我走吗?"

"好啊。"男孩毫不犹豫地回答。

尼尔茫然地看着他。他们不该跟果特走吗? 他对他们这么好，给他们吃的，给他们毯子，带他们走出了森林。果特不是也需要他俩吗?

"我很需要你们这样的，"杂耍艺人说，"你们也需要一个像我这样的。我什么都可以教给你们。"

"可是我们是跟他一路的。"尼尔指指果特。只见果特在小本子上写着什么，嘴唇还动着。然后，手里的笔断了，他低声诅咒着，又接着涂写。

"那你们不会有什么长进。"杂耍艺人说。

"我们不认识你。"尼尔说。

"我是皮尔敏，"杂耍人说，"现在你们认识我了。"

"我叫提尔，她叫尼尔。"

"我不会再问的。如果你们不确定，咱们就当没这回事。我走我的路，你们就跟他走吧。"

"我们跟你走。"男孩说。

皮尔敏伸出手，提尔握住了。皮尔敏微微一笑，抽了一下嘴唇，嘴角上又露出那条又肥又湿的舌头，尼尔不想跟他上路。

他向她伸出手。

她没有表示。说书人正在讲冬王逃离如同火海的布拉格的经历，现在他已沦为欧洲新教贵族的累赘，一路上他仍穿着国王紫袍，带着一班愚蠢朝臣，好像他是个什么伟大人物。孩子们会笑话他，聪明人会流下眼泪，因为从他身上，他们看到了所有大人物的陨落。

此刻果特也注意到了正发生的事。他皱起眉头，盯着这杂耍艺人伸出的手。

"来呀，"男孩说，"同意吧。"

她为什么要按提尔说的做？她离家出走，就为了不再听父亲的话，为什么要听他的？她欠他什么了，他为什么要做决定？

"怎么了？"果特问，"怎么回事？这是干什么？"

皮尔敏的手还伸在那里，连他的微笑也没有改变，好像她的犹豫没有任何意义，好像他早就知道，她会怎样决定似的。

"哎，这是干什么？"果特再次问道。

这只手又肉又软，尼尔不想碰它。确实如此，果特没有什么本事。可他对他们很好。她不喜欢这个家伙，他有些不大对劲。不过另一方面，他说的也对：果特没有什么可以教给他们的。

她左右为难。皮尔敏眨眨眼，好像想要读透她的想法。

这时提尔不耐烦地晃了一下脑袋："尼尔，来吧!"

她只好伸出手臂。

第三章

楚斯马斯豪森

十八世纪初，胖伯爵已是一位步入暮年的老者，饱受着痛风、梅毒，以及治疗梅毒引发的汞中毒的困扰。他开始写自传，书中他写道，当时不可能知道——当战争末期，皇帝陛下派他去找那个大名鼎鼎的滑稽大师时，他真的不可能知道——等待他的会是什么。

那年，马丁·冯·沃尔肯施泰因伯爵不到二十五岁，不过身体已现肥胖。他在维也纳皇宫里长大，是抒情诗人奥斯瓦尔德①的后代，父亲曾是皇帝马蒂亚斯②的高级财务大臣，祖父是鲁道夫③皇宫里的二等钥匙官，鲁道夫就是那个神经兮兮的神圣罗马帝国皇帝。

认识马丁·冯·沃尔肯施泰因的人都喜欢他，他性格开朗，他的自信和友善不会因为遭受任何不公平而消失。皇帝本人向他多次表示过赞赏，他总是将之作为一种荣誉领受。一天，枢密会④会长

① 奥斯瓦尔德·冯·沃尔肯施泰因（Oswald von Wolkenstein，1377—1445），著名诗人、作家、作曲家、政治家，皇帝的外交官。
② 马蒂亚斯（Matthias，1557—1619），神圣罗马帝国皇帝。
③ 鲁道夫二世（Rudolf II，1552—1612），神圣罗马帝国皇帝，马蒂亚斯的哥哥，后来内向自闭，被视为患有心理疾病。1609年鲁道夫签署文件，赋予信奉新教的波希米亚和西里西亚贵族以宗教信仰自由和特权，成为1618年开始的三十年战争的导火索。
④ 枢密会（Geheimen Rat），直接受命于君主的管理机构。

陶曼斯多夫伯爵把他叫到跟前，告诉他，皇帝听说，那个帝国最有名的滑稽大师正躲在安德希斯修道院①里避难，那所修道院已被战争毁掉了一半。伯爵会长说，其间人们看到了无数破坏，不得不对无数的毁灭听之任之，许多无以估价的财宝也都已荡然无存，可若提尔·乌伦这样的人正在消亡——无论他是新教徒还是天主教徒，这似乎也无人知道——那是绝对不可坐视不管的。

"恭喜你，年轻人，"陶曼斯多夫说，"机不可失，谁知道，会有什么结果呢。"

然后——五十年之后，胖伯爵这样描写道——按照当时皇宫依然必需的吻手礼仪，他将戴着手套的手递了过来。真实情况确实如此，他没有编造，尽管记忆出现空白时，他也喜欢编造。空白很多，他写回忆录时，许多同龄人早已走完了自己的一生。

他写道："第二天我们便骑马上路了，我情绪不坏，充满希望，当然心情并不轻松，因为我很难说，此行很适合自己，不如将之视为一次人生际遇。事实上我也的确好奇，很想对战争有一次亲身经历。"

其实，他并没有匆忙上路，而是先用了一个多星期的时间做准备工作。他得先写几封信，说明他的行动计划，要去看望父母，同他们道别，需拜见主教，接受其赐福；还得同老友聚聚，喝上几口，再去看看自己最心爱的宫中妓女，就是那位娇小的阿莱雅——几十年后他想起她时还很懊恼，她的心底世界从未对他敞开；当然，他还得挑出适宜人选与他同行。

---

① 安德希斯修道院（Kloster Andechs），位于德意志慕尼黑东南方。

他从洛布科维茨①骑兵团选出三名骁勇善战的士兵，还从皇宫法院秘书处选出一位叫封多德的秘书。二十年前，在奥地利新伦巴赫附近的集市上，封多德见过那位知名滑稽大师，当时那位滑稽大师如他一贯的作风，将一位女观众作弄了一番，引发了一场恶性持刀斗殴事件。当然，没有受到作弄者会感到很有趣。他所到之处总会引起混乱：有些人受到作弄，那些没遭到作弄的幸运者则会感到莫大的开心。

起初，这位秘书不肯干。为此他提出种种理由，又是请求，又是求饶，说自己对暴力十分厌恶，对恶劣天气无法忍受。但命令就是命令，最后他也只有服从的份。这样，任务下达大约一周后，胖伯爵上路了，随行的是那三位轻骑兵和那位秘书处秘书。他们离开了帝国首都和行政中心维也纳，西行而去。

胖伯爵的回忆录，写作风格仍如他年轻时的时尚，具有一种很有造诣的颇似阿拉伯花纹的特色，既有装饰性，又善渲染。胖伯爵写道，他们骑在马上，悠然自得地穿过维也纳的绿色林地，"抵达梅尔克村时，已能远远望至宽阔幽蓝的多瑙河；我们走进那座宏伟的修道院②后，疲倦不堪的脑袋才终于可以落到松软的枕头上了。在那里我们过了一夜……"这样娓娓道来的描述很具有示范性，因而它还被一些课外读物范本选用。

这也不全是真的，实际上他们在修道院停留了一个月。胖伯爵的叔叔是修道院里的一位主管，因而他们吃得好，住得好。封多德

---

① 洛布科维茨家族为神圣罗马帝国波希米亚的贵族。
② 著名的梅尔克修道院建于 1089 年。

一直对炼金术有兴趣，他在图书馆里泡了好几天，迷上一本由博学家阿塔纳斯·珂雪写的关于世界的百科全书式著作。几个龙骑兵则与几位僧侣玩牌，胖伯爵也同他叔叔下了几盘国际象棋，他表现出的精湛棋艺，以后再没有出现过；多年之后，他觉得，自己的国际象棋技艺受到压抑，好像应归咎于其后的经历。住在梅尔克的第四周，他收到了一封陶曼斯多夫伯爵的来信，信中推测他们已经抵达了目的地，还问他，他们是否在安德希斯找到了提尔，他们大概什么时候可以回来。

临别，叔叔祝他马到成功，修道院院长送给他一瓶圣油。他们上路了。顺着多瑙河的水流抵达波希拉恩村后，转向西南方向行进。

旅程开始的时候，他们常会遇到一些商人、游走艺人、僧侣和其他各式各样的路人。而现在，路上空旷起来，天气也不再晴好。冷风刮得越来越频繁，树枝光秃秃地在空中摇曳，几乎所有农田都闲置着。偶尔能遇见的，多为老人：有在井边取水的驼背老妇，有蹲在小屋前的瘦骨嶙峋的老头，有站在路边观望的塌陷的脸颊。无法知晓，他们只是在休息，还是更想在路边等待自己的终日。

胖伯爵同封多德说出自己的感想时，封多德只想谈他在修道院图书馆里读到的那本拉丁文著作《光与影的伟大艺术》（*Ars magna lucis et umbrae*）①，它真能让人头晕目眩，好像望见了博学的深渊——嗨，封多德说他也不知道年轻人都到哪儿去了，如果允许封多德猜的话，可能所有能跑的人在很久很久以前都跑掉了。那本书

---

① 这本拉丁文著作发表于 1646 年。

里，总是提到透镜问题，提到人们怎样可以使用它来放大图像。书里还讲到天使，讲天使的形状、颜色，还讲了音乐，天体音乐①，讲了埃及……真是一本奇书。

胖伯爵将这些话如实写入他的回忆录。因为事情过去了太久，在回忆录里他干脆将《光与影的伟大艺术》的阅读者改成了自己，而且他是在路上读的。他写道，他如何将书放在马鞍口袋中，随身携带。只是后来，一些作家在脚注中指出了具嘲讽性的事实：他的手从未碰过这部大作。可胖伯爵还在书中天真地写道，他怎样总是借着微弱的篝火，在傍晚时分研读珂雪的这本书，回味思考那些关于光、透镜与天使的描述。只是，大学者那些细腻缜密的思维，正与他们在越来越残破的土地上的深入行进，形成了奇特的鲜明对照。

到阿尔特海姆时，寒风凛冽，他们不得不穿上厚厚的披风，把帽兜盖过前额，拉得很低。到兰斯霍芬时，天又放晴了。他们站在一个空空荡荡的农院，观赏落日。远远近近，不见人影，只看到一只不知从哪儿侥幸逃掉的白鹅，羽毛不整地站在井台旁。

胖伯爵伸伸懒腰，打起哈欠。这是一片丘陵地，远近却见不到一棵树，树已被砍光了。此时他们听到远处传来轰隆隆的声响。"哦，"胖伯爵说，"要来一场雷雨了。"

三个龙骑兵笑了。

此时胖伯爵也已经听了出来，于是尴尬地说，只是开个玩笑；

---

① 此概念由古希腊哲学家、数学家毕达哥拉斯或者他的追随者提出。此概念认为天体如太阳、月亮、行星等，在运行时会产生音乐，这种音乐非通常意义上的声音，而是一个谐波、数学的概念。

这下当然变得更加尴尬。

那只白鹅用它不谙人事的眼睛盯着他们看。它把喙部张了张，又合上。轻骑兵包兰茨举起卡宾枪，随即扳机扣响。白鹅脑袋炸没了。虽然过后不久这样的事胖伯爵会看到很多，可他一辈子不会忘记此刻心里感受到的深深恐惧。那里面有着几乎不可思议的东西：一切进行得有多快；一个小小的实实在在的脑袋就这样转瞬之间碎断纷飞，不复存在。只见这动物又蹒跚了几步，然后倒地成了一个白色物块，身下积血越来越多……

他揉揉眼睛，竭力保持正常呼吸，以免晕倒。同时他决定，要忘掉这一切。当然他没有忘记。半个世纪后，当他记录自己的人生故事时，又想起了这次旅行，想起了那个炸碎的鹅头的画面，其清晰程度几乎压倒了一切其他。他本应该在一本完全纪实的书中讲这个故事，但他做不到，只好等着将这个故事带入坟墓。这样后人也不会知道，当他看着龙骑兵用这只鹅准备晚餐时，他内心的恶心如何无以言述：他们快活地拔掉鹅身上的羽毛，又是切，又是撕，掏空了内脏，然后在火上烤。

那天晚上胖伯爵难以入睡。风透过窗洞呼号着。他冷得发抖，龙骑兵包兰茨鼾声大震。另一个叫普思迪的龙骑兵，他也可能叫普拉德——这两人是兄弟，胖伯爵经常搞混他们的名字，在后来的一部书中，他干脆将他俩变成了一个人——推了他一下，可是没有用，他的鼾声更响了。

早上，他们又骑马上路。到马克尔村时，他们看到这里已被完全毁坏：到处是断墙残瓦，房梁倒折，路上全是瓦砾和石块，脏乱的井台周围有几个老人在要饭。他们说，敌人来过这里了，什么都抢光了；那些你能藏起来的小东西，过后也让朋友拿走了，朋友就是选帝侯的雇佣兵；他们刚走不久，敌人又来了，拿走了朋友没能拿走的。

"是什么敌人？"胖伯爵担心地问，"瑞典人还是法国人？"

他们说，对他们来说这都无关紧要，他们现在简直快饿死了。

胖伯爵犹豫了一下，发出继续行进的命令。

封多德说，没给他们留下什么，是对的。咱们又没有足够的口粮，还有最高当局交代的重任在身，你不能对每个人给予帮助，这事只有上帝能干。上帝一定会对这些基督徒施予无限怜悯的。

所有的田地都荒置着，有些成了大火之后的一片灰烬。山丘蜷缩在铅一样沉重的天空下。远处地平线上，升起一根根烟柱。

封多德又说，最好从旧厄廷、波灵和蒂斯灵村的南侧走，离开大道，走野地。现在还留在村里没逃走的人，一定都很警惕，会备有武器。看到一队骑兵前来，很可能会从隐蔽处向他们射击。

"好吧。"胖伯爵说，他不明白这位皇宫法院秘书处秘书怎么忽然如此了解，在战区活动应注意什么。"同意！"他说。

"如果咱们幸运，没有遇到当兵的，"封多德接着说，"咱们两天就可以到达安德希斯。"

胖伯爵一边点头，一边想象着真有人朝他射击，通过凹槽、准星，将一个真正的钢球射向他，射向没做过任何坏事的封多德。他低头看看自己。背很疼。在马鞍上坐了几天，坐得屁股也生疼。他摸摸肚子，想象着子弹的样子，想到那炸开的鹅头，想到阿塔纳斯·珂雪在他书里写的磁铁的金属神性：如果你在衣服口袋里装上有足够吸引力的磁铁，它会使子弹改变飞行方向，让人不会受伤。

这位传奇般的学者亲自做过尝试。可惜，此等强力磁铁非常罕见，且十分昂贵。

半个世纪后，当他回忆这次行动的具体细节时，因为年龄原因，常常会出现时间顺序上的混乱。为了使这个混乱不很显明，他对这个生命时段的描述出现了一个花哨的题外话，足有十七页半长，是关于男人间的友谊的：他们不惧危险，尽管他们知道，危险随时可以置他们于死地，但也可能让他们缔结终生友谊。这段文字很快名声在外，没人注意到那都是些谎言，实际上没有谁成了他的朋友。写作时，与皇宫法院秘书处秘书的这次或那次交往，还能找到一些记忆碎片，但同龙骑兵的，他的记忆微乎其微，他几乎不再记得他们的名字，甚至记不起他们的面容。只知道他们中的一位戴着宽边帽，上面插着一片灰红色羽毛。重要的是，他眼前还能呈现出泥泞的土路，还能感觉到雨水落到帽兜上的感觉，这一切仿佛就在昨天。他的披风那么沉，浸满了水。他当时觉得，披风从没这样湿过，将来也不可能更湿了。

不久以前这里曾是森林。他骑上马后，忍着背痛，忍着坐烂了的屁股的疼痛，行进在泥泞的土地上时，觉得自己的这种感受已毫无意义。战争对他来说好像不是什么人为的事物，而像风，像雨，像大海，像他小时候见过的西西里岛的悬崖。这场战争比他年长。有时发展，有时萎缩，曾蔓延到那儿，到这儿，让北方成了一片焦土后，又转向西方，还将一只手臂伸向了东边，一只伸向了南边，然后又全力轰响着滚向南方，只是为了使战事还能在北方驻留一段时间。当然，胖伯爵认识一些还能忆起这段历史的人，比如他父亲。暮年的父亲心情平和地等待死亡，他会在意大利蒂罗尔的家庭庄园罗德内格宫里，伴着咳嗽回忆往事。又过了大约六十年，胖伯爵自己也开始伴着咳嗽在写作中等待死亡，就在父亲写作的地方，在同一张石头桌子上。父亲曾同阿尔布雷希特·冯·华伦斯坦①过过话，这位高大黝黑的男人抱怨维也纳气候潮湿。父亲说，你不愿意习惯，就不会适应这糟心天气。父亲不过想做出一个风趣些的反应，不想华伦斯坦已不耐烦地走开。几乎每个月父亲都能找到机会，把这个话题再次提起。他同样会一再提起的，是他几年前与不幸的选帝侯弗里德里希的一次碰面。不久之后这个选帝侯戴上了波希米亚王冠，由此引发大战，只是一个冬天后，他就已只剩下遭训斥、遭追杀的份，最后他倒在哪儿的路边呜呼哀哉了，连个墓碑都没能留下。

那天晚上没有找到过夜的地方，他们只好彼此挨着，罩着他们湿漉漉的披风，蜷缩在光秃秃的田野里。雨下得不小，很难生篝火。胖伯爵哪里经受过这种悲凉凄惨。头上，湿披风越来越湿，已无以言述地吸足了雨水；脚下的黏土越来越稀软，他们的身体不断下陷——这泥潭会不会将人吞没？他想坐起来，但没有成功，泥土似乎已将他牢牢粘住。

不知什么时候，雨停了。包兰茨找来几根树枝，一层一层地搭起来，然后用打火石打火。他打了一次又一次，终于火星迸溅。接着他一边在树枝上吹气，一边在嘴里念着口诀，忙活了大半天，直到黑暗中终于蹿起了小火苗，他们这才抖缩着，把手伸到篝火上。

---

① 华伦斯坦（Albrecht von Wallenstein, 1583—1634），波希米亚杰出的军事家，神圣罗马帝国军队的重要将领。

忽然马儿骚动，嘶鸣起来。一位龙骑兵站起身，胖伯爵无法看清他是谁，但能看到，他端着卡宾枪。火光让他们的影子舞来舞去。

"有狼。"封多德低声说。

他们盯进黑夜。胖伯爵突然感到，这一切肯定是一场梦，这个感觉如此强烈，使这个梦也出现在了记忆中，好像他马上醒了过来，那是一个晴朗的早晨，雨停了，他睡得很足，空气干爽。可事情经过不该是这样的。不过，与其在记忆中冥思苦想，他用十分烦冗做作的文字，写了十二页母亲的故事。里面大部分是虚构，他将自己又精明又冷酷的母亲，与他最喜爱的家庭女教师掺和到一起，与他人相比，这位女教师对他要温和得多，此外待他亲切的，恐怕还有那个苗条美丽的宫中妓女阿莱雅。在这段长长的杜撰回忆之后，他再次回到那次行动上，这时他们已经走过哈尔和拜尔布隆村。他的身后，几个龙骑兵们在讨论防范枪弹的神法口诀。

"如果子弹就是瞄着你来的，那什么也不管用。"包兰茨说。

"除非你有一个强效咒语，"普拉德说，"一个绝密的。这样，就是炮弹来了也能挡住。我自己在奥格斯堡①见识过一次。我旁边一位就用了，我以为他死了，结果他又站了起来，好像什么都没发生。很可惜，他的咒语我没听清楚。"

"是啊，要是有这样的咒语就没问题了，"包兰茨说，"不过肯定很昂贵。一般从市场上买到的便宜的，一点用都没有。"

"我认识一个人，"这时普思迪说，"他为瑞典人打过仗，有一

---

① 1632年初，神圣罗马帝国军队的统帅蒂利伯爵战败身亡后，瑞典军队占领美因茨，4月攻陷奥格斯堡和慕尼黑。

个护身符。结果他在马格德堡战役①活了下来，后来在吕岑②也活了下来。后来他自己贪杯，喝死了。"

"那他的护身符呢，"包兰茨问，"到谁手里了，到哪儿去了？"

"是啊，要是能知道就好了。"普思迪叹了一口气，"要是有了这东西，一切都会是另外的样子。"

"是啊，"包兰茨虔诚地说道，"要是能有它，就好了！"

在哈尔村，他们见到了第一个死人。他躺在那儿一定有很长时间了，衣服上已经罩上一层泥土，头发好像已与草茎交织到了一起。他脸朝下，双腿叉开，光着两只脚。

"这是常事。"普拉德说，"靴子都会给扒走的。要是运气不好，有人想要靴子，你还可能被杀掉。"

风里夹上了阴冷的小雨滴。此时他们看到眼前树桩成片，有成百上千个，可见整个树林都被砍伐了。他们穿过被烧得只剩下地基的村子，接着看到一堆死尸。胖伯爵把目光移开，然后又转过去看了看。他看到一张张漆黑的脸。一个躯干上只有一条胳膊，那只手还保持着要抓什么的姿势，嘴巴张着，两个眼窝空着。还有一个像袋子一样的东西，那是一个人的残骸。空气中弥漫着一股特殊的刺鼻味道。

下午晚些时候，他们来到另一座村庄，那里居然还有人住。一位还活着的老太太说，是的，提尔就在修道院里。太阳快落下之前，他们又遇到一个看上去像野人的男人和一个小男孩，他们一起

---

① 马格德堡战役是从 1630 年冬延续到 1631 年 5 月的天主教军队对新教城市马格德堡的围攻。围攻胜利后，征服者将城市洗劫一空。此战役成为三十年战争中军队暴行的缩影。
② 发生于 1632 年的吕岑会战，新教联盟取得了胜利。

拉着一辆小车子，他们的说法也同那位老太太的一样。他在修道院，那个男人脸朝上盯着马鞍上的胖伯爵说。一直往西走，走过一片湖，就能看到修道院了。男人还问，先生们有没有什么吃的，可以给他和他的儿子？

胖伯爵从马鞍口袋里抓出一根肉肠给他。这是他剩下的最后一根肉肠。他知道自己犯了一个错误，但他不能不这样做，他太可怜那孩子。他有些茫然地问，你们拉车做什么。

"现在，这车子是我们的所有家产。"

"可里面什么都没有啊。"胖伯爵说。

"可它是我们的所有家产。"

他们又一次在露天野地里过了一夜，出于安全考虑，没有点篝火。胖伯爵感到很冷，好在没有下雨，地面不泥泞。午夜刚过，他们听到附近传来两声枪响。大家都支起耳朵听。天刚有点亮时，封多德发誓，他看见了一只狼，那狼就在不太远的地方看着他们。于是他们又赶快起身，策马上路。

路上遇到一个女人。不知因为她太老了，还是因为一直过着凄惨的生活，她脸上布满皱纹，走路时腰弯得很低。是的，他在修道院，他还在那儿。一说到那个闻名遐迩的滑稽大师，她也微笑起来。五十年后胖伯爵写道，总是这样，好像人人都知道他，遇到的人，只要我们提到他的名字，他们都会指出去向。在这样一片荒漠凄惨的土地上，每一个人——但凡还活着——都知道他在哪里。

中午时分，他们遇到一些军人。先是一队长枪手。这些人蓄着蓬松的大胡须，看上去很粗野。有些人露着伤口，其他人拖着一袋袋战利品。他们身上散发着一阵阵汗味、疾病味和血腥味，从他们小眼睛那儿扫过来的目光里不无敌意。他们后面跟着几辆篷车，他们的女人和孩子蹲在上面。几个女人还抱着婴儿。胖伯爵后来写道，我们看到的是些伤残破损的躯体，无法辨别这些人是敌人还是朋友，因为他们没有佩戴部队标志。

长枪手走过去后，来了十多个骑兵。

"阁下，"一位看起来像长官的人说，"这是去哪里？"

"去修道院。"胖伯爵说。

"我们就是从那儿来的。那儿没有吃的。"

"我们不找食物，我们要找提尔·乌伦。"

"对，他在那儿。我们见到他了。可是有皇帝的人来了，我们只能赶快离开。"

胖伯爵顿时脸色发白。

"别担心，我不会对你们怎么样。我是罗汉斯，汉堡人。也曾为皇帝效力。也许我还能为皇帝效力，谁知道呢？雇佣兵也是职业，跟木匠、面包师没什么两样。军队就是我的职业行会，老婆、孩子就在车上，我得养活他们。眼下法国人不付饷钱，不过如果他们付的话，可比皇帝给得多。在威斯特法伦，大人物们正在进行和平谈判。如果战争结束，所有人都会得到未付的军饷，这事不愁，因为没有军饷我们就不回家，大人们就怕这手。你们的马可真棒！"

"谢谢。"胖伯爵说。

"我正缺马呢。"罗汉斯说。

胖伯爵担心地转向龙骑兵。

"你们从哪儿来？"罗汉斯问。

"维也纳。"胖伯爵哑着嗓子说。

"有一次我差点去了维也纳。"罗汉斯旁边的骑兵说。

"是吗，真的吗？"罗汉斯问，"你，去维也纳？"

"只差一点。没进城去。"

"为什么？"

"不为什么，我没进维也纳。"

"你们得离施塔恩堡远点，"罗汉斯说，"最好从高廷的南边过去，去黑尔兴，然后从那儿去修道院，那条路还能过路。不过得抓紧点，蒂雷纳和兰格尔①已经过了多瑙河了。这里很快会打起来。"

"我们不是过路的。"封多德说。

"那就等着瞧吧。"

不用下令，不必交换意见，几匹马的肚子上都受到马刺猛击，刹那间马匹狂奔起来。胖伯爵紧紧俯在马脖子上，一边紧拉缰绳，一边抓着鬃毛。他看到马蹄下泥土飞溅，听到身后的喊叫声，还听到一声枪响，他压抑着回头看看的诱惑。

他们不停地跑，跑，他后背已疼得无法忍受，腿上也没有多少力气了，可他不敢回头。骑在他旁边的是包兰茨，前面是普拉德和封多德，普思迪在他身后。

最后，他们终于停了下来。马身上的汗水冒着蒸汽。胖伯爵眼前一黑，从马鞍上滑出，包兰茨赶忙拉住他，帮他下马。那些雇佣兵没有追他们。天开始下雪。白灰色的絮状物在空中飞舞。当他手指上飘落一片时，他注意到那是灰烬。

---

① 蒂雷纳（Turenne，1611—1675），法国子爵，军事家；兰格尔（Wrangel，1613—1676），瑞典海军、陆军元帅。两人联手指挥法瑞盟军，在楚斯马斯豪森与神圣罗马帝国军队交战。

封多德轻轻拍着马脖子说："他说，从高廷南边过去，然后去黑尔兴。马渴了，它们得喝水。"

他们又起身上马，默默无言地在落灰中骑行。再也见不到什么人影了，下午晚些时候，他们望见了修道院的塔楼。

胖伯爵的人生故事在这里出现了一个跨越：他只字不提离开黑尔兴后，他们开始了怎样艰难的攀登，上陡坡对坐骑是怎样不容易；也没有描述修道院建筑的残缺不全，没有描述那里的僧侣。当然这一切缘于他的记忆，尤其因为他在写作时感到的紧张与心绪不宁。这样，读了他写的不明不白的两行文字后，读者眼前便出现了修道院院长，那是在第二天的清晨。

他们坐在大厅里的两条凳子上。这里已是空空荡荡，家具不是被盗，就是被毁，或者用来烧了火。院长说，这里原来是挂毯，是银制烛台，门拱上还有一个大十字架，全金的，现在全没了。现在只能用松木火把来照亮。院长付格神父的讲述简明扼要，胖伯爵还是有几次忍不住闭上了眼睛。可他还会一次一次倏然惊醒，睁眼看那瘦小的男人还在继续讲述。胖伯爵真想休息休息，可院长却要讲讲过去的那些年的事，他希望皇帝的使者能确切了解修道院都遭受了什么。当胖伯爵在利奥波德一世①时代写他的回忆录时，这段经历已陷入混乱，人物、事件、年代经常乱套，想起付格神父拥有的完整记忆时，他一定非常羡慕。

他写道，岁月的艰难似乎没有对院长的神采造成丝毫损害。他

---

① 利奥波德一世（Leopolds I，1640—1705），神圣罗马帝国哈布斯堡王朝的皇帝（1658—1705 年在位）。

目光敏锐，明察秋毫，用词得当，句子不短，但构建精巧。只是单有真实性可不够：众多的事情发生了，他却说不出前因后果，因而很难跟上他的讲述。他总是讲，这些年修道院里军人来了一拨又一拨，皇帝部队来了，拿走了他们所需要的；新教部队来了，拿走了他们所需要的。新教军人刚撤走，皇帝部队又回来了，又拿走了他们所需要的：牲畜、木材和靴子。然后皇帝队伍走了，不过他们留下一个卫队守护，这样若有哪个部队都不归属的匪兵来抢劫，会遭到驱逐，或者卫队遭他们驱逐，不是这个，就是那个，或者是这个在先，那个在后。总之胖伯爵自己也不确定了，不过这也没有关系。后来卫队也撤了，皇帝军队或者瑞典人又来了，来拿他们需要的东西：牲畜、木材和衣服，当然特别需要靴子——如果还能找到的话，木头早就没有了。去年冬天，周边村子里的村民都跑到修道院来避难，到处都是人，所有的厅室，连最窄的走道都住上了人。因为没吃的了，因为井水遭到污染，因为寒冷，还因为狼！

"有狼？"

院长说，狼闯进了住房，起初只在夜里，很快它们大白天也来。人们躲进树林，抓小动物杀了吃，然后把树砍了以免冻死，这样一来狼饿急了眼，也不怕人了。多可怕啊，就像活生生的噩梦，它们长驱而入，进了村子，就像古老童话里的可怕画面。它们出现在屋里，出现在牲口棚，瞪着一双双饥饿的眼睛，对刀子对粪叉没有丝毫恐惧。在最难挨的冬日，它们甚至找到了通往修道院的路。一个怀抱婴儿的妇女受到袭击，狼把孩子从她手里扯了下来。

当然，这事又不是确实发生的，院长不过提到了对孩子们的担心。只是出于某种原因，饿狼有可能在母亲面前吃掉婴儿的想象，让这位其间已有了五个孙子孙女、三个曾孙的胖伯爵无论如何也挥之不去。于是他认为，院长确实给他讲了这件事，因而他有充分理由，不为读者省去一幅伴有恐惧尖叫，伴有狼嚎，伴有尖牙的狰狞残忍的流血画面。

院长用平静的声音接着说：就这样日子过去了一天又一天，一年又一年。饥荒不断，疾病不断。军队和掉队匪兵①换了一批又一批。人口越来越少。森林消失了，村庄被烧毁，人们四下逃离，天知道他们能逃到哪里。去年，甚至连狼都不见了。这时院长向前探探身子，把一只手放到肥伯爵的肩膀上，问，这一切他是否都能记住。

"都能记住。"胖伯爵说。

院长说，这一切要让皇宫知道，这很重要。巴伐利亚选帝侯是皇帝军队的最高指挥官，他的智慧只知关心大局，而不注意具体细节。人们常常请求他给予帮助。事实是，他的军队搞起破坏来，比瑞典人还糟。只有能忆起苦难，所有的苦难才有意义。

胖伯爵点点头。

院长仔细看着他的脸。

院长说，态度、风范和内在意志至关重要。他好像看出了坐在对面这位的心思，又说，修道院的福祉，村民兄弟们的生死存亡，都在他的肩上。

他在胸前画个十字，胖伯爵也如此做去。

这些很有帮助，说着院长掀开教袍的翻边，胖伯爵大吃一惊，

---

① 掉队匪兵（Marodeur），指一路抢劫、烧杀的掉队军人。

那画面好像只在高烧幻象中出现过。教袍下的麻线织物上，露着金属尖和玻璃片，上面还带着已干化的血迹。

院长说，习惯了就没事。开始那几年最难过，有时他会脱下处罚袍①，用水冷却溃烂的上身。后来他为自己的软弱羞愧。是上帝一次又一次给了他力量，让他再次穿上。有时候疼得实在钻心，有时候又是火烧火燎，以致觉得自己会失去理智。不过祈祷很有帮助。习惯很有帮助。他的皮肤厚了起来。从第四年开始，这不断的疼痛成了朋友。

后来胖伯爵写道，就在这一刻，肯定是睡眠将他击倒了，他又是打哈欠，又是揉眼睛，想了好一阵才明白，自己现在身处何方。而这会儿工夫，他面前坐上了另一位。

这个男人很瘦，脸颊凹陷，一条疤痕从发际直接伸到鼻根。他穿着教袍，但仍能明显看出——即使你说不出为什么——他不是僧侣。再说，胖伯爵从未见过这样的眼睛。在后来的那些年里，他对许多朋友、熟人和陌生人讲过这件事。可当他写下这些回忆时，他又不再确定这次谈话是否确实发生过。但他还是决定，保持这个已经有很多人听过的版本，不再改变。

"你终于来了，"这个男人说，"我等了很久很久。"

"你就是提尔·乌伦？"

"我们中的一个是。你是来接我的吗？"

"是皇帝派来的。"

"哪位皇帝？有那么多皇帝。"

---

① 中世纪的处罚袍，用来激励自身、处罚自己意志不坚定的工具。

"不对，没有的事！你笑什么？"

"我不是在笑皇帝，我在笑你。你怎么这么胖？哪儿哪儿都找不到吃的，你怎么能这么胖？"

"闭嘴。"胖伯爵说道，同时他也很生气，因为他没想出更机智的回应来。虽然他思索了一辈子，也找到了不少回应，但他还是没有在任何一次记录中删掉这个令人羞愧的句子。好像他觉得应确保记忆的真实性。如果有什么会让你显得不够好，就该捏造吗？

"不然，你会打我？不过你不会这样做。你的心不那么硬，你心底友善，性情温和。这里不适合你。"

"战争不适合我？"

"不适合，完全不适合你。"

"不过，战争适合你，是不是？"

"是的，战争适合我。"

"你是自愿跟我们走呢，还是要我们强迫你？"

"我当然跟你们走。这里什么吃的都没有了，这里一切都毁了，院长也撑不了多久了，所以我才把你叫来。"

"你没有叫我来。"

"是我叫你的，你这个油包子。"

"皇帝陛下听说你 ——"

"皇帝陛下怎么能听说我呢，你这个大肥囊？听说我的是小陛下，就是那个戴着金皇冠、坐在金皇座上的可恶透顶的陛下，因为我要把你们派来。别打我，我可以这样说，你知道有种自由叫'傻子自由'。如果我不说陛下可恶透顶，谁还能这么说？总得有一个人说。不过你不许说。"

提尔咧嘴一笑。这是一个可怕的坏笑，是讽刺。胖伯爵已不能确定，谈话是怎么进行下去的，于是对这个坏笑描写了六七句后，他用整整一页笔墨来赞美接下来的沉沉的、足足的、令人恢复生机的睡眠，因为他在修道院一个房间的地板上一直睡到第二天中午："啊，摩尔甫斯①，你这友好的安定神，你是和平的赠予者、快乐的赐予者、夜间忘性的守护者，那个夜晚，在我急切需要你的时候，你便为我降临，幡然醒来之时，我感到快乐，青春焕发，好像受到赐福一般。"

这最后一句反映出的，与其说是他的感受，不如说是这位年轻人对旧信仰的质疑态度；关于后者，他在其他地方以感人的话语做了描述。出于羞愧，有个细节他没有提及，此细节令他在五十年后仍会感到脸红：当他们中午聚在院子里，准备同院长和三个瘦弱的僧侣告别时——那三个僧侣与其说是人，倒不如说更像是鬼——他们这才注意到，忘了给提尔带一匹马来。

的确，谁也没有考虑过，应该怎样将这个男人带回维也纳。这里当然没有马可借、可买，驴子也没有。所有的动物不是被吃掉了，就是逃走了。

"那，就坐我身后吧。"包兰茨说。

"这不适合我。"提尔说，日光下，穿着教袍的他显得更加消瘦，他站在那儿，身子前弯，脸颊凹陷，眼睛也陷得很深，"皇帝是我的朋友。我得有马骑。"

"我能把你的牙砸出来，你信不信？"包兰茨不露声色地说，

---

① 希腊神话中的梦神。

"能把你鼻子砸烂。我会的。你看着我。你知道，我会的。"

提尔若有所思地看了他一会儿，然后上了马鞍，坐到包兰茨身后。

这时封多德将一只手放到胖伯爵肩膀上，小声说："他不是。"

"你说什么？"

"他不是！"

"谁不是什么？"

"我认为，他不是我见过的那个。"

"什么？"

"不是那次在集市上的那个。我就这么认为。他不是那人。"

胖伯爵盯着这位秘书看了半天，"您能确定？"

"不是很确定。已经有些年了。他在我头上方，站在一根绳子上。谁能确定？"

"我们不要再提这事了。"胖伯爵说。

院长用颤抖的双手祝福他们，建议他们避开城镇：慕尼黑是选帝侯首府，因为难民潮涌，已经关了城门，谁也不让进。路上到处是饥肠辘辘的人们，井水都脏污变质了。新教徒安营的纽伦堡，情况也基本如此。据称，兰格尔和蒂雷纳的西北联军就要过来了，所以最好向东北方向绕道走，在奥格斯堡和英戈尔施塔特之间走。到罗滕堡后，你们可以一直向东走，从那儿到下奥地利的路是安全的。这时，院长停顿了一下，用手抓抓自己胸脯，看上去这不过是很寻常的动作，而现在，自打胖伯爵知道处罚袍的事后，他几乎无法正视。传言道，双方都赶在威斯特法伦宣布休战之前准备一场大战。在此之前双方都希望让自身的处境更加有利。

"非常感谢。"胖伯爵说，他几乎没听懂什么，对地理地形他从不上心。父亲书房里摆着好几卷马特乌斯·梅里安的《日耳曼尼亚地理志》（*Topographia Germaniae*）[①]，有几次他战战兢兢地翻过几页。为什么要把这些都记住？为什么要去那些地方，如果你住在中心，住在世界中心，住在维也纳？

"上帝与你同行。"院长对提尔说。

"上帝与你同在。"这位杂耍艺人在马鞍上说，他搂住包兰茨，那手臂看起来如此瘦弱，让人很难想象他能在马上待住。

"有一天，你站到了我们门前，"院长说，"我们收留了你，从来没问过你是哪个教派的。你在这儿有一年多了，现在你要走了。"

"说得很美。"提尔说。

院长画了一个十字。杂耍艺人也想跟着画，可显然乱了套，因为他双臂抱着包兰茨，双手找不到该放的地方。院长已转过身，胖伯爵强忍着不笑。这时两位僧侣拉开了大门。

几小时之后，他们还没离开多远，便困入了一场胖伯爵从未经历过的大暴雨。众人匆匆下马，蹲到马肚子下面。大雨倾泻而下，噼里啪啦在他们身边呼号，大地一片沸腾，好像天穹都化作了雨水。

"如果他不是提尔怎么办？"封多德小声说。

胖伯爵说，如果两件事无法区分，那就是一回事。要么这个人是提尔，他在安德希斯修道院里找到了庇护所，要么这是一个在修

[①] 马特乌斯·梅里安（Matthäus Merian，1593—1650），瑞士版画家、制图家。在法兰克福开有一家出版社，出版当时具代表性的重要地图。《日耳曼尼亚地理志》是他的重要作品之一，该书于 1642 至 1654 年间出齐，共 16 卷。

道院找到庇护所，自称提尔的人。上帝知道是怎么回事。不过只要上帝不插手，就没有区别。

忽然附近传来枪声。他们于是匆匆上马，马刺砸击马肚，在田野间飞奔而去。胖伯爵沉重地喘息着，好像在打呼哨，后背还疼得厉害。雨滴不住打在他脸上。当龙骑兵勒住马缰时，他觉得好像过去了一段永恒的时光。

他腿脚沉重地下了马，在马脖子上拍了拍，这畜生噘起嘴唇，哼了一声。他们的左边有一条小河，另一边，陡斜的山坡一直延伸到森林边。自打离开梅尔克后，胖伯爵就没见到过森林。

"这里一定是楚斯马斯豪森附近的施代海姆森林了。"封多德说。

"那我们现在太靠北了。"包兰茨说。

"这绝不是施代海姆森林。"普思迪说。

"可它正是。"封多德说。

"肯定不是。"普思迪说。

就在这时，他们听到了音乐声。众人屏住呼吸，悉心倾听。有小号声、击鼓声，演奏的是可直接作用到腿上的轻快的行进曲。胖伯爵注意到自己的肩膀在跟着节拍抽动。

"快离开这儿。"普拉德说。

"不要上马。"封多德小声说，"快进林子！"

"小心点。"胖伯爵说，至少他得做出一副在这里自己才是指挥官的样子，"得保护好提尔。"

"你们这些可怜的笨蛋，"那个瘦男人温和地说，"你们这些牛儿。是我得保护你们。"

树枝已经在阻止他们前行。胖伯爵觉得马走得很不情愿，他把缰绳拉紧，又拍拍马儿湿润的鼻孔，马才顺从起来。灌木丛越来越密集，龙骑兵不得不拔出军刀，砍出一条路来。

他们又倾听起来。这是什么声音？来自何处？那是低沉的嗡嗡声，胖伯爵渐渐明白了，无数声音在彼此交错，是来自不同喉咙的歌唱、喊叫和交谈。他感觉到马儿的恐惧，他抚摸着它的鬃毛，马儿喘息着。

后来他不再能说清，这种情形持续了多久，只能声称大概持续了两个多小时。他写道："后来这些声音在我们身后消失了，围绕在我们周围的树木沉默不语，只能听到鸟儿的嘶鸣，听到树枝断裂，听到风儿从树冠处对我们轻声细语。"

"我们得向东走。"封多德说，"去奥格斯堡。"

"院长说了，城市都闭门自守了，谁也不让进去。"胖伯爵说。

"但我们是皇帝的使者。"封多德说。

这时胖伯爵才发现，他没带任何可以证明他们身份的函件：没有身份证明，没有特许通行证，什么证件都没有。他没有想到这点，没有做准备。显而易见，当时在维也纳的霍夫堡宫，没有谁认为自己是发放此类函件的主管。

"东边是哪边？"包兰茨问道。

普思迪朝一个方向指了指。

"那是南。"他兄弟说。

"你们可真够傻的。"提尔快活地说，"你们真是狗屁侏儒，啥事也做不了！咱们就在西边，所以到处都是东。"

包兰茨挥起拳头，提尔早以别人不可预料的神速，一躬身跳到一根树干后面。龙骑兵跟上去，可提尔像影子一样在树干周围滑动，一会儿便跳到另一根树干后，不见了。

"你们抓不到我。"他们只听到他笑嘻嘻地说，"我熟悉这森林。我还是个小孩的时候，就成了森林精灵。"

"森林精灵？"胖伯爵不安地问。

"白色的森林精灵，"提尔笑着走出灌木丛，"为那个大魔鬼效劳的。"

他们停下休息。储粮几乎已吃光。马在啃着树干。一瓶淡啤酒他们得轮着喝。轮到胖伯爵那儿时，里面什么都没有了。

众人精疲力竭，继续前行。树林渐渐稀疏，树与树的距离渐渐拉开，灌木也不再密集，马可以自己前行，不必为它们砍出路来了。胖伯爵注意到，现在不再能听到鸟叫：没有了麻雀，没有了乌鸫鸟，没有了乌鸦。他们上马，骑出树林。

"我的天啊。"封多德忽然惊叫。

"慈悲的主。"普思迪说。

"圣母啊。"包兰茨说。

后来当胖伯爵试图描述，他们到底都看到了什么的时候，他不得不承认自己的无能为力。这已超出了他作为作家的能力，也超出了他作为一个理性人的能力：即便中间隔着半个世纪，他发现自己仍无法组织出有确切意义的句子。当然他还是描绘了他们看到的景象。这是他生命中最重要的一个时刻，这是他成为三十年战争最后一战[①]目击

---

① 指楚斯马斯豪森会战，这是 1648 年 5 月 17 日，在德意志奥格斯堡的楚斯马斯豪森地区进行的欧洲三十年战争的最后一场大战。结果瑞典法国联军获胜，神圣罗马帝国军队几乎全军覆没。

者的时刻，从此刻起，这个现实决定了他是谁，决定了人们对他的态度——从此，别人介绍他时，总会说，皇宫总管先生经历了楚斯马斯豪森那场大战，而他只能谦逊地回避："还是不提它吧，不好讲的。"

这听上去像是空洞的套话，可它确实是事实。这是讲不好的。不管怎样，他讲不了。当他在山上骑马走出森林时，脚下正有一条河流过山谷，他们看到河对面，皇帝大军一直延伸到地平线，大炮纵横排列，其间站有火枪手，还有以百人方阵站立的长矛兵阵列。在他看来，他们的长矛就像第二片丛林，让他觉得自己正在经历好像不属于现实的事情。单是这么多人走到一起，组成如此军阵，就很难让人想象，一切会零落失衡。想到这里，胖伯爵赶紧抓住马鬃，以免滑下来。

这时他才意识到，眼前不单有皇帝大军。他们右侧是一个很陡的斜坡，下面一条宽阔大路上正行进着法瑞两国联军，他们没有奏乐，默默前行，只能听到马蹄落到石头上的声音：他们的骑兵一排又一排，正悄悄向那唯一的小桥走去。

正在这时，就是那座桥，刚刚还四平八稳地横跨在那里，突然化作一朵云雾，像中了什么魔法，胖伯爵差不多觉得很好笑。一团明亮的烟雾升腾起来，桥没了，直到烟雾在风中飘散，他们才听到爆炸声传来。真美啊，胖伯爵刚这样想，马上为自己感到羞愧，不过他又想了一下，仍固执地感到：真的，很美。

"快走吧。"封多德喊道。

可为时已晚。时间像激流一样拉着他们。河对岸，已经升起朵朵小云，得有几十朵，白色的，莹莹闪亮的。是我们的炮，胖伯爵想，是的，是我们皇帝的炮兵。不待这个念头结束，火枪手站立的地方又升起朵朵小小的白云，无以计数。开始时彼此明显还有一定间距，接着混为一体，同时各种声响纷至沓来，胖伯爵刚看到枪击造成的蒸汽，便听到了噼里啪啦的射击声；接下来他看到，继续向河岸行进的敌军骑兵做出了怎样的奇异表演。他们的队列中间突然裂开了许多长条，一条在这儿，一条就在旁边，还有一条距离稍远。他正紧张地睁大眼睛，想看清是怎么回事时，就听到了一个从未听到过的声响，一声来自空中的嘶鸣。胖伯爵吃惊地看到，包兰茨从马上摔下，滚入草地。他正寻思自己是否也该如此这般，可是马很高，地上满是坚硬的石头。封多德已抢在他前面了。只是他不是跳向一个方向，而是跳向两个，好像他举棋不定，两种可能都不想放弃似的。

　　起初，胖伯爵以为自己在做梦，可他看到封多德的确躺在两个地方：他身体的一部分在马的右边，另一部分在左边，而在右边的那部分还在动。胖伯爵感到一种无以言述的恶心，想到几天前包兰茨射杀的那只白鹅，他曾眼睁睁地看着白鹅脑袋在眼前炸开，于是意识到自己之所以感到惊恐，是因为感到那个事件逆着时间流向而动，预告了现在的事件。他是否应下马的问题，此时已得到解决：马自己卧下了。当他从马的一侧摔到地上时，他注意到天又开始下雨，不过那不是寻常的雨，让泥土飞溅的不是雨水，而像是击打着地面的看不见的打谷棒。他看见包兰茨在地上爬着，看见草地里有只马蹄，马蹄上却不见马，看见普拉德正策马下坡，看见河对面的皇帝大军阵营先前还清清楚楚，现在罩上了烟雾，全不见了踪影。烟雾还是在一处被风吹开了，他看到蹲在长矛间的士兵此时同时站了起来，然后整齐如一地一边举着长矛一边向后退行。他们如此步调一致，怎么能做到这点的？显然他们受到了已经过河的骑兵的逼迫，此时骑兵正源源不断地逼来。那条河好像沸腾了，有的马前腿腾空，骑手掉入河里，但其他骑兵抵达了对岸。水已经染成了红色。向后倒走的长矛兵们又消失在烟雾之中。

胖伯爵环顾四周。野草静立着。他爬起来。双腿还听话，可右手没有感觉了。把手举到眼前，他发现，少了一根手指头。数了数，真的，是四根，这不对，少了一根，应该是五根，现在是四根。他一口血吐到地上。他得赶快进森林。只有森林还能提供保护，只有——

各种各样的形状出现了，看上去五彩缤纷。胖伯爵渐渐醒来，当明白自己晕了过去，现在刚苏醒时，一段好似无中生有的痛苦回忆攫住了他的心。他想起自己十九岁时爱过一个女孩，她没少笑话他，现在她又在这儿出现了，只要想到他们永远不会走在一起，他每一寸肝肠都会充满哀伤。他望向天空，那里远远飘着散开的云絮。一个人出现在他眼前。他不认识他，可他认识他，现在他也认出了他。

"起来！"

胖伯爵眨眨眼睛。

提尔伸手一巴掌打到他脸上。

胖伯爵站起来。他脸颊生疼。手更疼。最疼的是没了手指的地方。那边，是封多德的部分残骸，旁边倒着两匹马；再过去是死去的普拉德。远处挂着雾气，那里有光闪动。骑兵还在挺进，豁口分开，又合上。肯定是十二磅大炮干的。河岸上，骑手簇拥到一起，彼此推挤着，马鞭高举，马蹄入水中，男人们吼着，叫着——当然他只能看到骑兵嘴巴在动，听不到他们的声音。河里到处都是马和人，又有更多的骑兵上了岸，接着又都消失在烟雾中。

提尔走起来，胖伯爵跟在他后面。离林子仅有几步之遥了。提尔开始奔跑，胖伯爵也狂奔起来。

他的身边绿草飞溅。他又一次听到早些时候的那种嘶鸣，那来自空中的嘶鸣，他身旁的嘶鸣，有什么东西被掀起，然后咆哮着滚向河里。这可叫人怎么活，他想，如果空中到处是金属，叫人怎么受得了？就在这时，提尔两臂张开，前胸猛地撞到草地上。

胖伯爵弯腰看他。提尔躺在那里一动不动。他背上的教袍撕开了，血流了出来，身下已经成了小血泊。胖伯爵后退一步，跑起来，没跑两步，又跌倒在地。他赶快站起，继续跑，有人跑到了他身边，再次有子弹将草溅起。他们为什么向这里射击，为什么不打敌人，为什么偏得这么远？跑到他旁边的是谁？胖伯爵转过头，是提尔。

"别停下来。"他哑着嗓子说。

他们跑进森林，树木窒息了轰鸣声。胖伯爵感到心脏刺疼，他想停下来，但提尔抓着他，把他拉进深深的灌木丛。他们蹲在那里，听着大炮轰响。提尔小心地脱下破烂的教袍。胖伯爵看向他后背，衬衫上满是血迹，可看不到伤口。

"这是怎么回事？"胖伯爵说。

"你得把手包扎一下。"提尔从教袍上撕下一块布条，缠到胖伯爵的手臂上。

当时他已经预料到，在自己的书里，一切肯定会写成另外的样子。他总是无法如实描述，因为一切都记不分明，他组成的句子也总是与记忆中的画面不符。

的确如此：发生过的事情从未出现在他梦里。只是有的时候，面对看似完全不同的事件，他好像又能听到来自当年他们在楚斯马斯豪森附近的施代海姆森林边上，陷入战火时的远远的回声。

多年之后，他见到了那个不幸的格伦斯菲尔德伯爵①，向后者询问那场战斗的详情。战败后，巴伐利亚选帝侯曾将他逮捕。此时，这位当年巴伐利亚军队的指挥官，嘴里的牙齿已完全脱落，他倦容满面，不住咳嗽着向他道出不少人名和地点，向他描述了各部队的实力，及其行动计划。这样胖伯爵不必进行考证，便可大致估量出他们当时的地理位置，推断出自己和同伴的遭遇经过。然而行文不尽如人意，于是他偷窃了他人的。

在一本畅销小说中，他找到了一段令自己称心的描述，当人们要求他讲讲德意志三十年战争的最后那场大战时，他就会从那本小说——格里美豪森②的《痴儿西木传》（*Simplicissimus*）中选取一段，讲给别人听。当然不太符合，因为小说描写的是维特施托克会战③，可这也没关系，没有任何人追问什么。胖伯爵不知道的是，格里美豪森虽说经历了维特施托克会战，但自己也无法下笔描写，他那段文字是从马丁·奥皮茨④翻译的一本英文小说中窃取的，而小说作者本人竟从未参加过任何战斗。

---

① 格伦斯菲尔德（Jost Maximilian von Bronckhorst-Gronsfeld，1598—1662），巴伐利亚陆军元帅，楚斯马斯豪森会战时为神圣罗马帝国军队的指挥。
② 格里美豪森（Grimmelshausen，1622—1676），参加过三十年战争的德意志小说家。
③ 三十年战争期间的 1636 年发生在北德维特施托克的战斗，瑞典军队获胜。
④ 马丁·奥皮茨（Martin Opitz，1597—1639），德意志作家。

胖伯爵在他的书中，对他们在森林里度过的那一夜，写得也很少。那天夜里，这位杂耍艺人突然善谈起来，滔滔不绝地给他讲起自己在海牙的冬王宫廷里的经历，还讲了三年前，布尔诺①城遭瑞典军队围攻时，自己遭掩埋的那件事：他不够谨慎，得罪了该城的警备司令官，因为他对司令官的长相说了几句不中听的话，结果被送去当坑道兵。后来他们头上那段坑道塌了，额头上的疤就是从那儿留下的。他被埋在深深的坑道下，周围一片漆黑，空气稀薄，没有任何出口，直到后来奇迹般地获救。胖伯爵写道，这是一个令人难以置信的意外事件，至此，他又马上改变话题，不再提布尔诺坑道下奇迹般的救援经过。这种状况，一定会引起一些读者的无奈及不满。

不管怎么说，提尔是个讲故事的好手，比修道院院长强，也比胖伯爵强——他的故事能让一只手在持续抽痛的胖伯爵分散一下注意力。那天夜里，杂耍艺人对他说，别担心，今晚野狼有的是吃的，不会来找他。

天刚擦亮，他们起身上路。他们绕开战场走，那里飘来的气味，是胖伯爵从来想象不出的。然后他们一路走过施里普海姆村、海恩霍芬村和奥特马斯豪森村。提尔对地形很熟悉，此时他既沉静，又温和，没有再惹胖伯爵生气。

空旷的原野上人头攒动。农民拉着装有全部家当的车子；失散的士兵在找他们的部队和家人；受伤的蹲坐在路边，他们一动不动地呆望着，伤口只得到了草草包扎。他们俩离开了西边还在燃烧的

---

① 布尔诺（Brünn），现捷克第二大城市。1645 年遭瑞典军队围攻。

奥伯豪森，向皇帝军队的残余部队聚集的奥格斯堡走去。这场大战失败后，皇帝军队失去了昔日的强大。

城外军营的气味比战场上的更刺鼻难闻。那些缺胳膊少腿的躯体，那些溃烂着的面孔，那些血肉模糊的伤口，还有一个个粪堆，如同一幅幅地狱景象，深深印在胖伯爵的记忆里。他们寻出一条路向城门走去时，他想，他不再是从前的自己了。此外他还想，那不过是些画面，画面不会把他怎么样，不会抓他，它们只是画面。他把自己想象成另一个人，一个不可见者，他从这些人身边走过，不必去看他能看到的。

下午他们抵达了城门。胖伯爵向守卫解释自己身份时，心里很是嘀咕。令他感到意外的是，他的话他们好像全信了，当即让路放他们进城。

第四章

冬　王

I

———————

十一月到了。葡萄酒的储备已经告急。因为园子里井水已遭污染，他们只能喝牛奶。因为买不起蜡烛，全体人员一律日落而息。物资紧缺，局势窘迫，不过总还有愿为丽兹①献身的诸多亲王。前不久在海牙就有一个，那是克里斯蒂安·冯·不伦瑞克②，他向丽兹保证，要将法文"为了上帝，为了她"（Dieu et pour elle）绣在部队标志上。他还激情满怀地立下誓言，为了她，为了胜利，不惜流血牺牲。这是一位壮怀激烈的英雄，豪情壮志令他自己也热泪盈眶。弗里德里希在他肩上轻轻拍了两下，以示安慰，她递过去自己的手帕，这又令他流下了热泪。一想到拥有她的手绢，他便不可自已。她以王室的名义赐福于他；离开时，他心潮澎湃。

当然这位亲王不会实现诺言，不论是为上帝，还是为她。这位亲王手上没钱，又没有多少兵，特别聪明也说不上。要想战胜皇帝军队的华伦斯坦需要另一类人，需要类似瑞典国王那样的人。不久

———————

① 伊丽莎白·斯图尔特（Elizabeth Stuart，1596—1662），简称丽兹。英格兰国王詹姆士一世之女，于 1612 年嫁给冬王。
② 克里斯蒂安·冯·不伦瑞克（Christian von Braunschweig，1599—1626），三十年战争中效忠冬王（尤其效忠冬王后）的重要将领。

前这位国王以雷霆之势横扫帝国，迄今为止，所向披靡，无往不胜。按照她爸爸的计划，当初她本该嫁给他，可他不想要她。

自从她嫁他不成，而嫁给了可怜的弗里德里希，现在差不多过去了二十年。这是二十年的德意志岁月，在这段时间的旋流里，卷着诸多事件和面孔，卷着各种噪声和恶劣天气，还卷着难以下咽的餐饭和蹩脚戏剧。

从嫁到这个帝国，她就怀念起家乡美好的戏剧，其程度更胜于对美味饭菜的思念。在德意志帝国的土地上人们不懂什么是真正的戏剧，蹩脚的喜剧演员只会在雨里奔走，只会喊叫、打嗝、放屁和彼此打打闹闹。很有可能这一切源于拙笨的语言。这种语言不适合戏剧，简直是一种呻吟声和沉重的咕噜声的拙劣混合。这种语言听上去好像是有人因为窒息而挣扎，好像一头牛在不住咳嗽，好像有啤酒从鼻子里流出来。一个作家能用这样的语言做什么？她尝试过阅读德语文学，曾读过奥皮茨，后来又读过另一位，不过她忘了他的名字；她记不住这些人的名字，他们的姓不是"考特巴赫尔""恩格尔卡莫尔"，就是"卡霍尔茨施泰恩格律姆普尔"。如果你是读乔叟①长大的，还曾得到约翰·多恩②的献诗，诗中称你为"美丽的凤凰新娘……从你的眼睛里，所有小鸟都能得到快乐……"如此这般，即便她再有礼貌，也无法克制自己，假装那似牛羊叫的德语，还算有点儿价值。

她常回想起伦敦白厅内的宫廷剧院，想起那些演员的细腻表

---

① 乔叟（Geoffrey Chaucer，1343—1400），英国诗人。
② 约翰·多恩（John Donne，1572—1631），英国诗人。

情，想起那些像音乐一样节奏不断变化的长句子。它们有时很快，咔嗒咔嗒，有时又舒缓、悠长，有时有如质疑，有时又像严厉的命令。她每次去王宫看望父母时，那里都会有戏剧上演。舞台上的人们在表演，但她马上明白了那完全不是实情，明白了表演也不过是一种面具，因为戏剧并不是假的，不是的，其他一切才是大惊小怪、画皮打扮、装腔作势，戏剧之外的一切都是假的。舞台上的人是他们自己，完全真实，一览无遗。

现实生活中，没有谁会长篇大论地独白。每人都有自己的念想，你不能从脸上读出别人在想什么，因而每人整日都拖着各自死一般沉重的秘密。谁也不会独自站在自己的房间，大声倾诉他的愿望，他的忧虑。但是，当伯比奇①在舞台上用他细长的手指在眼前比画着，用他洪亮的声音这样言语时，要将自己的内心世界全部隐藏，反倒显得非常不自然了。他都用了怎样的语言啊！词汇如此丰富、罕见，像珍贵的布料闪闪发光。那些句子，是怎么完美地组合在一起的啊，让你觉得，自己永远也不会琢磨出这样的句子来。戏剧告诉你，就应该这样，你就应该这样说话，这样举手投足，这样去感觉，仿佛真实的人就是这个样子。

当表演结束，掌声渐渐退去时，演员们又会回到自身的窘迫境地。他们站在一起鞠躬致意，好似熄了火的蜡烛。然后，他们——艾雷恩②、坎普③和伯比奇本人——会把腰弯得很低，走进来，亲

---

① 理查德·伯比奇（Richard Burbage，1567—1619），英国演员。他被视为有史以来莎士比亚剧的最出色演员之一。
② 艾雷恩（Edward Alleyn，1566—1626），英国演员和剧院经理。
③ 坎普（William Kemp，1560—1603），英国演员。

吻爸爸的手。爸爸问一些问题，他们回答时的表现显得他们掌握不了语言，想不出明白的句子似的。伯比奇显得很疲惫，脸上白得像白蜡；除了那双丑陋的手很显眼外，再没别的特别之处了。令人难以置信的是，那神气活现的劲头能这样快地从他身上消失。

在另一出戏中也曾出现过这种神气，那是他们在万圣节时的演出。故事讲的是一位生活在一座神岛上的老公爵，抓到敌人后，他会突然与他们和好。当时她不能理解，他如何能这样宽宏大度；如今想起这事，她还会不理解。如果华伦斯坦或者皇帝本人落到她手里，她一定会另样对待！戏的结尾，公爵的精气神干脆烟消云散了，好像消失在了阳光里，海水里；留在岛上的他，像个老面袋子，这个满脸皱纹的演员，向观众做了简短道歉，因为他没有更多的台词了。当时国王剧团的首席剧作家①亲自主演了这个角色。他不是大演员，比不上坎普，更别提伯比奇了。你甚至可以察觉，他即便记自己写的台词也很吃力。演出结束后，他用柔软的嘴唇吻了她的手。事先她一再被提醒，在这样的场合一定得提一些问题，所以她问道，他是否有孩子。

"有两个女儿。还有一个儿子。可是儿子已经死了。"

她在等，现在轮到爸爸该说什么了。爸爸一言不发。剧作家看着她，她看着剧作家，她的心开始跳动。房间里所有的人都在等，所有穿着丝绸立领的绅士们，所有戴着宝石饰物、握着小扇子的女士都在看着她。她知道她得继续说下去。爸爸总是这样：你若指望

---

① 指莎士比亚。国王剧团（King's Men）前身为伊丽莎白一世统治时期的宫内大臣剧团，是莎士比亚职业生涯中主要工作的剧团。

他什么，他就把你晾到一边。她清了清嗓子以赢得时间。可靠清嗓子只能赢得很短的时间。清嗓子也不能清太久，清清就不管用了。

于是她说，听到他儿子的死她感到非常难过。不管是赐予还是取走，上帝行事总是突如其来，他的考验总是既明智又令人费解，如果我们能庄严地经受，那么这些考验会使我们更加强大。

眨眼之间她为自己感到自豪。当着所有王宫臣仆、贵族及其眷属的面，能有这样谈吐的人，一定从小受到了很好的教育，而且头脑反应也得快。

剧作家微笑着低下头，突然间她感到自己以一种难以言述的方式丢了人。她觉得自己脸红了，又因为这让她感到更丢人，脸更红了。她再次清了清嗓子，问他儿子叫什么名字。并不是因为她对此真感兴趣。她只是想不起说什么别的。

他低声做了回答。

"真的吗？"她惊讶地问，"他叫哈姆雷特？"

"叫哈姆奈特。"他深深地吸了一口气，然后若有所思地，好像在自言自语：尽管他不知道，自己能否像她说的那样，庄严地经受上帝的这个考验，但此刻能在一张少女的容颜上看到未来，这已让他感到幸福，使他可以肯定地说，他的命运虽然裹挟着将他引入此等苦海的洪流，却应该不是最坏的，因而他要从这个恩典时分获取力量，下定决心，不管过去及前面的生命道路上有过并还会有多少苦难与艰辛，他都要以感激之情接受并面对。

这下她再想不起说什么好了。

这时爸爸终于开口道：很好，很好。未来的路上阴云密布；会有更多的妖魔鬼怪；法国人诡计多端；新近统一的英格兰及苏格兰还没有经受过考验，险情无所不在；不过最糟的是妖怪猖獗。

剧作家说，险象总是存在，这正是险象的本质，不过在英明伟大的统治者手下，它们统统会受到阻挡，就像云朵变成温和的雨水之前，空气可以托起沉重的它们一样。

这次爸爸想不起什么可说了。很有趣，因为这种情况不常发生。爸爸看着剧作家，大家看着爸爸，没有人说什么，沉默已经显得太久了。

最后爸爸转过身，一句话不说，走开了。他常这样，这是他有意让众人不安的一个小伎俩。通常能让人琢磨几个星期，自己到底做错了什么，是不是会由此失宠。不过剧作家好像能看透其中的蹊跷。只见他一边躬身，一边退步，脸上还露出微微一笑。

"丽兹，你觉得你是更优秀的生灵，是不是?"她对傻臣①讲了这事后，傻臣问她，"你是不是觉得自己比我们见过的世面多，知道得更多，来自比我们更优秀的国度?"

"是的，"她说，"我觉得是的。"

"你认为你父亲还会作为军队的最高指挥官，来救你? 你这样认为吗?"

"我不这样认为了。"

"你还在这样认为呢。你还以为有一天他会再次出现，让你再次成为王后。"

"我现在就是王后。"

---

① 傻臣（Narr），本义为傻子，这里为宫府傻臣（Hofnarr）的简写。西方中世纪王宫贵府中唯一具有说真话特权者，负责娱乐。

他嘲弄似的笑了笑，她不得不咽下这口气，把泪水忍住，因为她想到，这正是他的工作——对她说出别人不敢说的话。这就是需要傻臣的原因，即使你不想要傻臣，也必须有一个，因为宫府没有傻臣就不叫宫府。她和弗里德里希已失去了王国，但至少他们的宫府还得正常运行。

　　这位傻臣非同寻常。他一出现她就马上感觉到了这点，那是去年冬天，正值天气特别寒冷，生活比任何时候都拮据的时候。他们俩突然站到他们门前，一位是穿着混色紧身上衣的瘦长年轻人，还有一位高个子女人。

　　他们看上去已经筋疲力尽，看得出一路上吃了很多苦，在荒郊野外遭遇了不少艰险，而且已经病痛缠身。可当他们在她面前跳起舞时，那是怎样一个和美！那歌声与躯体的和谐，是她自离开英格兰后，再未经历过的。接着她吹竖笛，他表演杂耍；然后两人表演了一个小品，那是一个监护人与其被监护人的故事：她装死，当他发现她躺在那里，没有生命气息时，悲痛之下自杀身亡。她醒来后，脸庞因无比惊骇而扭曲，她举起他的刀，也结束了自己的生命。丽兹熟悉这个故事，那是国王剧团上演的一个剧目片段。他们的表演让她想起戏剧，那曾是她生活中非常重要的内容，于是她问这两位，想不想留下，她说："我们还没有宫廷傻臣。"

　　就职那天他送了她一幅画。不对，其实不是画，而只是一块白色画布，上面什么都没有。"给它镶上框，小丽兹，把它挂起来。让人观赏！"他根本没权利这样叫她，但至少他发音正确，用的是英语的Z，他说得很标准，就像他去过那里似的。"也让你先生看看这幅美丽的画，让这位可怜的国王看看！也让其他人看看！"

她照他的话做了。她有一幅绿色风景画，本来就不喜欢，她把这画取下，装上了这块白色画布，然后傻臣把这画挂到了那个被她和弗里德里希称作"王座厅"的大厅里。

"这是一幅神画，小丽兹。私生子看不到它。蠢人也看不到它。偷盗钱财者看不到它。居心叵测者、不可信任者、二流子、两条腿的畜生、浑球儿，都看不到它，对这些人来说，这不是画！"

她忍不住直笑。

"真的，小丽兹，把这些话告诉大家！私生子、蠢人、小偷、居心不良者、二流子，这些人都看不到这幅画，看不到蓝天，看不到宫府，也看不到阳台上有个妙美女人披着金色长发，看不到她身后有个天使。就这样告诉大家，看看会发生什么！"

接下来发生的，让她惊讶不已，至今她每天还会惊讶，而且永远会令她惊讶。站在白画面前的人，都不知所措，不知该说什么。这的确比较复杂。他们当然知道那里什么都没有，但他们不确定丽兹是不是也这样认为，很有可能她会认为，说自己什么都看不见的人是私生子，是蠢货，或者是小偷。所有的人都是一副绞尽脑汁、困惑不解的模样。是这幅画施了法术，还是有人想蒙骗丽兹，或者有人想耍她？过了一段时间，凡是来过冬王宫府的人，几乎不是私生子、蠢货，就是小偷，或者是居心不良者。这种状况并未使此事变得容易些。

来访的人反正不多了。以前人们来，是想亲眼看看丽兹和弗里德里希，也有些人来做某些承诺，尽管几乎无人再相信，弗里德里希还会统治波希米亚，但这也不是一点可能都没有。做承诺，动嘴就行，花不了什么钱；只要对方还无权无势，你的承诺也不必兑现，一旦他又大权在握，他总会记起，是谁在阴郁的日子里与他站在一起。不过眼下做承诺是来访者唯一能做的，因为没有谁还能带来什么特别值钱的、可以换成钱的礼物。

对克里斯蒂安·冯·不伦瑞克，她也以一副漠然的表情，让他看了这块白布画。她对他说，蠢人、心怀鬼胎者还有私生子都不会看到这幅了不起的画作。说完，她以难以言述的愉快心情，看着这位曾对她热泪盈眶的崇拜者，怎样无助地一再朝墙上望去，那幅画则以讽刺与虚空，同他的激昂豪迈相向对立。

"这是我得到过的最好的礼物。"她对傻臣说。

"这可没什么大不了，小丽兹。"

"约翰·多恩送过我一首诗。称颂我为 fair phoenix bride（美丽的凤凰新娘）……"

"小丽兹，他是得到赏钱了。如果有人给他钱，他也可以称你为臭鱼。你觉得，如果有人给我钱，我会叫你什么吗？"

"皇帝送过我一条红宝石项链，法国国王送过我一个冕状头饰。"

"我可以看看吗？"

她不吱声。

"你卖了？"

她还不吱声。

"肖翰·托恩是谁？他是什么人，梅丽凤凰是什么？"

她不吱声。

"你把冕状头饰送到典当铺了？那，那个皇帝送的项链呢，小丽兹，现在谁戴着呢？"

可怜的国王也没敢对那幅画说什么。当她笑嘻嘻地对他解释说，这不过是个玩笑，这块画布并没有被施加魔法时，他只是点点头，并一脸困惑地瞧瞧她。

她本来就知道，他不是最聪明的。这点从一开始就显而易见，但对一个有如此地位的男人这并不重要。诸侯大人反正也不必做什么，如果他真聪明非凡，几乎倒有有损名望之嫌。聪明是下属的事。他只要做自己就已足够，别的都不必要。

世界就是如此构建：只有少数人才能真正称为人，然后便是余下的生灵：其他的是一个阴影军队，是背景中的芸芸众生，是密密麻麻爬行的蚂蚁族群，他们的共同之处在于，微不足道。他们被生出，然后死去，像振翅生物构成的斑斑点点，是黑压压的鸟群，消失了一个，几乎不会引人注意。能引人注目的，总是凤毛麟角。

她可怜的弗里德里希并不是最聪明的，而且还容易胃痛、耳痛，这些早在他十六岁那年来伦敦的时候就已显露出来。当时他披着白色鼬毛披风，带领着四百位随行人员。他来伦敦是因为，其他求婚人不是已隐身退下，就是在关键时刻再没有表达意向。先是年轻的瑞典国王拒绝求婚，然后是纳索的莫里茨①，再然后是黑森的奥托②。过了一段时间，又出现了一个大胆计划，让她嫁给意大利皮埃蒙特的王子，这王子虽说不很有钱，但他是西班牙国王的侄子，丽兹爸爸的一个夙愿，就是要与西班牙和解，然而西班牙人却一直疑虑重重。一来二去，可供选择的就只剩下了有远大前程的德

---

① 纳索的莫里茨（Moritz von Oranien，1567—1625），荷兰总督、著名军事家。
② 黑森的奥托（Otto von Hessen，1594—1617），神圣罗马帝国黑森-卡塞尔伯国储君。

意志选帝侯太子弗里德里希了。普法尔茨选侯国的宰相在伦敦停留磋商几个月后，双方达成协议：丽兹爸爸需付德方四万英镑嫁妆，此后普法尔茨每年要付伦敦一万英镑。

协议签署之后，弗里德里希亲自前来，内心的不确定感令他显得表情僵硬。在向主人致辞时他竟一时显得语无伦次。他的法语有多蹩脚显而易见，好在她爸爸当机立断，向前拥抱他，才避免了更大的尴尬。随后按照有关礼仪，这个可怜的家伙用干巴巴的唇尖向她献上了致意吻。

第二天，他们乘上王宫里最大的游船出游，只有妈妈没有同行，因为她觉得这个普法尔茨选帝侯太子不够门当户对。尽管普法尔茨宰相抛出自己宫廷法学家的荒唐观点，声称选帝侯的地位与国王相当，但每个人都知道，这纯粹是一派胡言。只有国王才是国王。

乘船游览时，弗里德里希靠在栏杆上，他不想让别人注意到自己晕船。他那双眼睛很孩子气，可他站得笔直的身姿，显然是由最出色的宫廷教师培养出来的。她想：你一定是一个很好的击剑手，而且：你不难看。她很想对他耳语：不用担心，我现在和你在一起。

现在，很多年过去了，他仍可以那样完美地站立。不管发生了什么，不管人们怎样贬低他，让他成了全欧洲的笑柄，他挺拔的站姿还一如从前：头略微靠在脖子上，下颚抬起，双臂交叉在背后，而且，他那双小牛般的眼睛还那样俊美。

她很喜欢自己那可怜的国王。她永无别念。她同他一起度过了这么多岁月，为他生的孩子，多到数不清。人们叫他冬王，她便是冬王后，他们俩的命运就这样不可分割地联系到了一起。当初在泰晤士河上的游船里她并不能预测到这一切，不过她觉得，自己得把一些东西教给这个可怜的孩子，因为如果两人结婚了，在一起生活，那么必须要彼此交谈。同这位交谈一定不容易，因为他对此一无所知。

他第一次来到这个陌生城市，远离自己的海德堡宫廷，远离家乡的奶牛，远离尖顶房屋和他的德意志同胞，对他一定是一件相当不容易的事。况且他还得站在众多既狡猾又可怕的女士先生们面前，更为不幸的是，还得站在总会让所有人害怕的爸爸面前。

乘船出游的那个晚上，爸爸和她进行了她一生中最长的一次谈话。她从前几乎不了解自己的父亲。她不是在爸爸身边，而是在原为库比修道院的哈林顿勋爵①的庄园长大的。地位高贵的家庭不会自己抚养孩子。父亲曾是她梦中的一个影子，是画作上的人，是会在童话故事中出现的人物。他是英格兰、苏格兰两个王国的领袖，是不信上帝的妖怪的迫害者，是令西班牙胆战心惊者，是被处死的天主教女王的新教徒儿子。人们遇见他时，都会惊讶于他的大鼻子和浮肿的眼袋。他的眼睛看上去总像在望着你，像在思考什么，他总给人一种对方说错了话的感觉。不过这是他有意为之，他已习以为常。

对她来说这是他们第一次真正的对话。亲爱的女儿，你怎么样？她每次来白厅，父亲大多只是这样问。谢谢，不错，亲爱的父亲。你母亲和我见你过得不错，都很高兴。见到父亲，见到你们都健康，我也非常非常高兴。她在想象中称他爸爸，不过恐怕永远不

---

① 哈林顿勋爵（Lord Harington，1560—1612），英格兰诗人，还以发明抽水马桶闻名。

敢这样当面叫他。

这个晚上他们第一次单独在一起。爸爸站在窗户旁边，双手交叠在身后。很长时间他没说一句话。她因为不知道该说什么，也保持沉默。

"这个傻家伙会有很大前程的。"终于他开口道。

他又不说话了。他从一个架子上拿下一块大理石样的东西看了看，又把它放了回去。

"一共有三个新教徒选帝侯，"他说话声音很小，以至她的身子得稍稍前倾，"普法尔茨的这个，就是你这个，是地位最高的，是神圣罗马帝国新教联盟的首领。皇帝病了，身体不好，法兰克福不久会举行新的皇帝大选。如果到那时我们的力量能强大起来……"他边说边打量她。他的小眼睛陷在深深的眼窝里，看上去好像他没在看谁。

"他们会选一位加尔文教徒皇帝吗?"她问道。

"绝对不会。不可想象。不过可能会是一个从前信奉加尔文宗，现在改信天主教的选帝侯，就像法国的亨利当年改信天主教一样，或者，"他用手指轻轻点着胸脯，说，"像我们，曾是天主教徒，现在成了新教徒。哈布斯堡家族正在失去影响力。西班牙几乎丢失了对荷兰的统治，波希米亚贵族已迫使皇帝承诺对宗教信仰宽容相待。"沉默了一会儿，他问:"你喜欢他吗?"

这个问题突如其来，她一时不知该如何回答。她微笑着低下头。一般来说不用做出具体表示，这个姿势已令人满意。不过爸爸不肯罢休。

"这件事有风险。"他说，"你不认识我姨妈，就是那个处女女王，凶狠的老林德虫①。我年轻时，没有人认为我会是她的继位者。她下令斩了我母亲的头，她并不怎么喜欢我。有人以为她也会杀我，不过这事没有发生。我姨妈是你的教母，你继承了她的名字，可是给你举行洗礼的时候她没有来，这是她不喜欢我们的表现。尽管如此，她死后我继承了她的王位。没有人想到，她会允许一个斯图亚特②家族的人当国王。连我也没有想到。每年年底，我都会想，我会死的，但每年结束时，我都还活着。现在我还活着，而她在坟墓里腐烂着。所以，丽兹，不要怕风险。还有，永远不要忘记，那个可怜的家伙会做你让他做的事。他不如你。"他想了想，又没头没脑地说："那一回议会下面的火药……丽兹，我们本来会被炸死的。不过，我们都还在这儿好好的。"

这是她听他讲的最长的一段话。她等着他说下去，他却再次将双手放到背后，一言不发地离开了房间。

她一人留在房子里，望着窗外，刚才他就是这样望着窗外的，以这种方式，她好像可以更好地理解父亲。她想起了那起"火药事件"。八年前，有刺客想刺杀爸爸妈妈，让王国再次信奉天主教。那天深夜，她突然被哈林顿勋爵摇醒，她听见他在喊道："他们来了！"

开始时她不知道自己在哪儿，也不知他在说什么，随着她的意识脱离了睡眠迷雾，逐渐清醒，她突然发现，这个成年男子竟胆大妄为地站在自己的卧室里。这样的事还从未发生过。

---

① 指英格兰女王伊丽莎白一世（1533—1603）。林德虫为一种神话恶兽，形似飞龙。
② 斯图亚特（Stuart）为姓氏，该王朝在1371年至1714年间统治苏格兰以及在1603年至1714年间统治英格兰和爱尔兰。

"他们是不是想杀我？"

"比这还糟。首先您得改变信仰，然后他们要把您放到王座上。"

他们仓促逃走，走了一夜，一天，又一夜。丽兹挨着侍女坐在马车里，由于车子颠簸得厉害，有几次她不得不吐到窗外。马车后面跟着六个全副武装的男人，哈林顿勋爵在前面骑马领路。黎明时分他稍事休息时，他低声告诉她，其实他自己也几乎一无所知。他说，有个信使来了，对他说，有一个刺杀团伙要找玛丽·斯图亚特①的孙女。这个团伙的头领是一名耶稣会士。他们想绑架这个孙女，让她当女王。她父亲也许已经死了，她母亲也许也死了。

"英格兰没有耶稣会士。我爸爸的姨妈把他们都赶走了！"

"可还有一些藏了起来。其中最可恶的一个叫泰西蒙德，我们找了他很久，总是没找到，现在他找到您这儿了。"哈林顿勋爵喘着气，站起来。他已不再年轻，连续几小时的骑行对他来说艰辛难挨。他说："咱们得接着走！"

后来，在考文垂附近他们找到一个小房子躲了起来。丽兹不得离开房间。她随身没带书，只带了一个玩偶。第二天她便感到无聊透顶，她甚至宁愿让耶稣会士泰西蒙德找来，而不肯面对房间里的孤寂：永远是同一个五抽柜，永远是同样的砖地，她已经数了很多次，从窗子那儿数，第二行的第三块，还有第六行的第七块，那里的砖掀了起来，然后就是床，此外，还有夜尿壶（有个男人每天得端到外面倒两次），还有她不许点的蜡烛（为了不让人透过窗户看

---

① 玛丽一世（Maria Stuart，1542—1587），1543 年至 1567 年统治苏格兰。

到屋里的亮光），还有坐在床边椅子上的侍女，侍女已经把她的人生故事对她讲了三遍，其中没有一点有趣的事。耶稣会士就算再糟恐怕也不会糟成这样。耶稣会士又不打算对她怎么样，不过是想让她做女王！

"殿下的理解是错误的，"哈林顿说，"您将不再自由。那样的话，您必须听教皇的话。"

"可现在我必须听您的话。"

"是的，您以后会感激的。"

这个时候其实已经不存在危险了，只是他们一点都不知道。藏在议会的火药被及时发现，阴谋分子没能及时把它点燃，她的父母也安然无恙，逃过了一劫，谋反的天主教徒遭到逮捕，未能成功的劫持者自己也遭到追捕，不得不躲进深山老林。可是这些消息他们一点没得到，结果丽兹在那个房间里又度过了没有尽头的七天，这七天里她得天天面对两块翘起的瓷砖，天天伴着侍女，听她讲她没有意思的生活，天天没有书读，只有一个玩偶可以抱，这个玩偶在第三天就让她厌恶起来，超过了她对那个耶稣会士的厌恶。

她不知道，这期间爸爸已在着手处置谋乱者。他不仅从自己统治的两个王国内找来最好的酷刑手，还找来三个波斯的虐人专家，以及中国皇家最富有经验的拷问官。各式各样只要是他知道的、可以使一个人痛苦的肉刑，他都命令施加给这些囚犯，他还让人发明至今无人想到的折磨人的方法。所有专家得到的指令是，要发明更精准、更可怕的折磨方式，连那些描绘地狱的大画家也想象不出来；唯一的条件是，不能让人发疯，不能让灵魂之光熄灭：因为罪犯应该供出他们的同伙，他们还应该有时间对上帝忏悔，请求宽恕，因为爸爸是虔诚的基督徒。

在此期间，为保护丽兹，宫廷已经派出了一支百人部队。可她的藏身处很隐蔽，像那些谋反者一样，士兵们也无法找到她。日子就这样过去了。又有些日子过去，然后还过去了一些日子……后来有一天丽兹觉得无聊感减退了，在屋子里她忽然感到，她好像对时间的内涵有了些了解，那是她从前不曾理解的：什么都不会过去。一切都还在。即使事物发生变化，它也总是发生在"当下"——这是一个永远不会改变的"当下"。

在后来的逃亡路上，她常回忆起这第一次逃亡。白山会战失败后，她的反应，好似早就有所准备，好像因为从前逃亡过，她对此已经十分熟悉。"把丝绸叠好收起来，"她叫道，"不带餐具，带上亚麻布，路上更有用。那些油画嘛，带些西班牙的，不带波希米亚的，西班牙人画得更好！"对她可怜的弗里德里希，她说："别放心上。咱们走，躲上些日子，再回来。"

因为那年在考文垂的情况就是这样。当时，过了些日子他们了解到，危险已经解除，他们及时回到伦敦，参加了对上帝的感恩大礼拜。那天，西敏区和白厅之间的马路上聚满了欢呼的人们。国王剧团借此推出首席剧作家为此盛况专门写作的一个剧目。故事讲的是苏格兰国王被一个恶棍杀害，恶棍心灵昏黑，受到了既做预言又散布谎言的巫婆驱使。① 这是一场昏天黑地的戏剧，满是火焰、血与邪恶势力，故事结束时，她知道她永远不想再看它，尽管这可能是她这辈子看到的最好的一场戏。

---

① 这里指莎士比亚的《麦克白》，于 1611 年 4 月 20 日首演。

只是他们逃离布拉格时，她那可怜的傻夫君已听不进她的话。军队的惨败，以及自己王位的丧失令他大为震惊，以致他嘴里一次又一次地咕咕噜噜，说接受波希米亚王冠，真是个错误。所有的人，所有与之相关的决策人物事先都提醒他，这会是个错误，所有的人，说了一遍又一遍，但由于他的愚蠢，最终偏听偏信。

　　当然，他指的是她。

　　"我不该偏听偏信！"他又说了一遍，这次声音高到她可以听到——当他们坐在马车里，逃离首都布拉格时。那是他们最不起眼的一辆马车。

　　这时她意识到，他不会原谅她了。但他依然爱她，如同她对他的爱。婚姻的内涵不仅仅在于他们会有孩子，重要的还在于他们带给彼此的伤害，在于他们一起犯的错误，在于永远会责怪对方的那些事。他不会原谅她，因为她让他接受了王冠；她也不会原谅他，因为对她来说他从一开始就太蠢。如果他脑子稍微转得快一些，一切会容易得多。她一开始以为，她可以改变这种状况，但后来发现，怎么做都无济于事。由此产生的苦恼几乎从未消停过，每当他以训练有素的坚定步伐迈入房间，或者当她望到他英俊的面庞，感到他爱意的同时，又总会感到小小的刺痛。

　　她拉开窗帘，向外望去。窗外是布拉格，是世界的第二首都，是知识文化中心，是神圣罗马帝国的昔日皇都，是东方的威尼斯。尽管天色漆黑，她还能看出由无数火舌照亮的古堡轮廓。

　　"我们会回来的。"她说，"你是波希米亚国王，这是上帝的意愿。你会回来的。"尽管她自己都不再这样相信。但她知道，你必须拥有信念，才能忍受逃亡。

尽管一切都很糟，但这一刻，还有能让她欣慰的事。她想到自己这场戏剧：一系列国家大事，从一个头上换到另一个头上的王冠，还有一场失败的大战。唯一缺少的，是一个独白。

弗里德里希正失败于此。匆匆告别的时候，他的追随者个个忧心忡忡，脸色苍白。他应抓住机会，发表一次讲话，他应该站到桌子上面去讲。总有人会注意到这件事，总有人会写下来，将之传播开来。一次伟大的讲话会让他名垂千古。他当然没有想到这点，他只嘟囔了几句不清不楚的话，便和她走出门去，踏上了流亡之旅。而所有追随过他们的高贵的波希米亚贵族——他们的姓氏她几乎无法复述，诸如乌雷施维奇斯基、皮施卡特尔特或者曲特尔卡特尔之类，她只在召见他们时听那位懂捷克语的官员耳语过——却看不到新一年的曙光了。皇帝是不会手软的。

"好了，"她在马车里低声说，尽管她明明知道，事情一点都不好，她还是一个劲地说，"好了，好了！"

"我就不该接受那该死的王冠！"

"好了。"

"我不该偏听偏信。"

"好了！"

"还能回来吗？"他低声问道，"还可以改变吗？是不是找个占星家算算？应该能行的，如果有星象的帮助，你觉得怎样？"

"是的，也许吧。"她应和着，她并不知道他想说什么。当她抚摸他那满是泪水的脸颊时，她奇怪地想起了自己的新婚之夜。她那时什么也不知道，没有谁认为有什么必要向公主解释什么。而显然有人对他说了，一切很简单，你只需把她拉过来，起初她会害羞，然后她就会明白的；只要有力量，有信心，就像在战场上对付敌人，你就能对付她。当时他肯定想按这个建议去做。可当他突然抓住她的时候，她以为他疯了。"别胡闹！"她一把将他推开——他比她还矮了一头。他再想尝试时，她用了更大的推力，以至他脚下不稳撞到了餐具柜上：一只盛水的玻璃瓶打碎了。她一生都能回忆起，那带图案的石地板上的小水洼，上面漂着三片小船似的玫瑰花瓣。是三片，她仍然记得非常清楚。

他直起身，再次尝试。

当她注意到自己比他有劲时，她没有呼救，只是紧紧地按住他的手腕。他无法挣脱，气喘吁吁地挣扎，她也气喘吁吁地按着，两人都吃惊不小，睁大眼睛盯着对方。

"你别动。"她说。

他开始哭。

她低声地，就像后来在马车里的样子，对他说："好了，好了。"边说边坐到床边，抚摸他的头。

他平稳了一下情绪，进行最后一次尝试，伸手去抓她的乳房。她给了他一巴掌，他则如释重负似的松了手。她在他脸颊上吻了一下。他叹口气，然后蜷起身子，缩到被子深处，连头也见不到了，他不一会儿就睡着了。

仅仅几周之后，他们造就了自己的第一个儿子。

这是一个友善的男孩，机敏、阳光，有一双浅色的眼睛，嗓音清亮，像父亲一样英俊，像丽兹一样聪颖。她还能清晰地回忆起他的小摇马和他用小木块堆成的一座小宫殿，能忆起他如何在她的指导下，用高昂坚实的歌喉唱英格兰歌曲。十五岁那年他葬身于一条倾覆的渡轮下。先前已有几个孩子死去了，但都还很年幼。孩子还小的时候，人们几乎觉得他们每天都可能死去。但这个儿子她已经朝夕相处了十五年，他在她的眼前一点点长大，然后，忽然之间就走了。她总是忍不住想起他，总是忍不住想起他被扣在倾翻的船下的那个时刻，即使她能有段时间做到不再想他，她又会在梦中更清晰地见到他。

当然在新婚之夜，她对这些还一无所知。后来他们从布拉格逃出，坐在马车里，她对此也不知晓，只是现在，在海牙附近这座房子里她才知道了。这座房子，他们称为他们的王庭，虽说它只是一座有着两层楼的别墅。楼下是客厅、厨房和一个小边房。客厅是他们的接待室，有时也被他们叫作王座厅；厨房被他们称为"佣人室"；小边房他们称为马厩。他们的卧室在二楼，二楼被称作居住区。房子前面是个花园，他们称为公园，公园围着一圈很少剪枝的灌木篱笆。

她从不知道到底有多少人同他们住在一起。他们有几个侍女；一个厨师；有胡登尼伯爵——这个老笨蛋同他们一起从布拉格逃出后，弗里德里希马上将他任命为宰相；有一个园丁，他也管牲口棚，其实牲口棚名不副实，因为里边几乎没有牲畜；有一个男仆，专门大声通报客人的驾到，还负责为客人送上食物。有一天，她注意到，那个仆人和厨师不是如她从前想的那样彼此相像，而是一模一样，是同一个人，为什么她之前没有注意到呢？仆人们住在佣人室。但厨师除外，他睡在大厅。园丁也除外，他同老婆在王座厅过夜——如果那是他老婆的话；对此丽兹不很确定，要打听这样的事非常有损做王后的尊严；不过这个女人体态丰满，又和气可亲，对几个孩子照顾得细心周到。尼尔和傻臣在楼上走道里睡，或许他们不睡觉，丽兹从没见过他们睡觉。家政管理不是她的强项，这事她全权交给了管家照料，顺便说一下，管家也是厨房掌勺的。

"我能不能带傻臣一起去美因茨？"弗里德里希问。

"带傻臣去干什么？"

他以自己惯有的不明不白的方式解释说：在那儿他得像个君王出面，而且傻臣本来也属于宫廷成员。

"好吧，如果你认为这样会有帮助的话。"

这样，他们上路了——她的夫君、傻臣、胡登尼伯爵，还有为了使随行人员显出阵容而带上的那位厨师。在灰色的十一月天空下，她站在窗前看着他们走远，直到他们的身影消失在远方。又过去了一些时间，风中的树木几乎一动没动。别的也都一动未动。

她坐到窗户和壁炉之间的椅子上，这是她喜欢待着的地方。壁炉里已经好长时间没有火了。要是侍女多给她一条毯子就好了，可惜侍女前天逃走了。还得找一个新的。总有殷实之家的父母，希望他们的女儿为王后服务，即便那是一个遭嘲弄的王后，即便有关她的可笑绯闻到处流传。在天主教盛行之处，人们宣称，她在布拉格跟每个贵族男人都睡过，对此她早有耳闻，可她能做的只能是表现得更矜持，更尊贵，更友好，更要有足足的王后风范。她和弗里德里希都已被帝国剥夺法律保护，谁有杀心，都可对他们下手，神父也不必拒绝为杀手赐福。

开始下雪了。她闭上眼睛，轻轻吹起口哨。人们称她可怜的弗里德里希为冬王，他却是个非常怕冷的人。花园里的雪很快会有膝盖高了，没有人来铲雪，因为园丁也溜走了。或许她应该给克里斯蒂安·冯·不伦瑞克写信，请求他"为了上帝，为了她"派几个男人来清除积雪。

她想起改变了一切的那一天。收到那封信的那天，不幸随之而来。那信上列有长长的签字名单，每个名字都那样难读。那些她从未听说过的贵族，要求选帝侯弗里德里希来做波希米亚国王。他们不想再要自己的老国王，他本由神圣罗马帝国皇帝兼任；他们的新国王应是新教徒。为了表达自己的坚定信念，他们已把帝国皇帝的大臣从布拉格宫殿的一个窗口扔了出去①。

幸好他们掉到粪便堆上，得以活命。王宫窗户下总有很多粪堆，每天便壶都要在那里清空。愚蠢的是，耶稣会士在全国各地布道时肆意宣称，是天使将这些皇帝大臣接住，将他们轻轻放到地面的。

收到这封信后，弗里德里希当即给爸爸写了一封信。

爸爸的回信交给快马信差送来：最亲爱的女婿，千万不要当国王。

然后，弗里德里希向新教联盟里的各个诸侯征询意见。几天以后，信使坐在热汗蒸腾的马背上，气喘吁吁地送来了一封封回信。写信人不同，内容却是一致：选帝侯殿下，别干傻事，不要当国王。

只要能找到的人，弗里德里希都问遍了。在给他们的信中他一次次写道，请仔细考虑，按照权威法学家的说法，波希米亚不在帝

---

① 这是 1618 年 5 月 23 日发生在布拉格的"掷出窗外事件"。当时波希米亚新教徒为反对天主教当政者的迫害，将三名帝国官员从布拉格宫殿的窗口抛出。此事件引发三十年战争。

国疆域之内，接受王冠并不违背对皇帝陛下的效忠誓言。

不要当国王，爸爸再次写道。

直到现在他才征求丽兹的意见。对此，她一直在等，她已做好了准备。

那天傍晚，他们在卧室，由一动不动的小小火苗环绕着——只有最贵重的蜡烛才能这样平静地燃烧。

"别犯傻，"她也这样说，然后她让一段长长的时间一声不响地流逝，又说道，"一个人能有几次戴上王冠？"

这就是改变了她一生的那一刻，也是他永远不会原谅她的一刻。这幅画面伴随了她整整一生，她总能在眼前看到，华盖上绣有维特尔斯巴赫家族①徽章的那张四柱床，床头柜的玻璃水瓶上反射的蜡烛火苗，墙壁上那幅绘有一位女士带着一条小狗的巨型油画。后来她忘记了画家的名字，这也没什么，她没能把它带到布拉格，画丢了。

"一个人能有几次戴上王冠？有多少人配得上戴它，能担当这个可以令上帝欢喜的使命？皇帝先给了波希米亚新教徒信仰自由，后来却反悔，套索收得越来越紧。现在只有你可以帮助他们。"

忽然，在她看来，这间有四柱床、壁画和玻璃水瓶的卧室，好似一个舞台，她好似正站在一个大厅里讲话，面前的观众一声不响，聚精会神地倾听。她想起那个大剧作家，想起他那些富有神奇力量的抑扬顿挫的句子；她好像正被未来历史学家的影子所包围，好像说话的不是她，而是一个生活在未来的女演员，她正在有这个

----

① 维特尔斯巴赫（Wittelsbacher）家族，一个起源于巴伐利亚的古老的王公世家。

192

时刻的剧作中，扮演伊丽莎白·斯图尔特公主。这个剧作有关基督教世界的未来、一个王位和一个皇帝。如果她可以说服自己的夫君，那么世界会向某个方向行进，如果她不能说服，世界则会走向相反的方向。

这时她站起身，迈着从容的脚步在房间里一边走一边娓娓道来。

她谈到上帝和责任，谈到普通民众的信仰和智者的信仰。她谈到加尔文教导所有人，不要对人生掉以轻心，要将人生视为每天都可能通不过的考验，如果你没有通过，那么你将是永远的失败者。她谈到，一个人应有冒险的勇气和自信，她谈到尤利乌斯·恺撒，他以破釜沉舟的意志，说了句"骰子已经抛出"①，便渡过了卢比孔河。

"你说恺撒?"

"让我把话说完!"

"但我不会是恺撒，我会是他的敌人。我最可能是布鲁图②。皇帝才是恺撒!"

"在这个类比中，你是恺撒。"

"丽兹，皇帝才是恺撒。恺撒就是皇帝的意思③! 这是同一个词。"

---

① 这是恺撒名言，意为"决定已经做出"。公元前 49 年 1 月 10 日，恺撒受召弃军前往罗马元老院认罪，他却打算带兵前去。渡过意大利北部的卢比孔河前，尽管深知前面凶多吉少，他仍说出此言。
② 布鲁图（Brutus，前 85—前 42），罗马共和国晚期的一名元老院成员，组织并参与了对恺撒的谋杀。
③ 德文中的皇帝（Kaiser）来自恺撒（Cäsar）这个名字。

她叫道，也许是同一个词，但在这个类比中，恺撒不是皇帝。即使恺撒是皇帝的意思，在这个类比中，恺撒也是把骰子投到空中，渡过卢比孔河的人；如果一个人有这样的信念，那么他就是恺撒，弗里德里希，因为他将战胜敌人。这里说的不是维也纳的皇帝，即使他有恺撒的头衔！

"可是恺撒没有打败他的敌人。是他的敌人把他刺死了！"

"每个人都可以刺死另一个人，这说明不了什么！他们会被遗忘，而恺撒的大名永存！"

"不错，可是你知道永存在哪里了吗？在皇帝这个称呼里！"

"如果你是波希米亚国王，我是王后，爸爸会帮助我们的。如果新教联盟的诸侯看到英格兰保护布拉格，他们就会聚集到我们身边。波希米亚的王冠是那滴水，是能让海洋……"

"是让水桶，不是让海洋！是能让水桶漫溢的那滴水。大海中的一滴水，意味着毫无用处。你要说的是起决定性作用的落入水桶的那滴水！"

"我的天，这种语言真成问题！"

"这跟德语无关，这是逻辑。"

她再也受不了了，尖叫道他应该闭嘴好好听，他嘟囔了一句对不起，不说话了。她又将一切重复了一遍：诸如卢比孔河，诸如骰子，诸如上帝同我们在一起。她自豪地注意到，第三次说出来，效果更好，这次她把重要的话都整理到了一起。

"你父亲会不会派兵？"

她看着他的眼睛。这是一切都取决于她的一刻：从现在开始所有将要发生的，还有接下来的几个世纪，以及不可估量的未来，一切都取决于她的回答。

"他是我父亲，他不会对我不管不顾。"

虽然她知道，到第二天、第三天同样的谈话还会重复，不过她清楚，决定已经做出，他们将在布拉格大教堂里戴上王冠，她将有一个宫廷剧院，有世界上最好的演员。

她叹了一口气。不幸的是，她不能如愿以偿。她没有时间去办，现在她坐在窗户和冷冷的壁炉之间，望着外面飘扬的雪花，这样想。仅仅一个冬天是不够的。建造一个宫廷剧院需要几年时间。他们俩的加冕仪式是那样令人兴奋，如她曾想象过的。加冕过后她请来波希米亚、摩拉维亚和英格兰最好的画家，为她画肖像。进餐时，她用上了金质餐盘。她还引领了庆祝游行，装扮成小天使的男孩们，在她身后憨态可掬地捧着长裙。

后来，弗里德里希给爸爸写了封信：亲爱的父亲，皇帝会来的，他肯定会来的，我们需要保护。

爸爸给他们回了信，在信中祝他们能有强盛的实力，他呼唤上帝赐福于他们，并给出了一些保健建议，装饰王座厅的建议，良好摄政管理的建议，他向他们保证永远爱着他们，还保证永远会帮助他们。

但是他没有派兵。

当弗里德里希最后写信给他，为了上帝和基督徒，乞求他提供帮助时，爸爸回复道，他无时无刻不在思念他最亲爱的孩子们，无时无刻不在对他们的祝福与担忧之中度过。

因为爸爸没有派兵，新教联盟也就没有派兵。于是，听从他们命令、集结在城门前的，只有看似声势浩大、全副武装的波希米亚军队。

　　她从王宫里，望着他们迈步行进，在冷瑟瑟的惊恐中，她明白了，这些闪闪发光的长矛、利剑和斧戟不是随便什么发亮的东西，而都是尖刃。是为了刺入皮肤、切割人肉、击碎人骨而专门打造的武器。那下面迈着整齐步伐行进的人们，会用这些长刀刺向他人的面孔，他们自己也会被利刃刺入肚子和脖颈。他们中的一些人还有可能被铸铁块击中，这些铁块飞得很快，可以把人头撞飞，将四肢撞碎，肚子击穿。现在这些男人身上的几百桶血，将很快不再流在他们身上，它们将四下喷射、流淌，最后渗入地里。地里要这么多血有什么用，雨会把它们都冲走，对某些植物来说，它们会不会是催长的好肥料？一位大夫对她说过，临终者的最后一颗精子可生出一棵曼德拉草，当把活生生的人形根须从地下颤颤巍巍地拔出时，它会像婴儿一样哭喊。

　　突然她感到会失去这支军队。这个感觉很确定，这令她感到头晕。她从不能预见未来，后来也不能，但这一刻的感觉却不仅是预测，且有着最显著的确定性：这些男人都会死掉，除了残废的，或者干脆跑掉的，他们会全军覆没。然后，弗里德里希、她和孩子们会逃到西边，面对他们的，将是终生的流亡生活。连海德堡他们也回不去了，皇帝不会允许的。

　　一切正是这样发生的。

　　从此，他们从一个新教宫廷转到了另一个，生活在被剥夺帝国法律保护的阴影里。接下来，随从越来越少，钱也越来越少。弗里德里希的头衔被剥夺，按照皇帝的旨意，他在巴伐利亚的天主教徒表哥取代了他做选帝侯。按照《金玺诏书》的有关规定，皇帝是根本无权这样做的，但谁若阻止他，就会受到皇帝军队的重创。爸爸本来可以提供帮助，他来信频繁，信中总是情真意切，总是以最美好的笔触表达深切的关怀和担忧。但他没有派兵增援。他还建议他们不要来英格兰，因为与西班牙的谈判不顺利，境况不很适宜；再说西班牙军队现在也到普法尔茨了，他们打算从那里与荷兰继续打下去。再等等，我的孩子们，上帝是公正的，正直、本分的人会有好运，不要失去勇气，没有一天不为你们祈祷的你们的父亲詹姆士。

战场上，皇帝军队取得了一个又一个胜利。他们击败了新教联盟，击败了丹麦国王，第一次显示出，新教可能再次从上帝的世界中被清除掉。

然后来了瑞典人古斯塔夫·阿道夫①，就是那个曾拒绝与丽兹结婚的人，而且取得了节节胜利。他打赢了每一场大战，现在他的部队已抵达美因茨城外驻扎过冬。弗里德里克犹豫了很长时间才给他写了一封信，言辞慷慨激昂，最后盖上国王印章。仅两个月后，一封带有类似印章的信送到了海牙：我们很高兴与您结识，期待您的来访。

可惜信来得不很是时候。弗里德里希感冒了，背也疼得厉害。但有一个人可以为他们打回普法尔茨，甚至还有可能打回布拉格，如果这个人要见自己，那就得前往。

"我一定得去吗?"

---

① 古斯塔夫·阿道夫（Gustav Adolf，1594—1632），瑞典瓦萨王朝国王。

"是的，弗里茨①。"

"他可不许对我下命令。"

"当然不许。"

"我跟他一样是国王。"

"是的，弗里茨。"

"但我真的必须去吗？"

"是的，弗里茨。"

就这样，他和傻臣、厨师，还有胡登尼一起走了。的确，日子也不能再这样下去了。前天中午吃的是谷粒粥，晚上是面包；昨天中午吃的是面包，晚餐什么都没有。荷兰国会对他们已感厌烦，以至于给他们的钱几乎不够生存。

望着漫天风雪，她眨了眨眼睛。房子里很冷。她想，我，波希米亚王后，普法尔茨选帝侯之妻，英格兰国王之女，丹麦国王的侄女，处女女王伊丽莎白的侄孙女，苏格兰玛丽女王的孙女，现在竟连烧火的木柴都买不起。

她察觉到，尼尔站到她旁边。她一阵惊讶。尼尔为什么没有跟她丈夫一起走，如果他是她男人的话？

尼尔行了一个屈膝礼：一个脚尖放到另一个的前面，张开双臂，十指张开。

"今天不跳舞，"丽兹说，"今天咱们聊天。"

尼尔顺从地点点头。

"我们都来讲讲自己吧。我给你讲，你也给我讲。你想知道

---

① 弗里德里希的简称。

什么?”

"夫人,您是说?"

她有些邋里邋遢,身材粗犷,脸上一副底层人的木然表情,但她漂亮:有一双清澈的黑眼睛,头发柔滑似丝,腰身曲线分明。只是她的下巴较宽,嘴唇有点过于丰满。

"你想知道什么?"丽兹重复道,她感觉胸部有一下刺痛,一半来自担心,一半来自兴奋,"你想知道什么,问就是了。"

"夫人,这不适合我。"

"如果我这样说了,就适合你。"

"如果人家笑话我和提尔,我可不打紧。因为这是我们的营生。"

"这不是提问。"

"问题是,这会不会让陛下痛苦?"

丽兹沉默了。

"如果大家大笑,夫人,会难过吗?"

"我不明白你的意思。"

尼尔微微一笑。

"你决定了问我什么,可是我不明白你的问题。按照你的意愿,我给了你一个回答。现在轮到我问了。傻臣是不是你丈夫?"

"夫人,他不是我丈夫。"

"为什么不是呢?"

"这需要一个理由吗?"

"是的,这真的需要一个理由。"

"我们一起从家里逃跑了。他父亲被判为妖怪,我也不想留在村里，因为我不想嫁到施格家，所以我和他一起跑了。"

"那你为什么不想结婚?"

"夫人，到处都很脏，晚上总是很黑。蜡烛又这么贵。只能坐在黑暗里吃谷粒粥。总得吃谷粒粥。我也不喜欢施格家的儿子。"

"那你喜欢不喜欢提尔?"

"我已经说了，他不是我丈夫。"

"现在该你提问了。"丽兹说。

"如果一个人一无所有，是不是很糟?"

"我怎么知道! 你告诉我吧!"

"那种日子是不容易的，"尼尔说，"得不到保护，无家可归，四处流浪，没有能挡风的房子。现在我有住处了。"

"如果我不要你了，那你又没房子了。嗯，你们是一起逃走的，可是他为什么不是你丈夫?"

"我们遇上一位游唱艺人，他带上了我们。在一个集市上，我们遇到一个玩杂耍的，就是皮尔敏。我们跟他学了不少本领，可这人心狠手辣，我们吃不饱肚子，他还打我们。我们一直向北走，想远离战争，差不多都走到海边了，但是瑞典人又来了。我们只好向西走。"

"你、提尔和皮尔敏?"

"不是，只是我们俩。"

"你们从皮尔敏那儿逃走了?"

"提尔把他杀了。夫人，现在我可以提问了吗?"

丽兹沉默了一会儿。尼尔说的是乡下人的德语，很古怪，也许她的理解有些不对。"好吧，"她说，"现在你又可以问了。"

"陛下以前有多少仆人?"

"按我的婚约,专为我服务的有四十三名仆人,其中六名是贵族侍女,她们每人各有四个女仆。"

"现在呢?"

"该我问了。那么他为什么不是你丈夫?你不喜欢他吗?"

"他就像兄弟,像父母。他就是我的一切。我也是他的一切。"

"你想不想让他做你丈夫?"

"夫人,该我问了吧?"

"是的,该你了。"

"夫人,您当初愿意他做自己丈夫吗?"

"谁?"

"就是国王陛下。王后陛下是否想让他做自己丈夫,所以王后陛下嫁给了他?"

"丫头,这不一样。"

"为什么?"

"这是国家事务,我父亲以及双方外相谈判了好几个月。所以在我见到他之前,就决定嫁给他了。"

"那,当陛下见到他的时候呢?"

"见到他的时候,我确实想要他了。"丽兹皱着眉头说。她不再喜欢这样的对话。

"国王陛下的确是一位非常尊贵的陛下。"

丽兹用锐利的目光看了她一眼。

尼尔用睁大的眼睛回视她。看不出来,她是否在笑话她。

"现在你可以跳舞了。"丽兹说。

尼尔行了一个屈膝礼，然后跳起来。只见她鞋子点击地板，双臂摆着，肩膀转着，头发旋飞。这是最新式舞蹈中很难跳的一种，可她跳得如此优雅，以至于丽兹很遗憾没有乐师来伴奏。

丽兹闭上眼睛，听着尼尔鞋子的咔嗒声，想着接下来自己还可以卖些什么。她还有几幅画，其中一幅是她的肖像，是荷兰代尔夫特的一位和善的画家画的。还有一幅，画家是个自负的小矮子，他蓄个大胡子，作画时要用去大量颜料；她觉得他的画作有欠灵巧，不过有可能它很值钱。自己的珠宝已经卖掉了，但是还剩有一个冕状头饰和两三条项链，现状还不是完全无望。

击打地板的咔嗒声停了下来，她睁开眼睛。房间里只剩下她自己。尼尔何时离开的？她怎么可以就这样擅自走掉？如果没有得到许可，任何人都不许当着君主的面离开的。

她向窗外望去。草坪上积起了一层厚厚的白雪，树枝都已被雪压弯。不是刚刚才开始下雪的吗？忽然她感到不很确定了，她这样靠着窗户，挨着壁炉，膝盖上盖着缝补过的毛毯，她在这把椅子上已经坐了多久了？尼尔是刚才来的，还是已经过去一段时间了？弗里德里希到美因茨带了多少人，有谁还留在她身边？

她回想起来：厨师跟他走了，傻臣也跟着走了。第二个侍女请了一星期假，要探望生病的父母，也许她不会回来了。厨房里也许还有其他人，也许没有人了，她怎么能知道，她还从未去过厨房。还有一个守夜人——她这样猜的，因为她晚上从不出门，所以她从没见过他。掌酒官在哪儿？这是一位很有教养的老贵族，衣着考究，尊贵博学，可现在她忽然感到他已经很久很久没有露面了。现在他要么留在布拉格了，要么死在从一个流亡地到另一个流亡地的路上了——就像爸爸也死去了一样，她连他最后一面也没有见到，突然她弟弟就在伦敦当了国王，这个弟弟她几乎不认识，对他自然什么都不能指望。

她听见隔壁有些嘶嘶啦啦的响声，待她屏住呼吸，想听得更清楚些时，又什么都听不到了。四下一片寂静。

"有人吗?"

没有人回答。

这儿本来有个小铃铛。她摇响铃铛时，总会有人出现，一贯如此，本来就该这样，她一辈子都是这样的。可现在，铃铛到哪儿去了?

也许这一切会很快改变。古斯塔夫·阿道夫和弗里德里希，这两个男人，一个差点同她结婚，一个确实同她结婚了，如果他们能缔结联盟，那么在布拉格又会举行庆典，等到冬去春来战争再次开始的时候，他们又可期待回到宏伟的王宫了。每年都是这种情况：雪季是休战期，当冰雪融化，溪水奔涌，候鸟归来，花香飘逸的时节，战争又会打响。

一个男人忽然站在房间里。

奇怪——首先，她没有摇铃；其次，这个男人她从未见过。有那么一阵，她问自己，是不是应该害怕。刺客往往诡计多端，他们随时都可能出现，藏在哪儿都难说安全。不过这个男人看上去没什么危险，他规规矩矩地鞠着躬，然后说了一些很陌生奇怪的话，完全不像一个凶手。

"夫人，毛驴没了。"

"什么毛驴？那是谁？①"

"谁是毛驴？"

"不是，那是谁。那是……谁？"她用手指着他。可是这个白痴还是不懂，她只好说："你是谁？"

他呜里哇啦说起来。她很难听懂，因为她的德语还不够好，他的话又土得掉渣。渐渐地她明白了，他想向她解释，他是负责牲口棚的。傻臣回来后，把毛驴带走了。他带走了毛驴，他也带走了尼尔。他们仨走了。

"只带了一只毛驴？其他牲口还在吗？"

他回答了什么，她没听懂，他又解释了一遍，这次她明白了，牲口棚已经空了，他们什么牲口都没有了。所以这个男人站在她面前，请求给他另外分派工作。

"可是傻臣到底为什么回来了，陛下是怎么样了？陛下回来没有？"

只有傻臣一人回来了，这个男人说，没有牲口了，因而他也不再是牲口管事了。他又说：傻臣回来后又走了，带着女人和毛驴。他还留下一封信。

"什么信？快给我！"

那人把手伸进裤子口袋，先伸进右边，又伸进左边，手在身上挠了挠，又伸进右边，这次他拿出一张折叠起来的纸。他说，毛驴的事他很难过。毛驴是聪明非凡的动物，傻臣没有权利带走它；他也试图阻止他，可是那家伙竟把他作弄了一番，令人十分难堪，他

---

① 旧时宫廷里的礼貌表达方式，"那是谁"（Wer ist er?）即"你是谁"。

不想再提这事。

丽兹展开纸条。字条已经皱了，脏了，有些字母黑成一片。不过她还是一眼认出了那熟悉的字迹。

有那么一阵，她的一部分理智已经读完了信，另一部分却还没读完，她真想将信撕掉，干脆忘记收到信这回事。当然，不能这样做。于是，她打起精神，握紧拳头，又读了起来。

II

———◆———

　　古斯塔夫·阿道夫没有权利让他等。不仅因为这样很没有教养。不是的，他就是不得这样。接待一位王室成员时，不能把人晾在一边，这是有着严格规则的。波希米亚王室要比瑞典王室古老得多，波希米亚又是历史较悠久也较富裕的国家；相对于瑞典王国，波希米亚统治者享有老牌国王资格，更不用提选帝侯本身便具有国王级别，这点普法尔茨宫廷可出示有关专家鉴定，是有据可查的。虽说现在他落到了不受法律保护的境地，不过瑞典国王已向颁布这条法令的皇帝宣战了。再说了，新教联盟也从未接受皇帝对他的选帝侯资格的剥夺。所以，瑞典国王应将他作为选帝侯对待，作为同他平起平坐的、拥有同样级别的王国元首对待，而如果考虑家族世系之绵远，普法尔茨家族绝对要比瑞典瓦萨王朝尊贵得多。古斯塔夫·阿道夫让他这样干等，简直是岂有此理。

　　国王头疼得厉害，他感到憋气，呼吸不畅。他没有想到冬季营地会有这样的气味。他知道，一个驻扎有数千士兵、放置了所有装备的军队营地，不可能用"干净"来形容。他还能忆起当年在布拉格城前指挥的自己军队的气味，随后全军就荡然无存了，好像渗到了地下，又像硝烟一样消散于天空中。但那里的气味仍不似这里，这里的气味是他从不可能想象的。人还离得老远，还看不到营地，气味就已经能闻到。这片人烟稀少的土地上，有着何等严酷与艰辛，已令人隐隐有所感觉。

"上帝啊，怎么这么臭。"国王说。

"糟透了，糟透了，"傻臣说，"糟透了，冬王，你得洗澡。"

厨师和四个荷兰兵在一旁傻笑，那四个士兵是荷兰国会不情不愿派来保护国王的。国王想了想，是否应该禁止这么笑，可又想到，如果自己还是国王，傻臣就是干这个的，理所应当。国王应得到全世界敬重，可这一位却什么都可以说。

"国王得洗澡。"厨师说。

"得洗脚丫。"一名士兵叫道。

国王看了看骑在身边的胡登尼伯爵，他脸上什么表情都没有，好像根本没听见。

"还得洗耳朵背后。"另一名士兵说，除伯爵和傻臣外，大家又都笑起来。

国王不知道该做什么。照理，应该给那个不知羞耻的家伙一巴掌，只是这几天他总咳嗽，身体不舒服。再者，如果这家伙还击该怎么办？这些当兵的最终是听从国会的命令，不听他的。另一方面，他确实不能受宫廷傻臣外的其他人侮辱。

随后国王从一个山丘上望到了营地，马上忘记了他的愤怒，当兵的也没心思再来嘲笑他。他们的脚下，那块营地像一座在风中摇曳的白色城市，城里的房子有时轻轻滑行，有时来回晃动，有时如翻滚的波浪。仔细打量时，他们才看到，这是一座由帐篷构成的小城。

他们向那里走去，气味越来越浓重，那气味既刺眼睛，又直入胸部。掏出一块手巾堵在脸上，气味还能穿透织物。国王眯起眼睛，他感到窒息，他试着浅浅地呼吸，然而徒劳无功，气味非但没减弱，窒息感反倒显得更强烈。他注意到胡登尼伯爵的情形也是如此，连当兵的也把手按到自己的鼻子上。厨师脸色惨白如尸。傻臣此刻也没了寻常的放肆挑逗劲头。

地上一片烂泥，马腿陷了进去，他们好像在深深的泥潭里跋涉。路边是一堆堆深褐色的垃圾。国王想对自己说，他可能猜错了，但他明白：那正是千万人的粪便。

臭味并不止源于此。那里还有伤口及溃疡的气味，有汗味，以及人类已知的所有疾病的味道。国王眨着眼睛。他甚至觉得可以看到这些气味，好像那是一片有毒的浓稠的黄色气体。

"去哪里？"

十几个胸甲骑兵挡住了他们的去路，这些戴着头盔、穿着盔甲的男人，身材高大，一脸警觉。自打离开布拉格后，国王没再见过这样的骑兵。他看了看胡登尼伯爵。胡登尼伯爵看了看当兵的。当兵的又看国王。反正总得有人答话，做出说明。

"波希米亚国王陛下兼普法尔茨选帝侯殿下，"最后还得国王自己开口，"前来会见贵国最高元首。"

"波希米亚国王陛下在哪儿？"一个胸甲骑兵问道。他说的是萨克森地方话，国王这时想起来，瑞典军队中其实瑞典人不多，正像丹麦军队中很少有丹麦人参战一样，当年在布拉格城前，他的军队中也只有几百名捷克人。

"在这里。"国王说。

这个胸甲骑兵看着他觉得很好笑。

"我就是。我就是国王陛下。"

其他胸甲骑兵也跟着发笑。

"有什么好笑?"国王问,"我们有通行证,有瑞典国王的邀请信。请立即带我去见他。"

"是,是。"胸甲骑兵说。

"我不能容忍轻慢不敬。"国王说。

"好的。"胸甲骑兵说,"陛下跟我们来吧。"

这名骑兵带着他们穿过外围,向深处走去。气味更加恶浊——本来那气味儿就像瘟疫般臭气熏天,让人觉得不可能有比这更臭的了。他们走过存放装备的棚车:车辕都空着,病马在地上躺着,孩子们在脏泥里玩耍,女人们有的在给婴儿哺乳,有的在洗衣服,大木盆里水色棕黑。她们是买来的士兵媳妇,其中当然也有正常婚娶的随军太太。有家眷的,都带着进了兵营,不然他们该留在哪儿?

接着国王看到了令人惊骇的景象。他的目光落到上面,开始时还没看清楚,心中非常抵触,但当目光停留一会儿后,便明白过来。他很快把眼光移开,去看别的地方。他听到旁边胡登尼伯爵的一声叹息。

那是一堆死孩子。大的可能不到五岁,多数不到一岁。他们堆在那里,变了颜色,能看到他们的金发、棕发、红发。如果再看几眼,还能看到一些空空的眼穴。死孩子恐怕有四十来个,或许更多,飞旋着的苍蝇黑压压一片。他们走过去后,国王还有种想回头的冲动,尽管他不想看,心里却还是要看,结果他还是忍住了不看。

现在他们已经走到兵营内部，到处是士兵。这里一个帐篷挨着一个帐篷，他们看到，有的男人正围着火堆坐着，有的在烤肉，有的在打牌，有的在地上躺着，或者喝着什么。这样的景象本来很正常，可他们还在泥里、草垫子上、马车里看到很多病人。他们不只是伤员，还有患溃疡的，脸上有包块的，泪水涟涟的，流口水的。不少人弓着身子，一动不动地躺着。谁也说不清，他们是已经死了，还是濒临死亡。

恶臭简直令人无法忍受。国王和他的随从个个用手捂着鼻子；大家都试着屏住呼吸，实在不行时，他们才在手心后吸上一口气。国王再次感到窒息，他想打起精神，但这样更让人感到窒息，他只得坐在马上俯身呕吐。紧接着胡登尼伯爵、厨师，还有一名荷兰兵也同样在马上呕吐起来。

"完了没有？"那个胸甲骑兵问道。

"应该说国王陛下。"傻臣说。

"国王陛下。"重骑兵说。

"他吐完了。"傻臣说。

他们继续前行，国王闭上眼睛。这样有点帮助，因为如果什么也看不见，实际闻到的也少多了。但能闻到的还是很熏人。这时他听到有人在说什么，然后他听到叫声，然后听到四下传来的笑声，但他不在乎了，他们尽管笑话吧，他只希望不再闻到恶臭。

就这样他闭着眼，被带到营地中心的国王帐篷前。那里站着十来个全副武装的瑞典士兵，他们是国王的贴身护卫，专门负责挡开有不满情绪的士兵，因为瑞典王室总拖欠军饷。即便他们所向披靡，战无不胜，掠夺了战败邦国的一切，可是战争不是什么赚钱的买卖。

"我带来一名国王。"带他们前来的胸甲骑兵报告说。

卫兵们哄然大笑。

国王以为自己的士兵在笑。他用一种下命令式的严厉声音叫道:"胡登尼伯爵!这种无礼行径必须结束了!"

"遵命,国王陛下。"伯爵小声说道。奇怪的是,这句话确实起了作用,这些蠢猪不出声了。

国王俯身下马。他感到头晕目眩,又俯身咳嗽了一阵。一个瑞典卫兵掀开帐篷的防水帆布,国王与随从踏入了帐篷。

时间已经过去很久很久了。两个小时,也许已有三个小时了,他们一直坐在没有靠背的小凳子上。国王不再知道,遭到如此晾置,他是不是还应听之任之。可他必须对此听之任之,他当然可以起身离开,可是除了瑞典人,不可能再有谁可以帮他打回布拉格。这家伙曾经想娶丽兹,这会不会是他怠慢他们的原因?他曾给她写了十几封信,写下了无数爱情誓言,还把他的肖像一次又一次地送给她,但她不想要他。肯定同此事有关。这是他的小小报复。

不管怎样,也许他这样可以满足自己的报复心理。也许这是一个好兆头。也许等待意味着古斯塔夫·阿道夫会帮助他。他揉了揉眼睛。像往常那样,一激动他便会感到双手发软,肚子里烧得慌,这种灼烧不管煎什么草药也不能缓解。当年,布拉格会战打得正惨烈,他却不得不因为强烈的胃绞痛而离开战场;在宫中,在仆人和朝臣们围绕下,他最终候到战斗结束,那是至此为止他生命中最悲催的时刻。只是自那以后,每时每刻所发生的一切,才更为悲催。

他听到自己的叹息。风吹过帐篷发出了哗啦啦的声响,他听见外面有男人的说话声。某个地方还有人在喊叫，也许是个伤员，也许是某人正死于瘟疫。所有营地都有人死于瘟疫。没有人谈这事，因为没有人愿意说，对付瘟疫没有任何办法。

"提尔。"国王说。

"你说，国王。"傻臣说。

"做点什么吧。"

"你觉得时间太长了?"

国王不语。

"因为他让你久等，因为他对你像对他的剥兽皮工人，像对他的理发师，像对给他擦臭椅子的，所以你觉得很无聊，我应该为你表演什么，是不是?"

国王不语。

"我很愿意。"傻臣鞠了一躬，说，"看我的眼睛。"

国王疑惑地看着傻臣。傻臣嘴唇突出，下巴瘦削，穿着混色紧身上衣，头戴小牛毛皮帽。有一次国王问他，为什么总是这身打扮，他是不是想扮成一只动物，傻臣回答说："哦，不是，就是要扮成一个人!"

国王按他说的去做，看着他的眼睛。他眨眨眼。一种不舒服的感觉，因为他没习惯承受他人的注视。不过不管怎么说，总比把瑞典人让他干等这事说出来强。再说，是他请求傻臣来表演的。而且他现在确实好奇起来，想知道他葫芦里卖的是什么药。他克制着闭眼的欲望，注视着傻臣。

这时他想起挂在王座厅墙上的那块白布。开始时它给他带来了很多乐趣。"告诉看画的人，只有蠢人看不见这幅画；告诉他们，只有出身高贵的人能看见它，这么说就行了，会有奇迹出现的!"
果然能让人笑破肚子：看画者个个装腔作势，俨然一副行家的样子
一边观赏，一边不住点头。当然他们没有声称，真的看到了画，没
有谁会这么笨，几乎每个人都知道挂在那儿的只是一块白布。只是
首先，他们不能肯定这里是不是有个法术；第二，他们不知道丽兹
和他怎么想，若被一个国王怀疑愚蠢，或者出身低下，那么到头来
果真同愚蠢及出身低下一样糟糕。

　　丽兹也是什么都没说。即使是她，他那美丽、卓越，但最后也
不总是绝顶聪明的夫人，也一样注视着画，不发一言。即使是她也
不确定，当然了，毕竟她只是个女人。

　　本想同她谈谈这事。他本想说，丽兹，别闹了，别耍我了！可
又突然张不开口。因为如果她认为，哪怕只有一点点认为，若是她
也以为，那块画布是被施了魔法的，她将会怎样看他？

　　如果她同其他人谈起这件事，该怎么办？如果她说："我夫君，
就是陛下，就是国王，他看不见墙上的画。"那么他当有何种形象？
他的地位已摇摇欲坠，是个没有国土的国王，是个流亡者，他的朝
夕完全取决于别人对他怎么看；如果到处在传说，王座厅里挂着一
幅神画，只有出身高贵者才能看到，他却看不到，那该怎么办？那
儿当然没有画，那不过是傻臣的一个玩笑，可现在挂画的地方，已
自成势力，国王吃惊地感到，他既不能取下它，又不能对此说什
么——他既不能在没画的地方声称，看见了一幅画，因为这就再好
不过地证明了他就是没有脑子；也不能说，那块画布上是空白，因
为如果其他人认为那是一幅神画，可以让出身卑微者及愚蠢者现
形，这就足以令他丢人现眼。甚至对亲爱的、可怜的、大愚若智的

夫人他也不能这样说。这事很棘手。这一切都是傻臣干的好事。

现在傻臣盯着他多久了？他想知道，这家伙究竟要搞什么鬼。提尔的眼睛是纯蓝色的，非常明亮，几乎水汪汪的，似乎自己就能微微地放光，眼球中间是个洞。那后面是——是什么？那后面是提尔。那后面是傻臣的内心，正是这样，那后面是他本人。

国王又想闭上眼睛，不过他还是看着他。现在他明白了，在一方发生的，在另一方也在发生：就像他看到了傻臣的内心，傻臣也看到了他的内心。

忽然他想起一个与此刻很不相干的时刻，那是在他们的新婚之夜，当他第一次见到妻子，第一次看着她眼睛的时候。她是怎样害羞、胆怯。他想解开她的紧身胸衣，她却把双手捂在胸前，不过她还是抬起头来看他。烛光下，他第一次这样近地看着她的脸，那一刻他感到了，同另一个人真正地合二为一是怎样的感觉。只是，当他张开双臂要把她拉到近前时，却撞到了床头柜上盛着玫瑰水的玻璃瓶，此时的魅力便破碎在稀里哗啦之中。现在他还能看到带图案的乌木地板上出现的那个小水洼，上面漂着几片像小船似的玫瑰花瓣。花瓣有五片，他记得还很清楚。

然后她开始哭。显然没有谁给她解释过新婚之夜会发生什么。于是他放弃了，因为虽说国王应该强势，可他从来秉性温和，结果他们像兄妹一样并排睡着了。

后来在另一间卧室，在海德堡的家里，他们对那个重大决定进行了讨论。一个夜晚又一个夜晚，她一再犹豫和反对，自古以来妇人之见就是如此。他不得不一再向她解释，没有上帝的意愿，这样的请求是不能得到的，人必须顺应天意。可是，可是，她一次又一次地喊道，如果皇帝发怒怎么办，谁也不能对抗皇帝；他耐心地向她解释，他的法律顾问做出了令人信服的说明：接受波希米亚的王冠，不会对帝国和平造成任何影响，因为波希米亚不属于帝国。

这样，像说服了所有其他人一样，最终他也说服了她。他让她明白了，波希米亚的王座理应归属于波希米亚贵族所中意的国王人选。就这样，他们离开海德堡，迁往布拉格。他永远不会忘记加冕的那一天，不会忘记举行加冕仪式的那座大教堂，不会忘记那个大合唱团，还有直至今日回响在他心中的声音：弗里茨，现在你就是国王了。也是一位伟人了。

"不要闭眼。"傻臣说。

"我没闭眼。"国王说。

"别说话。"傻臣说。国王心想，他是否应该让此等状况继续下去，这也是傻子自由，那也是傻子自由，未免过分了。

"那头驴怎么样了？"他问，他想让傻臣生气，"它会做什么？"

"它很快能像一个传道士一样说话。"傻臣说。

"那它会说什么？"国王问，"它现在能说什么？"

两个月前，他对傻臣提到东方的一些奇异鸟类，这些鸟可以说出整个句子，以至于人们说话时需要避免让鸟听到。他读过阿塔纳斯·珂雪关于上帝的动物世界的书，打那以后，他脑子里总想着鸟会说话这件事。

不过傻臣说，教鸟说话太容易了；人只要稍微聪明点，就可以教会任何动物胡扯。他说，动物比人类聪明，所以它们知道安静，不张扬，它们知道小心谨慎，知道不应因为莽撞而让自己陷入困境。不过，一旦人类给动物一个说话的好理由，它就不再安静了。

如果能得到美餐，他随时可证明这一点。

"美餐？"

傻臣说，不是给他本人的，是给动物的。在书里放进食物，然后一次又一次地放到动物面前，一定要有耐心，要坚持。出于贪食，动物开始翻动书页，这样，动物会学到越来越多的人类语言，两个月后就会有结果。

"你指哪种动物？"

"哪种都行。当然太小的不行，我们不能听到它们的声音。蠕虫也不太行。昆虫也不行，一个句子还没到头，它们就飞走了。猫总要唱反调，我们也没有那种色彩缤纷的东方鸟类，就是那个智慧的耶稣会士描述的那种。我们只有狗、马和驴。"

"我们没有马了，狗也跑了。"

"狗跑了不算什么。牲口棚里还有毛驴。我需要一年，就可以……"

"就两个月！"

"这可短了些。"

国王颇有些刻薄地提醒傻臣，他刚才自己说的就是两个月。他说，他只给两个月的时间，再多的不给，如果两个月内没有结果，就等着受严厉处罚吧。

"我需要食品，好放进书里面，"傻臣几乎是羞怯地说，"而且不能太少。"

国王虽然知道他们的食物越来越少，但他看了看墙上那块可怜的白布，又看了看傻臣——一段时间以来，傻臣在他思想中占的空间越来越大，已大到有失理性——于是他怀着等待看好戏的心情承诺道，只要毛驴可以在两个月内学会说话，他会尽可能提供这个计划必需的食物。

傻臣果真如此做去。他每天都带着燕麦、黄油和一碗加了蜂蜜的去壳谷粒，还有一本书，钻进牲口棚。一次，在好奇心的驱使下，国王置所有礼仪于不顾，进牲口棚亲自察看。他看见傻臣坐在地上，膝盖上放着一本打开的书，毛驴在他身旁，温顺地看着虚空。

傻臣担保道，一切进行得很顺利，它已经能发出"一"和"啊"声了，后天可以期待它发出下一个声音。然后，他咯咯笑起来，国王很为自己竟然相信这样的胡闹感到羞愧，一言不发地走开。他还得去处理那些紧要的国家事务，眼下他面临的不幸现实是，尽管他又一次向英格兰的小舅子请求提供军事援助，又一次向荷兰国会请求得到财务援助，却都毫无结果。

"说吧，它现在能说什么了，"国王继续看着傻臣的眼睛，重复着他的问话，"它能说什么了？"

"驴子说得很好了，只是它说的话没有实际意义。它知道得很少，对这个世界没什么认识。还得给它时间。"

"按约定来，一天不能多！"

此时，傻臣笑了："国王，看着我，看我的眼睛，告诉大家，你现在都看到了什么！"

国王清了清嗓子准备回答，却觉得很难组织语言。忽然眼前发黑，颜色和形状全融在了一起，他又看到自己站在那个英格兰家庭面前：岳父詹姆士脸色苍白，可怕阴森；丹麦岳母安娜，盛气凌人；还有他的新娘，他几乎不敢看她一眼。接着出现了更强烈的旋动，摇晃，然后再次平静一些时，他不再知道自己身在何方了。

他忍不住咳起来，当他又能正常呼吸时，发现自己躺在地上，周围围着一圈男人，他们面目模糊不清。头顶有什么白色的东西，那是帐篷顶，帐篷由长棍支撑着，在风中轻微晃动。现在他认出胡登尼伯爵了，他愁得一脸皱纹，正把插着羽毛的帽子按在胸前，他旁边是傻臣，再旁边是厨师，厨师旁边是一个士兵，然后是一个穿着瑞典军服的家伙在咧嘴笑。他晕过去了？

国王伸出手，让胡登尼伯爵抓住，帮他站起来。可他摇摇晃晃，脚下不稳，又再次瘫下；厨师赶快从另一边架起他，直到他站稳。是的，他晕过去了。在最不合适的时刻，在古斯塔夫·阿道夫的帐篷里，他本应在这个人面前展示他的实力和智慧，说服此人将双方的命运结合到一起，他却像一个穿紧身胸衣的女人瘫倒在地。

"先生们！"他听到自己在说，"为傻臣鼓掌！"

他注意到自己衬衫前胸弄脏了，衣领、夹克还有胸前的勋章也一样。他是怎么搞的？

"为提尔·乌伦鼓掌！"他叫道，"太棒了！真是了不起的艺术！"他抓住傻臣的耳朵，那耳朵既软又尖，不很舒服，他把耳朵放开，又说："不过请注意，别让我们把你交给耶稣会士，这可与妖术沾边。这招太绝妙了！"

傻臣一言不发。他的诡笑定在脸上。同以往一样，国王不能解释这个表情。

"我的傻臣，是个神法师。别在这儿傻站着，拿水来，给我洗洗衣服。"国王苦笑道。

胡登尼伯爵拿出一块布，试图擦去国王衬衫前胸上的脏污；擦着擦着，他那张满是皱纹的脸，离国王的脸越来越近。

"对这家伙一定得小心，"国王叫道，"胡登尼，擦快点。一定得小心！他还没怎么看我眼睛呢，我就倒下了。真是个神法大师，这招太绝了！"

"那是你自己摔倒的。"傻臣说。

"这招你得教给我！"国王叫道，"等毛驴学会了说话，我就来学这招。"

"你还教毛驴说话？"一个荷兰人问道。

"你这样的货色都能说话，连这蠢国王都能喋喋不休，毛驴为什么不能说话？"

国王本该扇傻臣一耳光，又感到自己太虚弱，他只好由着士兵笑去，自己又感到一阵头晕目眩，厨师在一旁赶紧架住他。

就在这个完全不合适的时刻，有人掀开连通隔壁的帐篷布，一个身着宫廷管事红色礼服的男人从那里走了过来，扫向国王的眼神里，带着一种居高临下的好奇。

"陛下有请。"

"总算还知道。"国王说。

"什么？"这位管事问，"这指什么？"

"指时间。"国王说。

"这种话不能在陛下前厅里说。"

"下人不可如此嚼舌！"国王将他一把推开，迈着坚定的步子进入隔壁帐篷。

他看到一张桌子上放着地图，看到还没收拾的床铺，还看到地上有啃过的骨头、咬过的苹果。接着他看到那个敦实的男人，头圆，鼻子圆，肚子也圆，胡须毛茸茸的，头发稀疏，一对小眼睛闪着狡黠的光亮。他已经来到国王面前，一只手抓住他的胳膊，另一只手使劲地敲着他胸脯，如果这人不是把他拉过去拥抱，他肯定会被击倒在地。

"亲爱的朋友，"他说，"亲爱的好朋友，老朋友！"

"兄弟。"国王喘着气说。

古斯塔夫·阿道夫体味刺鼻，力量惊人。现在他把国王推开，打量起他。

"亲爱的兄弟，很高兴我们终于见面了。"国王说。

他能看出古斯塔夫·阿道夫不喜欢这样的称呼，这证实了他的担心：这个瑞典人并不把他平等相待。

"过去这么多年，"国王尽量保持着庄重，说，"咱们有过这么多的信件公文来往，现在终于可以面对面了。"

"我也很高兴，"古斯塔夫·阿道夫说，"你怎么样，过得还好吗？钱够用吗？吃的够吗？"

国王用了一点时间才意识到，他被以"你"相称了。这是真的吗？这肯定是因为这个男人德语不好，或者这是一种瑞典怪癖。

"基督教世界的处境令我忧心忡忡，"国王说，"像……"他咽了一口吐沫，说，"像令你忧心忡忡一样。"

"是的，是这样。"古斯塔夫·阿道夫说，"想喝什么？"

国王想了想。想到葡萄酒他就感到恶心，可是如果拒绝，似乎不够聪明。

"好！好！"古斯塔夫·阿道夫说着又握起拳头，国王正希望这次不会挨拳时，古斯塔夫·阿道夫已经出了手。

国王差点喘不上气。古斯塔夫·阿道夫递给他一个杯子。他接过来，喝了下去。酒的味道很恶心。

"这酒很难喝，"古斯塔夫·阿道夫说，"我们从一个地窖里找到的，没得选，这就是战争。"

"我觉得，酒已经糟掉了。"国王说。

"糟也总比没有强。"古斯塔夫·阿道夫说，"我的朋友，你为什么来这儿？有什么打算？"

国王望着这张胡子拉碴的、狡黠的圆脸。这就是新教世界的救世主，就是伟大的希望？这个角色曾由他担当，现在成了他，成了这个胡子上还沾着菜渣的大胖子，这到底是怎么回事呢？

"我们胜了，"古斯塔夫·阿道夫说，"所以你来找我们？因为我们把他们打败了，每场战斗都赢了？我们先在北边打败了他们，南下路上也是这样，最后在巴伐利亚也赢了。我们总是获胜，因为他们没有秩序，不堪一击。因为他们不知道，该怎样练兵。可我知道这个。那么你的人呢，我的意思是，你有军队的时候，是啥样的，你的士兵，他们喜欢你吗，在布拉格城前，在皇帝军队把他们杀掉之前？昨天有个想带着钱箱投敌的，让我把耳朵扯下来了。"

国王不太确定地笑了笑。

"真的。这事不难。把耳朵一把揪住，就扯下来了，这事马上就会传开。当兵的都觉得很有趣，因为这事发生在别人身上，但他们也得当心点，今后别干那种蠢事。我几乎没有瑞典兵，外边的兵大多数是德意志人，我知道还有一些芬兰人、苏格兰人和爱尔兰人。他们都爱我，所以我们会赢。你想不想跟我走？你是不是为这个来的？"

国王清了清嗓子："布拉格。"

"布拉格怎么了？再喝点！"

国王看着杯子直恶心，他说："兄弟，我需要你的帮助。给我军队，我就会打下布拉格。"

"我不需要布拉格。"

"布拉格是皇帝旧都，要为正确的信仰光复那里。这将是伟大的征兆！"

"我不需要征兆。我们一直有好征兆、好词、好书和好歌，我们是新教徒，可我们还是打了败仗，一切都没用。我只需要打赢。我要打败华伦斯坦。你见过他吗，认识他吗？"

国王摇摇头。

"我需要关于他的报告。我一直在想他，有时候还会梦见他。"古斯塔夫·阿道夫走到帐篷的另一边，弯下腰，在一个箱子里翻找了一阵，举起一个蜡像说，"他就是这个样子！这个弗里德兰特人①，就是他，我总是看着他想：你很聪明，我更聪明，你厉害，我更厉害，你的军队爱你，我的更爱我，你身后有魔鬼，我身后有上帝。我每天都对他说这些。有时候他也回答。"

"他回答了？"

"他拥有魔鬼的力量。他当然回答了。"突然，古斯塔夫·阿道夫不耐烦起来，他又指着蜡像上的白脸说，"他动嘴巴，嘲笑我。他说话的声音不大，因为他个子小，但我听得懂。他管我叫瑞典蠢

---

① 弗里德兰特人（Friedland）：华伦斯坦被神圣罗马帝国皇帝封为弗里德兰特公爵，弗里德兰特位于今天的捷克。

货，叫我瑞典狗屎、哥特畜生，他说我不识字。我当然识字！要我念给你听吗？我能读三种文字。我肯定会打败这条狗。我要把他的耳朵扯下来，把他的手指剁掉，把他烧死。"

"这场战争始于布拉格，"国王说，"所以我们只有把布拉格……"

"我们不要布拉格，"古斯塔夫·阿道夫说，"这事就这么定了，我们不要再谈它。"他坐到椅子上，举杯喝了一口，然后用潮润闪光的眼睛看着国王说："但是，普法尔茨。"

"普法尔茨怎么了？"

"你必须夺回来。"

国王用了一些时间才明白他听到了什么："亲爱的兄弟，您要帮我夺回我的世袭领地？"

"现在西班牙军队驻扎在普法尔茨，这怎么行！他们必须滚蛋。要么华伦斯坦把他们调走，要么我把他们干掉。他们还以为，自己的步兵方阵所向无敌呢，可你知道吗？那方阵没那么厉害，没什么所向无敌的，看我拿下他们。"

"亲爱的兄弟！"国王紧紧抓住古斯塔夫·阿道夫的手。

阿道夫也马上站了起来，他如此用力地捏着国王的五指，以至于国王必须强忍住不喊出声，阿道夫又把手放在国王肩上，把他拉向自己。两人相互拥抱。他们拥抱着，拥抱着，仍然拥抱着，拥抱了好长时间，直到国王的激动情绪平息下来。终于古斯塔夫·阿道夫放开他，开始在帐篷里走来走去。

"等雪一融化，我们就会取道巴伐利亚，同时也从北面，来一个钳形夹击，把他们挤到一起。然后我们进攻海德堡，把他们赶走。如果一切顺利，我们甚至用不着大规模的野战，就能得到普法尔茨选侯国，这样我可以将它作为封地交给你，让皇帝恼火去吧。"

"作为封地？"

"是的，不然怎样？"

"你想把普法尔茨作为封地给我？把我自己的世袭领地？"

"是的。"

"那不行。"

"当然可以。"

"普法尔茨不属于您。"

"如果我夺回它，它就属于我。"

"我还以为，您是为了上帝和信仰而挺进帝国的！"

"我抽你，我当然是这样！你以为呢？你这老鼠、小石头、鳟鱼！但我当然也要得到什么。如果我把普法尔茨就这么给你，我又能得到什么？"

"您想要钱？"

"我也想要钱，可我想要的不只是钱。"

"我可以让英格兰援助您。"

"就靠你夫人？到目前为止他们没有对你提供一点帮助。他们任你自生自灭。你以为我傻吗？你以为我相信，只要你一喊，英格兰人马上就朝这边跑？"

"如果我夺回普法尔茨，那么在帝国，我又将是新教联盟的领袖，那么他们会来帮我的。"

"你永远不会再次成为随便什么的领袖。"

"您怎么能……"

"冷静冷静吧，可怜的家伙，听我说。你下了大赌注，这很好，我喜欢。然后你失败了，还由此引发了这整场疯狂的战争。这当然也行。有些人下大赌注，而且能赢。比如我。国小，军队也少，可这时新教事业在帝国似乎败落了，有谁建议我把一切押到一张牌上，集结军队向帝国进发？所有的人都反对我。都说不要这样做，别这样，你不可能赢，可我做了，我赢了，而且我很快就会打到维也纳，扯下华伦斯坦的耳朵；皇帝会在我面前跪下，我会说：你还想当皇帝吗？那你就照古斯塔夫·阿道夫说的去做！只是这一切并非注定如此。我也可能死掉。也可能坐在小船里哭着划过波罗的海返回瑞典。做个强悍、聪明又无所畏惧的真汉子，一无用处，因为你还是可能失败。就像你这样的人也还是可能获胜。世上什么事都可能发生。我冒险了，赢了，你冒险了，却失败了。以后呢，你可以做什么？不错，你可以上吊，不过这不是所有人都适合，再说这也是造孽。所以你还活着。因为你还得做点什么。所以你写信请求帮助，提出要求，来做国务拜访，来谈判，来商讨，好像你还有什么气候，其实什么也没有了！英格兰不给你派军队。联盟也不会帮你。帝国内的兄弟们都放弃了你。现在只有一个人还可以把你带回普法尔茨，那就是我。我会把它作为封地给你。只要你跪在我面前，向我——你的主子——发誓效忠。弗里德里希，你看呢？你想好了没？"

古斯塔夫·阿道夫把双臂抱到一起，看着国王的脸。他那乱糟糟的胡须微微颤抖着。他的胸部在一起一伏，国王能清楚地听到他的呼吸。

"我需要时间考虑。"国王有些吃力地说。

古斯塔夫·阿道夫笑了。

"您不会指望……"国王清了清嗓子，自己也不知道该怎样把话说下去，他揉揉额头，对自己说，绝不能再晕过去，绝不能再失去意识，无论如何不能现在晕倒，接下来他说，"您不会指望我马上做决定吧，在没有事先……"

"我就是这么指望。当我把我的将军们召集到一起，听天由命投入战争的时候，你以为我反复考虑了？你以为我征求我夫人的意见了？你以为我祷告了？我说，我现在做出了决定，那我就是做出了决定，之后我连理由都忘了，反正理由也不重要了，因为决定已做了！马上就有将军站起来，对我喊万岁。我说：我是北方雄狮！这是我临时想到的。"他敲了敲自己的额头，说，"就这么出现在脑子里的。我什么都没想，它突然就出现了。北方雄狮！就是我。好吧，对狮子说吧，要么行，要么不行，不要浪费我的时间。"

"我们家族对普法尔茨拥有统治权，并直接受命于皇帝与帝国，从……"

"你认为，你不能成为你们家族里第一个让普法尔茨成为瑞典封地的人。不过你会看到，我不是一个坏家伙。我不会征你多少税。如果你没兴趣来瑞典参加我的生日庆典，你可以送你的宰相来。我不会害你的。来吧，握手，别做臭鞋子！"

"鞋子？"国王不确定自己是否听错了。这个男人在哪儿学的德语？

古斯塔夫·阿道夫已伸出手臂，他那只肉乎乎的小手正荡在国王胸前。只要抓住它，他就又可以见到海德堡宫殿，又可以见到那里秀丽的山水，又可以见到穿过常青藤照入柱廊的薄薄阳光，又可步入他从小在里面长大的那些厅堂。丽兹又可以重新过上体面的生活，她又可以享有足够多的侍女，拥有足够多柔软的亚麻布、丝绸和火苗不会闪动的蜡烛，以及专心听命、知道如何与陛下说话的侍从。他又可以重返故里。一切会同从前一样。

"不行。"国王说。

古斯塔夫·阿道夫歪了一下头，好像他没听清楚。

"我是波希米亚国王，我是普法尔茨的选帝侯。我不会把属于我的东西当成由谁给的封地拿回来，我们家族比你们的古老，您，古斯塔夫·阿道夫·瓦萨，没资格这样同我说话，更没资格对我给出这样一个无耻的提议。"

"我的天！"古斯塔夫·阿道夫说。

国王转过身去。

"等等！"

已经迈步走向出口的国王，停住了脚。他知道，他这样会前功尽弃，可他别无选择。一个希望的火花正在心中燃起，他不能窒息它：有可能，他的坚韧性格令对方印象深刻，以至于对方要给他一个新提议。他可能会说，你的确是个真汉子，我看错你了！不，不会的，国王想，这是想入非非。尽管如此，他还是站住了，转过身来，心里还为此怨恨自己。

"你的确是个真汉子。"古斯塔夫·阿道夫说。

国王吞咽了一下。

"我看错你了。"古斯塔夫·阿道夫说。

国王抑制着咳嗽的冲动。他胸口发痛。他头晕目眩。

"那么，你走吧。"古斯塔夫·阿道夫说。

"什么?"

古斯塔夫·阿道夫一拳砸到他的上臂，说："你还真有种。你可以自豪。现在滚吧，我可是一定得打胜仗。"

"就这些?"国王压抑着声音问道，"这就是最后的话，这就是全部，你走吧?"

"我不需要你。普法尔茨我不管怎样都要得到，我这里没你掺和，英格兰也许会更快站到我一边。你只能令他们忆起旧日耻辱，忆起布拉格的战败。如果我们不合作，对我更好，对你也更好，你可以保住你的尊严。那么，走吧!"说着他搂住国王的手臂，把他带到出口，把帐篷布拉到一边。

他们走入等候室时，所有的人都站了起来。胡登尼伯爵摘下帽子，深深地鞠了一躬。士兵们个个站得笔直。

"这家伙是干吗的?"古斯塔夫·阿道夫问道。

国王用了点时间，才明白他指的是傻臣。

"这家伙是干吗的?"傻臣学着说道。

"我喜欢你。"古斯塔夫·阿道夫说。

"我不喜欢你。"傻臣说。

"他真逗，这个家伙我需要。"古斯塔夫·阿道夫说。

"我也觉得你挺逗。"傻臣说。

"对这家伙，你出个价吧。"古斯塔夫·阿道夫问国王。

"这事我看最好别干，"傻臣说，"我会带来厄运的。"

"真的吗?"

"你看看，我和谁一起来的。看看吧，他现在是个什么处境。"

古斯塔夫·阿道夫看了国王一会儿。国王迎视着他的目光，却忍不住咳嗽的冲动——他克制了太长时间了。

"走吧。"古斯塔夫·阿道夫说，"快走，滚。你们赶快离开我的营地。"说着他后退一步，好像突然感到害怕。帐篷布落下来，他不见了。

国王擦了擦咳嗽出来的眼泪。他嗓子很疼。他摘下帽子，挠挠头，想弄清楚刚才都发生了什么。

已经发生的是：完了。他不会再见到故乡。还有布拉格也回不去了，他会在流亡生涯中死去。

"我们走吧。"他说。

"谈得怎样？"胡登尼伯爵问，"有什么结果吗？"

"过后再说吧。"国王说。

不管怎样，终于走出军营时，他松了一口气。空气清新了一些。头上的天空湛蓝湛蓝的，远方依稀可见起伏的山峦。胡登尼伯爵又问了两次，商谈结果如何，打回布拉格有没有可能，他没得到回答之后，便不再问了。

国王咳了起来。他在想，他刚经历的一切是不是真的：那个胖墩儿男人挥着胖手，说了些可怕的事，他差不多想接受此人的提议，可还是鼓足勇气，最终予以拒绝。为什么呢，他突然这样问自己，他为什么要拒绝？他不再知道其中的原因了。这个原因刚才还那样毅然决然，现在却好像落入了迷雾。他甚至可以看到那迷雾，它充溢于空气之中，闪着蓝光，还让山峦的身影荡然无存。

他听到傻臣在讲他的身世，突然有种傻臣在他身体里边说话的感觉，好像傻臣不是在他身边骑着马，而是他脑袋里的一个急切的声音，是他自己从不愿意了解的一部分。他闭上了眼睛。

傻臣讲他怎样同妹妹一起逃走：他们的父亲被定罪为妖怪给烧死了，他们的母亲跟一个骑兵去了近东，也许到了耶路撒冷，或远方的波斯，谁知道呢。

"可她不是你妹妹。"国王听到厨师说。

傻臣接着讲，他和他妹妹，开始的时候跟一个琴弹得不好的游唱艺人走乡献艺，这个艺人对他们很好。后来他们又跟着一个杂耍艺人，把他的本事全学到了手。他是一个很有水平的滑稽大师，出色的杂技演员，技压群芳，但这家伙的要命之处是，他太歹毒，他坏到让尼尔视他为魔鬼。后来他们也明白了，每个杂耍艺人都有点魔鬼劲头，有点兽性，但多少也有点和善，明白这点后，他们也就不再需要这个叫皮尔敏的人了。当他又一次对他们犯浑作恶的时候，尼尔给他做了一道蘑菇菜，这道菜他不会很快忘掉的，更确切地说，他马上就忘掉了，因为他就这样嗝屁了。就用了两把鸡油菌菇、一个毒蝇伞菇、一块黑色的毒鹅膏菇，别的什么都没用。这活儿绝就绝在用了毒蝇伞菇和毒鹅膏菇，虽然只用其中一种就能致命，但只用一种味道太苦，容易让人察觉。把这几样一起煮，闻起来很香不说，还有甜味，对这样的美味佳肴，谁也不会心生疑虑。

"就是说，你们把他杀了？"一个当兵的问。

傻臣说，不是他，是他妹妹把他杀了，他连个苍蝇都不敢打。他笑得很响。没办法，走投无路了。这个男人太可怕太歹毒，就是死了，你也摆脱不了他。有一段时间，他的鬼魂总跟着他们，夜里在树林里在他们身后吃吃地笑，还会出现在他们梦里，提出这个或那个交易。

"什么交易？"

傻臣不吭声了。国王睁开眼睛，他注意到雪花正在他们周围飘落。他深深地吸了一口气。对于军营里的恶臭的记忆已经散去。他尽情地舔了舔嘴唇，一想到古斯塔夫·阿道夫，他又不得不咳嗽起来。他们是不是在往回走？在他看来这似乎也没什么非同寻常，他就是不想再回到那个臭气熏天的营地，回到那些士兵中间，回到只等着讥笑他的瑞典国王跟前。他们的四周，草地已经铺上一层白色，所有的树桩上——挺进这里的军队砍掉了所有树木——形成了小雪堆。他仰起头。满天雪花银光闪闪，这让他想起自己的加冕仪式，想起那由五百名歌手组成的八部合唱团，想起了穿着缀满宝石的披风的丽兹。

等他再次回到现实的时候，几个小时已经过去，也许几天过去了，不管怎样，大地发生了变化，现在四下是这样多的积雪，马儿几乎难以前行。它们需小心地举起前蹄，踏入厚厚的白雪中。冷风抽打在他脸上。他一边咳嗽，一边环顾四周。他发现荷兰士兵已经没了身影。只有胡登尼伯爵、厨师和傻臣还骑在他身边。

"那些兵哪儿去了？"他问道，可没人注意他。他又高声重复了一遍问话，胡登尼伯爵茫然地看着他，然后把眼睛眯缝到一起，再次望着前面的风雪。

国王想，他们肯定都逃了。"我还有我能指挥的军队，"于是，他一边咳一边说，"也就是我的宫廷傻臣、厨师和我的宰相，就算王宫已不复存在。你们是我的义勇军，我最后的忠臣！"

"永远遵命，"傻臣说，显然尽管风雪很大，他还是听懂了国王的话，"不论现在，还是将来！陛下，您病了吧？"

国王几乎豁然醒悟，是啊，正是如此啊：所以他这样咳嗽，这样头晕，所以他在那个瑞典人面前显得虚弱，显得那么昏头昏脑。他病了！这就是全部原因啊，他不禁笑起来。

"是的，"他快活地叫道，"我病了！"

弯腰咳嗽时，不知何种原因，他想起自己的岳父岳母。他们不喜欢他，这点他从第一次见面就感到了。但他以他的优雅、他的骑士风度、他德意志式的直白明朗以及他的内在力量，迫使他们接受了他。

他想起自己的长子，那是一个人人都喜爱的俊美男孩。如果我不能再回到选侯国，他曾对儿子这样说，那么你就要回去，恢复我们家族的崇高地位。可是船翻了，他淹死了，现在他和上帝，和主在一起。

很快我也会去那里，去沐浴永恒的圣辉，国王想着，摸摸自己发烫的前额。

他把头转向一边，在枕头上找到一个适宜的位置。他感到自己的呼吸很热。他把被子拉过头，被子很脏，味道不好。这张床上有多少人睡过了？

他把被子踢开，看看四周。显然他睡在一家小客栈。桌上放着一个水壶。地板上有些干草。这里只有一个装着厚玻璃的窗户，窗外，白雪还在飞旋。厨师坐在一张凳子上。

"我们得接着走。"国王说。

"陛下病得很厉害。"厨师说，"陛下不能……"

"唠唠叨叨，"国王说，"就知道瞎叨叨，一派胡言，愚蠢，废话。丽兹等着我呢！"

他听到厨师在说什么，可在他听明白之前，自己已经再次睡去，他再次觉得自己又置身于那座大教堂，坐在王座上，面对着主祭坛，听着合唱，他想起母亲曾给他讲过的那个纺锤童话。突然他觉得这个故事好像很重要，可记忆又不能让它原封不动地再现：如果你松开纺锤，那么一段生命也会跟着松开，松得越快——因为性急，因为心中有什么伤心事，因为事情不尽如人意——你的生活便消失得越快，童话故事中的男人就这样很快把纺线松到了头，结果一切都还没开始就结束了。可是中间发生了什么，国王想不起来了，所以他一睁开眼睛，又发出上路的命令。他们得继续向荷兰方向行进，他的王宫在那里，他夫人正在那里戴着冕状头饰，一身绸缎地带着全班臣侍等着他们。那里永远是节日，每天都有她喜欢的戏剧表演，担纲的是来自全世界的最出色演员。

令他惊讶的是，他又坐到了马背上。有人在他肩上披上披风，但他仍感到寒风刺骨。世界一片白茫茫，无论是天空、大地，还是道路左右的座座小屋。

"胡登尼呢？"他问道。

"伯爵走了！"厨师喊道。

"咱们得接着走，"傻臣说，"咱们没有钱了，老板把咱们赶出来了。他说，国王不国王他不管，在他那儿就得交钱！"

"是的，是的，"国王说，"可是胡登尼呢？"

他想算算他的队伍还有多少人。有傻臣，有厨师，有他自己，还有傻臣，一共有四个，但他为保险起见数第二次时，却数成了两个，即傻臣和厨师。这不可能是真的，所以他又数了第三次，这次是三个，可再数时，又成了四个：波希米亚国王、厨师、傻臣，还有自己。最后，他放弃了。

“我们得下马走。”厨师说。

的确如此。雪实在太深，马儿几乎无法前行。

“可是他走不了。”国王听傻臣在说，他第一次听到傻臣像寻常人那样说话，没有了半分讥讽嘲弄。

“可我们必须下马，”厨师说，“你看，一步都走不了了。”

“是的，是的，”傻臣说，“我知道。”

厨师拉住缰绳，傻臣撑着国王，帮他下马。国王马上跪到雪地上。背上没了重量，马儿轻松地舒了口气，温暖的气息从它的鼻孔中冒出。国王拍了拍它的嘴。马儿用浑浊的眼睛看着他。

“咱们不能让马待在这儿。”国王说。

“别担心，”傻臣说，“它们冻死之前，会有人来吃的。”

国王咳嗽起来。傻臣和厨师，一个在左，一个在右，把他架起来，接着跋涉上路。

“咱们去哪儿?”国王问。

“回家。”厨师说。

“我知道，”国王说，“可是今天，现在，这么冷。咱们现在去哪儿?”

“向西再走半天，应该有个村子，那里应该还有人。”厨师说。

“可是谁也不能肯定。”傻臣说。

“要走半天，就是得走一整天，”厨师说，“雪太多了。”

国王咳嗽起来。他一边咳嗽一边跋涉，一边跋涉一边咳嗽，他不断跋涉，并且咳嗽着，他自己也感到很惊讶，这样咳，胸口却不怎么痛了。

“我觉得，我会好的。”他说。

"当然了，"傻臣说，"能看出来，您会好的，陛下。"

国王能感到，如果没有这两个人架着他，他寸步难行。雪越来越厚，对他来说要在这冷风中睁开眼睛已越来越困难。"胡登尼哪儿去了？"他听到自己第三次这样问。他嗓子疼得厉害。到处都是雪花，闭上眼睛时，他仍能看到那些闪动着的、舞蹈着的、旋转着的雪花。他叹口气，双腿瘫软，倒在地上，没有人架他，柔软的厚雪把他托住。

"我们不能让他躺在这儿。"他听到有人在上方说。

"那怎么办？"

两只手伸向他，把他拉起来，一只手差不多轻轻地摸过他的头，让他想起小时候把他带大的最亲爱的保姆，那时是在海德堡，他还是个公子，不是国王，一切都还不错。他的脚又在雪里迈开步子，当他短短地睁了下眼睛时，看到了旁边轮廓模糊的破裂房顶，那里的窗户空荡荡的，还有一个残破的水井，远远近近见不到一个人影。

"咱们不能进房子，"他听到一个声音在说，"房顶都坏了，而且还有狼。"

"可在这外面我们会冻死的。"国王说。

"我们俩冻不死。"傻臣说。

国王看看周围。的确，厨师不见了，只有他和提尔在一起。

"他找另一条路去了。"傻臣说，"不能怪他。在暴风雪里，每人都得照顾好自己。"

"我们为什么冻不死？"国王问道。

"你非常烫，烧得太厉害。寒冷不会把你怎样，冻死你之前你

235

已经死了。"

"为什么?"国王问道。

"疫病要了你的命。"

国王沉默了一会儿,问道:"我得疫病了?"

"可怜的家伙,"傻臣说,"可怜的冬王,是的,你得了疫病。已经好几天了。你觉没觉得脖子上有包块?你吸气的时候没有感觉到?"

国王吸了一口气。空气冰冷。他边咳边说:"如果这是疫病,那么你会感染的。"

"天太冷,不容易感染。"

"我现在可以躺下吗?"

"你是国王,"傻臣说,"你可以随时随地做你想做的。"

"那你帮帮我!我要躺下。"

"是是,陛下。"傻臣说着,托着他的后颈,帮他躺到地上。

国王从未在这样柔软的床上躺过。暴风雪的势头似乎减弱了下来,天已经黑了,只是一片片雪花还闪着晶莹的光亮。他在想那些可怜的马儿是否还活着。然后他想起了丽兹。

"你能给她带个信吗?"

"当然,陛下。"

傻臣如此尊敬有加地对他说话,这不对劲,这样很不合适,因为宫廷傻臣的作用,就是要让君主无论享有多少尊崇,也不会失去理性的头脑。傻臣理当有口无遮才是!他清清嗓子,想提醒他,可又引起一阵咳嗽,说话已让他感到很吃力了。

刚才想说什么来着?哦,对了,给丽兹带封信。她一直很喜欢戏剧，这点他从来没搞懂。舞台上的人做这做那，假装他们是其他什么人。他觉得挺好笑：一个没有国土的国王，孤身与他的傻臣陷于暴风雪——这样的事永远不会出现在戏里，这太傻气了。他想坐起来，可双手发软，只能再次倒在地上。他想做什么来着？啊，对了，给丽兹带信。

"给王后。"他说。

"是。"傻臣说。

"你会告诉她吗？"

"我会的。"

国王在等，可是傻臣还没做出要嘲弄他的样子。这可是他的工作啊！国王生气地闭上眼睛。令他感到惊讶的是，他这样做并没有改变分毫：他仍旧看到了傻臣，他仍旧看到了雪。他感到手里有张纸，显然是傻臣塞到他手指间的，他还感到一个硬实的东西，可能是一块煤炭。他想写道："愿我们在上帝面前再会。你是我此生唯一所爱。"但接下来他感到完全颠三倒四，不再能确定他到底是已经写过，还是正要写，他也不再清楚这封信要写给谁，他用颤抖的手写着："现在我知道，古斯塔夫·阿道夫会很快死掉，但我死得还要早。"可这不是他要写的信，根本不是，于是他又写道："照顾好毛驴，我把它送给你了。"但不对，这不是写给丽兹的，而是写给傻臣的，傻臣就在这里，他可以自己告诉他。信是给丽兹的。他又动笔想写什么，可是为时已晚，他写不了了。他的手已经没了力气。

他只能希望，他已把所有重要的东西都写了下来。

没有费一点力气，他离地腾起。再一次四下望去时，他注意到现在他们又成了三位：一个是跪在地上、披着他的毛皮披风的傻臣，一个是躺在地上的国王——他的身子一半已被白雪覆盖，还有他自己。傻臣抬头望去。他们目光相遇。傻臣把手举到额前，鞠了一躬。

他低头致意，然后转身离开。现在，因为不会再陷入白雪，他迅疾远去。

第五章

饥
饿

“从前啊……”尼尔开始讲故事。

这是他们进入森林的第三天。偶尔会有一些光线穿过树冠，落到下方。尽管头上有数不清的枝叶，他们还是被雨淋湿了。他们很纳闷，这森林到底有没有个头。皮尔敏，就是走在他们面前的那位，时不时会挠挠自己半秃的头顶。他不回头看他们，有时他们能听到他喃喃自语，有时能听到他用陌生的语言唱歌。现在他们对他已经很了解，不去同他搭话，因为他们知道这样会惹他发火。他一旦发火，没多久就会伤害他们。

“从前，有个母亲有三个女儿，”尼尔讲道，“她们有一只白鹅。白鹅下了一个黄溜溜的蛋。”

“什么蛋？”

“一个金蛋。”

“可你说黄溜溜的。”

“都是一回事。她的三个女儿彼此很不相同，两个很坏，她们的心是黑的，但她们很漂亮。最小的那个心肠很好，她的心像雪一样洁白。”

“她长得美吗?”

"她是三个女儿里面最美的。美得像清晨。"

"像清晨?"

"是的!"她生气地说。

"清晨美吗?"

"很美。"

"你说清晨很美?"

"对,很美。两个坏姐姐逼小妹妹干活,让她没日没夜地干,不许停歇,她的手指磨出了血,两只脚又疼又肿,头发早早地变成了灰色。有一天那只金蛋破了,钻出一个拇指小人,问:丫头,你想要什么?"

"这个蛋之前在哪里?"

"我不知道,反正在某个地方。"

"一直都在?"

"是的,在某个地方。"

"一个金蛋?真的没有人拿走吗?"

"这是一个童话!"

"是你编的?"

尼尔不说话了。她觉得这个问题似乎毫无意义。在林子里影影绰绰的光亮下,男孩的侧影显得特别瘦长。走路时他略微弓着身,脖子前倾在胸口上面。他身子干瘦,好像被唤醒过来的木头人。这个童话是她编的?她自己也不清楚。只是从母亲和两个姨妈,还有祖母那儿,她听过很多拇指小人的故事,许多金蛋的故事,许多狼和骑士的故事、妖精的故事、坏姐妹的故事,所以她无须动脑筋,只要有个开始,其他的便不用操心,各个部分这样或那样组合到一起，就会成为一个新童话故事。

"那好，接着讲吧。"男孩说。

她讲，拇指小人按照这位美丽的小妹妹的请求，把她变成了一只小燕子，这样她可以飞到安乐国，那里一切美好，不愁吃穿。她正讲着，他们发觉森林越来越密。本来他们要去奥格斯堡，现在这个样子好像不对。

皮尔敏停下来。他转过身四下闻去，有什么东西引起了他的注意力。他弯下腰，查看一棵白桦树的树干，看了看黑白相间的树皮，往一个树洞里也瞧了瞧。

"那儿有什么?"尼尔问的同时，也为自己的信口发问吓了一跳。她感到，身旁的男孩吓呆了。

皮尔敏将畸形大秃脑袋慢慢转过来对着他们，闪动着的眼光里满是敌意。

"接着讲。"他说。

胳膊上、腿上，她都还能感到皮尔敏掐过拧过的疼痛。肩膀疼得还像四五天前那样，那天他很在行地一把将她的手臂转过来按到背后。男孩想帮她，可他一脚踢到他胃部，结果一天都没能直起腰。

不过到目前为止，皮尔敏并没有太过分。他把他们打疼，但又不会很疼，每次拧尼尔的时候，他都注意不拧膝盖上方，不拧肚脐下面。他知道，这两人随时可以逃跑，阻止他们逃跑的唯一法子便是，教给他们想学的本领。

"接着讲。"皮尔敏又说，"我说最后一次。"

尼尔脑子里仍在想着他在树洞里看到了什么，但还是接着讲下去，拇指小人和小燕子来到安乐国城门前，那里站着一个卫兵，他个子有塔楼那么高。他说：在这儿的确永远不会挨饿，永远不会口渴，可是你们不许进去！他们请求他，乞求他，恳求他，可他不懂什么叫慈悲，这个卫兵有一颗石头心，他胸膛里的这颗心很沉很沉，也不会跳，所以他只是不断地说：你们不许进去！你们不许进去！

尼尔停了下来。其他两个都看着她，等待着。

"然后呢？"皮尔敏问。

"他们没有进去。"尼尔说。

"永远没有？"

"他的心是石头做的！"

皮尔敏盯着她看了一会儿，然后大笑，接着朝前走去。两个孩子跟着他。天快黑了，皮尔敏已经吃过，可他们几乎没从皮尔敏那儿得到什么，几乎什么都没吃。

一般来说，尼尔比那个男孩更能忍受饥饿。她在心里将疼痛和虚弱想象成属于别的什么地方，与她没有关系的某种东西。不过今天，这个男孩比她强。他感觉饥饿像一种轻盈的东西，一种跳动，一种悬浮，它似乎让他可以升到天上去。两人跟在皮尔敏后面，男孩一边走还一边想着上午上的课：怎样模仿他人？你怎么能做到，朝一个人脸上看一下，就能成他——就是说能摆出他的体态身姿，发出像他一样的声音，抛出像他一样的眼神？

众人最爱看的就是这个，这是最容易令人发笑的，但你必须把握要点，如果做错了，你会很可怜的。你如果想模仿一个人，你这白痴，你这蠢屁孩，你这又呆又没天赋的石头，你不能简单地学他的样子，而是要比他还像他自己，因为他想怎样就可以怎样，而你却只能整个变成他，如果你做不到，那你就别做了，干脆放弃吧，走人，回你爸爸的磨坊去吧，不要再浪费皮尔敏的时间！

你懂不懂，这取决于看？最重要的是，要好好看！把人看透。这并不难。人并不是很复杂。他们不想要什么非同寻常的东西，每个人只是想以某种不同的方式得到他想要的东西。只要你知道了一个人想以哪种方式得到什么，那么只要你像他一样去渴望，你的姿势便会跟上，声音便会自动改变，你的眼神看起来也会像他。

当然，你必须苦练。要不断练习，练习，练习，不懈地练习。就像你在绳子上练跳舞，就像你练习倒立走路，就像你还得练上很久才能做到在空中倒换六个球。你得苦练，苦练，还得有个对你不放松的老师，因为自己是很容易放松的，人对自己很难严厉，所以得有一个师傅来踢你、打你、笑话你，并对你说，你是一个永远学不会这本事的可怜虫。

男孩现在满脑子想的都是如何模仿别人，把饥饿几乎忘了。他想象着彼得·施格家的人，还有铁匠、神父以及老太太汉娜·柯尔。以前他不知道她是个妖精，现在他知道了，有些事也就有了新的意义。现在他把他们一个一个地在脑子里唤出，想象他们每个人的神态和说话方式。他缩起肩膀，收起胸脯，嘴唇无声地动着：小子，帮帮我，用锤子把钉子钉进去。他举起的手微微颤抖，那是风湿病造成的。

皮尔敏停下脚步，命令他们收集干树枝。他们知道这是没有指望的：雨整整下了三天，到处湿漉漉的，没有什么能够幸免，没有什么是干的。为了不让皮尔敏发脾气，他们只好弯着腰，这儿爬爬，那儿摸摸，还钻入灌木丛，假装找柴火。

"后来呢？"男孩低声问道，"他们进安乐国没有？"

"没有。"她低声说，"他们找到一座王宫，里面有个恶国王，他们杀死了国王，女孩成了女王。"

"她和拇指小人结婚了吗？"

尼尔笑了。

"为什么没结婚？"男孩问道。他想知道答案，为此自己也感到很惊讶。不过，童话的结尾总是婚礼，否则就不是结尾，否则故事就不对。

"她为什么要跟拇指小人结婚？"

"为什么不呢！"

"他是一个拇指小人。"

"如果他有神法，就能变大。"

"那好吧，他使了法术，变成了一个王子，然后他们结婚了，如果他们还没死，那么他们现在还活着。这样行不？"

"这样好点。"

皮尔敏看到他们找来的树枝都太潮，开始又打又拧，又喊又叫。他手上很有劲，动作又快，你刚觉得逃过了一拧，又会被一巴掌击中。

"你们这些臭耗子，"他喊道，"废物，你们笨死了，都是些没用的屎壳郎，你们说说是不是没用，也难怪父母会把你们赶出家门！"

"不是的，"尼尔说，"是我们自己跑的。"

"对对，"皮尔敏叫道，"他父亲让行刑人烧死了，我知道，我听到好多次了！"

"是绞刑，"男孩说，"不是火烧。"

"你看见了吗？"

男孩不说话了。

"嚼情，嚼情！"皮尔敏笑道，"就知道瞎嚼情！你懂个屁，嚼自己嘴巴吧！一个妖怪判了绞刑，绞死后还得烧掉，就是这个过程，就得这么办。就是说他给烧了，当然得先挂上绞架。"

说完皮尔敏蹲下，一边嘟嘟囔囔，一边用手指扒拉着木头块，找出两块后，相互摩擦起来，一边摩擦，嘴里还轻轻地念念有词，有些话男孩是听过的："燃起来，燃起来，上帝的火花，天使天使，把它取来，点燃我的小木块，迸出小火苗，烧起小木条……"这也是克劳斯用过的老口诀。果然，没多久，男孩便闻到了燃烧的木料溢出的熟悉的芳香。他睁开眼，拍起手。皮尔敏脸上堆出坏笑，给出了个鞠躬的示意。然后鼓起腮帮，向火堆里吹气。火光照着他的脸。他身后那个巨大的阴影在树干上跳荡。

"现在，给我表演！"

"我们累了。"尼尔说。

"如果你们想吃饭，那就得演。现在是这样，一直到你们死都是这样。你们属于游动族，不受法律保护，下雨不会有遮风避雨的屋顶。没有家。除了跟你们一样的人，你们没有别的朋友，那些人也不会多喜欢你们，因为食物太紧张。这就是你们自由自在的代价。你们不必听谁的话。可只要出现一点麻烦事，你们就得赶快逃跑。如果你们饿了，就得表演。"

"能给我们吃的吗？"

"你是猪啊，你哭吧，没有，没有了！"皮尔敏摇头笑着，他在火堆后面躺下，又说，"什么都没了，连一小块都没有了，小渣子也没有了，小点声，林子里有雇佣兵。现在这个时候，他们都喝醉了，很可能说发怒就发怒，因为纽伦堡附近的农民正在聚众闹事。他们要是发现我们，没我们的好事。"

两人犹豫了一下，他们确实很累了。可是，他们为什么到这儿了呢，为什么跟上了皮尔敏？不正是为了表演吗，为了学本事吗。

于是男孩开始表演他的绳上舞蹈。他没把绳子系得很高，其实现在他已经很有把握不再掉下来，只是你永远不知道皮尔敏会做什么，他会冷不丁地朝他扔来什么，或者突然摇晃绳子。男孩先小心地走了几步，找找绳子的松紧感。在此黄昏时分能见度已经很低，不过找到安全感后，他快步走起来，跑起来。他开始在绳上蹦跳，在空中翻身，落到绳上后，倒着跑到绳子尽头。他随后又倒着跑回来，弯着腰，突然在绳上做了一个倒立，用手撑到头后，再次翻回，站到绳上，然后双臂轻轻划动，找到平衡后，鞠了一躬，跳回地面。

尼尔疯狂拍手。

皮尔敏吐口吐沫，又吐了一句："结尾太难看。"

男孩俯身捡起一块石头，向高处扔去，看也没看，又接到了它，然后再次扔向高处。石头还在空中时，他又捡起第二块石头，扔出，接到第一块后又扔出，闪电般地捡起第三块石头，接住第二块，再扔，紧接着扔出第三块，接到后又抛出第一块，然后跪下来去捡第四块。最后他一共在自己面前扔出五块石头，让它们在暮光中不停地上上下下。尼尔屏住呼吸。皮尔敏也一动不动，定睛观看，眼睛眯成了窄缝。

此事难在石头的形状不同，分量也不同。手掌必须适应每一块石头，每次的用力也需略不相同。接到重石块时，手臂要让得多些，扔出轻石块时，用力要大些，这样才能保证它们以相同的速度飞动在相同的轨迹。只有经过千锤百炼，才能成功。还有一点，扔石头时你必须忘记自己是扔石头的人。从某种意义上说，你只需把石头的上下运动看清楚。一旦你参与过多，就会出现混乱；如果你走神，节奏马上就会变化，石头就会落地。

男孩已经坚持一会儿了。他什么也不想，在心里将自己置于边缘，抬头看着上方的石头。他注意着树叶间落下的最后的余晖，感觉着额头和嘴唇上落下的水滴，听着火苗的噼啪声，他已经感到，自己坚持不了多久了，很快会乱套的——于是他向前走出一步，让第一块石块落进自己身后的灌木丛，接着掉下了第二块、第三块、第四块，等到最后一块也落下后，他做出很吃惊的样子看看自己的空手：它们都去哪儿了？他现出一脸无奈状，鞠了一躬。

尼尔再次鼓掌，皮尔敏轻蔑地摆摆手，不过这次他没说什么难听的，男孩知道，这就是说这次他做得很好。当然如果皮尔敏肯把他的球借给他，他会玩得更好。皮尔敏有六个杂耍球，由厚实的皮革制成，光滑又顺手，一个球一个颜色，如果把它们飞快抛出，它们会形成一个色彩缤纷的喷泉。它们装在一个黄麻布口袋里，皮尔敏总把口袋挂在肩上，不让孩子们碰："要是把手伸进去，我掰断你们手指头！"在这个或那个集市上，男孩见过皮尔敏的耍球表演，他耍得很熟练，但已不像从前那样灵活了。稍微留意一下会发现，由于他喜欢喝度数很高的啤酒，他的平衡感在渐渐失落。如果用上他的球，男孩的水平很可能已超过了他。也正因如此，皮尔敏绝不让男孩动他的球。

现在该演戏了。男孩对尼尔点点头，她立即跳到前面开始讲故事：话说那天金色的布拉格城前汇聚起两支大军，只听军号声声，但见士兵盔甲闪着夺目光芒，在那里坐镇的是勇敢年轻的国王，和他的英格兰夫人。然而，皇帝的将士们也不会被吓倒，你听到了没，他们击打着战鼓？这宣告着基督教世界的厄运来临。

两个孩子不断变换着角色、语气，变换着声音、语言。因为他们既不会捷克语、法语，又不会拉丁语，他们发明出一种混合语。男孩是皇帝军阵的指挥官，他发出命令，听到大炮在自己身后爆响，看到波希米亚火枪手向他瞄准，他听到撤退的命令，但他绝不撤退，撤退打不了胜仗！他不惧险阻，冲上前去，他运气不错，火枪手在他英勇冲锋的军团前退缩了，尽管雨声哗哗，他还是清晰地听到了胜利的军号，最后他踏上皇帝那金光闪闪的皇座厅。皇帝陛下温和地坐在皇座上，用柔软的手为他挂上勋章绶带，对他说："大帅，今天你们保住了我的帝国江山！"面对一张张帝国诸侯贵族的脸，他微微俯首，众人无不谦卑地鞠躬。这时走来一位高贵的女士，对他说："请听我说，我这儿有一个任务！"他轻轻说道："不论是什么任务，我都会以生命来担当，因为我爱您。"她答道："尊贵的先生，我知道，不过您必须忘记这个。听着，我希望——"

突然什么东西击中他脑袋，男孩顿时眼冒金星，双膝跪下，过了一阵才明白过来，是皮尔敏扔来了什么。他摸摸额头，弯下腰，那是一块石头。他又一次对皮尔敏的准头感到佩服。

"你们这些臭虫，"皮尔敏说，"废物！你们以为有人愿意看这个？谁愿意瞧这种小孩子过家家？是给你们自己演的吧？那就回去找你们爹妈吧，要是他们还没给烧死的话。你们想不想给观众演？那你们得演得更好才行。得有更好的故事，更好的表演，要更快，更有力度，更好笑，各方面都要提高！然后还要不断练习!"

"他的头!"尼尔叫道，"他脑门流血了!"

"还不算多。他还应该多流点血。谁干不了自己的活计，就该整天流血。"

"你是猪!"尼尔喊道。

皮尔敏若有所思，又捡起一块石头。

尼尔马上双手蒙头。

"我们再来一次。"男孩说。

"我今天不想看了。"皮尔敏说。

"再看一次，"男孩说，"就一次，就一次。"

"我不想看了，就这样吧。"皮尔敏说。

他们只好坐到他身旁。火堆的火势已经弱下来，只剩下点点微光。男孩突然回想起什么，他不清楚那是他经历过的，还是梦见过的：夜间森林中传来不同的声响，到处是嗡嗡声、噼啪声和喀嚓声，还有一头大动物，长着驴头，眼睛睁得大大的，有他以前从未听过的尖叫，还有汩汩流的热血。他摇摇头，想把这回忆甩开，去抓尼尔的手。她的手指按上了他的。

皮尔敏轻轻笑笑。男孩再一次问自己，这个人是否能读出他的想法。克劳斯跟他说过，这并不难，只要你知道正确的口诀。

实际上，皮尔敏这家伙不算邪恶。无论如何不是特别邪恶，不是第一眼见到时感觉到的那样坏得透顶。有时候他身上还有些柔软的东西，若是他不必过游动族的艰苦生活，这种柔软甚至可能变为和善。其实，对于从一个地方到另一个地方的游荡生活，对于风餐露宿的日子，他已经太老了，不适合了。只是时至今日，不知因为时运不佳，还是因为他哪里不够灵光，得到有固定食宿活计的所有机会都与他擦肩而过，现在已再无可能找到了。再过些年，当膝盖疼得走不了长路的时候，他很可能会在路过的第一个村子留下，在一个有足够怜悯心的农家打短工，但这得有特别好的运气，因为没人愿意留下游动族，据说这会带来厄运和坏天气，肯定会被邻居说闲话。或者，皮尔敏会沦落为乞丐，会在纽伦堡、奥格斯堡或慕尼黑的城墙外乞讨，因为城里不让要饭的进。人们会向那些不幸的人扔食物，不过肯定不够那么多人吃，年轻力强的自然有优势。所以皮尔敏最终会在那儿饿死。

也许根本到不了那一步，他就会在路上跌倒，或是被树根绊倒——潮湿的树根很危险，湿木头滑得难以置信。或者他上坡时，踩到一块可能已松动的石头，然后摔断腿，倒在路边。行人会面带厌恶地绕开他赶自己的路，毕竟，谁肯同这脏兮兮的家伙打交道？难道还要背他？还要让他穿暖吃饱，像对自家兄弟一样照料他？这些只会出现在有关圣徒的传说中，现实生活中是不会发生的。

那么对皮尔敏来说，最好的结局会怎样呢？比如，心脏骤停。他在集市表演时，突然感到胸部刺痛，这一刻就发生在他向上看球的瞬间；当始料不及的刺痛贯穿他的内脏时，一切便告终结。

他也可以自己了结。这并不难。许多游动族都这样做，他们知道一些蘑菇可以助人入睡。不过皮尔敏有一次在他较温和的时刻向他们承认过，他自己不敢这样做。为阻止这样的行为，上帝制定有最严格的戒律：自杀者虽逃脱了此世苦海，换来的却是在另一世界里的永恒煎熬。永恒不仅仅意味着很长的时间。它意味着你能想出的最长的时间——就算是一只鸟用它的嘴巴搬走布罗克山所需要的时间再长出一千倍——依然只是它最小部分中的最小部分。尽管它如此漫长，但你永远不会习惯于恐惧，习惯于寂寞，习惯于疼痛。这都是天造地设的。皮尔敏就是他那副德行，谁还能怪他什么呢？

一切本可以是另一个样子。他也有过美好的时光，曾有过大好未来。在他生命的顶峰，他曾抵达伦敦，每当烈性啤酒让他晕醉之时，他会谈起那段时光。他会讲到泰晤士河，夕阳的余晖下它显得如此宽阔；他会讲到那些小酒馆，讲到街上熙熙攘攘的人流——那座城市太大了，你走上几天，也走不到头！那里到处都有剧院。他听不懂当地语言，但演员的优雅，以及写在他们脸上的真情实意让他深受触动，这是他后来不再经历过的。

那时他还年轻。当年，年轻的弗里德里希渡过英吉利海峡时，他是众多随行艺人之一。选帝侯前往伦敦，是要迎娶伊丽莎白公主。因为英格兰人珍惜艺人，他把选侯国里能带来的能人都带来了：腹语艺人、吞火艺人、打嗝家、木偶戏家、搏击家、倒立行走家、驼背人、穿戴花里胡哨的残疾人，当然还有皮尔敏。在庆祝活动的第三天，皮尔敏来到某位培根先生[1]家，为王公贵族的女士先生们展示他的投球技艺。桌上铺满了鲜花，站在大厅入口处的主人，脸上挂着既精明又不善的微笑。

皮尔敏说："我现在还能在眼前看到他们。公主僵立着一动不

---

[1] 培根（Francis Bacon，1561—1626），英国哲学家、政治家、科学家。

动，新郎一脸懵懂，不知道发生了什么。我们得去找他！"

"我们得怎么着？"

"去找他！听说，他从一个地方流亡到另一个地方，由新教权贵接济度日。听说，他还以为自己是国王呢。据说，他随身总带着自己的一小班人马。可是他有傻臣吗？也许一个没有江山的国王，需要的正是一个年迈的宫廷傻臣。"

这番话皮尔敏说过多次了。这也是啤酒喝多了的结果：他翻来覆去地说，自己并不觉得怎样。现在在火堆旁，他嚼起最后一块肉干，两个孩子却只能饥肠辘辘地坐在旁边，听着森林里的各种声响。他们手拉着手，试着想什么事，来分散自己的饥饿感。

经过一些练习，效果还是不错。真正知道饥饿滋味的人，也知道怎样在一小段时间里扼制饥饿感。一定要将所有有关食物的画面驱逐掉，要两拳握紧，精力集中，不允许自己产生饥饿感。为此，还可以想象杂耍，杂耍也可以在脑子里练习，这样可以提高技艺。还可以想象怎样在绳子上走动，想象绳子很高很高，在山峰和云朵之上。男孩眨着眼睛盯着余烬，这样饥饿更容易承受些。他望着微弱的红光，好像身在明敞的白昼，好像太阳会让他感到耀目。

尼尔把头靠在他肩上。她想，他是她的兄弟，是她现在拥有的一切。她想起自己再也不会见到的总是伤心的母亲，想起打起她比皮尔敏还狠的父亲，想起兄妹和家里的雇工。她想起曾经摆在她面前的生活：嫁给施格家的儿子，在面包房工作、生活。当然，她不可以想面包，可就在她想到不许想的时候，这已经发生了，她眼前看到了松软的面包，她甚至能闻到面包的香味，能感到面包在自己牙齿间的感觉。

"别想它!"男孩说。

她扑哧笑出声,心想,他怎样知道的她正想什么。不过这一声产生了效果。面包不见了。

皮尔敏已经身子朝前倒在地上,像个沉重的口袋,后背隆起,打起鼾来像只动物。

两个孩子担心地环顾四周。

天气很冷了。

篝火很快就会熄灭。

第六章

光与影的伟大艺术

亚当·奥莱留斯①是戈托夫公爵②的宫廷数学家，还是公国珍品馆馆长。他曾作为使节前往俄罗斯和波斯，几年前返回时几乎安然无恙，他随后还为自己的艰难旅行写过一篇报道。他本是一位善谈的绅士，今天却由于内心的不安，觉得遣词造句颇为吃力。因为站在他面前的那位先生不是别人，正是阿塔纳斯·珂雪神父，罗马学院③的教授；他正由六名身着黑色教袍的秘书围在中间。只见他神态从容，专心致志，虽然学识多得难以理喻，在他只像挑着个小负担。

　　这是他们的第一次见面，可大家一见如故，好像认识有大半辈子了。这等情形在学者中颇为常见。奥莱留斯问这些尊敬的同事，是什么原因使他们大驾光临这里。在此，他有意没有明言，这里指的究竟是德意志民族神圣罗马帝国，是荷尔斯泰因，还是这座高耸在他身后的戈托夫宫。

---

① 亚当·奥莱留斯（Adam Olearius，1603—1671），德意志学者、作家。
② 戈托夫公爵，即弗里德里希三世（1597—1659），其石勒苏益格-荷尔斯泰因-戈托夫王朝（简称戈托夫王朝）为丹麦奥尔登堡王朝的一个分支。1616 至 1659 年在戈托夫公爵统治期间，他的宫殿成为当时欧洲重要的自然科学与文化中心。
③ 由耶稣会于 1551 年创办于罗马，现为格列高利大学（又译宗座额我略大学）。

珂雪想了一会儿，好像要把答案从他记忆深处掏出来似的，然后用较高的声音轻轻答道，他是因为诸多缘由离开了那座永恒之城，其中最重要的原因，是要寻找治疗瘟疫的药物。

"上帝保佑我们，"奥莱留斯说，"荷尔斯泰因又出现瘟疫了？"

珂雪不吭声了。

奥莱留斯感到困惑，站在他对面的这位看上去何等年轻：你很难想象就是这位面容柔和的年轻人，解开了磁力之谜、光之谜、音乐之谜，据称还有古埃及文字之谜。奥莱留斯深知自身的重要性，也不属谦逊之辈。只是在这个男人面前，他感到语塞。

不言而喻，学者之间没有宗教敌意。大约四分之一世纪前，在大战开始之时，还是另外的情形。不过，此间情况发生了变化。在俄罗斯时，新教徒奥莱留斯结交了一些法国天主教僧侣朋友。珂雪同许多加尔文主义学者有信件往来，也不是什么秘密。只是先头，当珂雪顺便提到新教徒瑞典国王死于吕岑会战时，颂扬了上帝的恩典，这使奥莱留斯使劲压抑住内心冲动，才没有脱口说出：古斯塔夫·阿道夫的死是一场灾难，每一个明智的人都能感到其间有魔鬼作祟。

"您说您要治愈疫病。"奥莱留斯说，见对方仍然没有反应，他清了清嗓子，说，"您是说您就是为这来荷尔斯泰因的。也就是说，我们这里又出现瘟疫了？"

珂雪仍旧没有马上回答，而是似乎按照他的习惯，审视了自己的指尖好一会儿才答道，如果瘟疫将在这个地区爆发，他当然不会来此地寻找治疗良方，因为在爆发地恰恰不可能找到阻止瘟疫蔓延的方法。上帝的安排仁慈又美妙，不想让寻找良方的研究者不顾自己的生命危险，而恰恰要让他们走访那些疾病没有蔓延到的地方。因为只有在那里，才能找到凭借自然力量与上帝意愿抵抗疾病的东西。

在戈托夫宫的花园里，他们坐到唯一一条没遭破坏的石凳上，蘸着稀释的葡萄酒享用拐杖糖。珂雪的那六位秘书，与他们保持着一定距离，恭敬地站在一旁，聚精会神地观望着他们。

这不是什么好酒，奥莱留斯知道这花园和宫殿也不怎么令人印象深刻。古树让掉队匪兵都砍光了，草坪上烧痕累累，灌木丛也跟建筑的正墙面一样处处是缺损，甚至房顶都缺了一块。奥莱留斯当年虽然还小，但对宫邸曾为北方明珠时的日子还有着清楚的印象，它曾是那位日德兰半岛公爵的骄傲。那时他还是个孩子，他父亲是一个普通工匠。不过公爵看出他的天赋，让他上了大学，后来还让他作为使节前往俄罗斯，前往远方辉煌的波斯，在那里他见识了骆驼、狮鹫、玉塔还有会说话的蛇。他本想留下，但想到自己已宣誓效忠公爵，想到家乡还有等待他的妻子——他至少这样以为，因为在这期间她已经去世，他却不知道。就这样他又回到了寒冷的帝国，陷入战争，陷入了伤心的鳏夫生活。

珂雪噘起嘴唇，又喝了一口葡萄酒，脸上的肌肉难以察觉地抽动了一下，用带有红色酒痕的手绢擦了擦嘴唇后，解释起到这里来的原因。

"实验，"他说，"是一种获得确定性的新方式。这就是说，要去尝试。把硫黄、沥青和煤混成一个球，点燃这个球，你马上感到这火的景象会引发怒气。如果你在同一间屋子里，这种怒气会使你头脑发昏。原因在于，这个火球反映了红色行星火星的特性。同样，我们可以用海王星的似水性来缓解激动情绪，朦胧月亮的迷惑性则可用来毒害神智。头脑清醒的人只需在与月亮特性类似的磁铁前待上一会儿，他就会晕醉，好像他喝空了一袋酒。"

"磁铁能让人发晕？"

"读读我的书吧。关于这个问题，我的新书里有更多的解释，书名是《光与影的伟大艺术》，书里解答了许多未解之谜。"

"都是些什么未解之谜？"

"什么都有。比如这个硫黄球实验：这个实验给了我启发，我用硫黄和蜗牛血煮汤，给瘟疫患者喝。因为硫黄可以驱逐疾病中的火星特性，蜗牛血可作为龙的替代物，让酸化了的体液再次甜化。"

"这是怎么回事？"

珂雪又看看他的指尖。

"可以用蜗牛血代替龙血？"奥莱留斯问。

"不是，"珂雪很体谅地说，"是代替龙胆。"

"那您来这儿是？"

"替代物有局限性。尽管有药汤，瘟疫患者最终还是不治身亡。不过这清楚地说明，真正的龙血一定能治愈他。所以我们需要龙。现在只剩下最后一条北方之龙了，它就在荷尔斯泰因。"

珂雪看着自己的手，呼出的气体形成了小小的蒸汽云。奥莱留斯冷得直发抖。不过即便在宫殿里也不会暖和。远远近近的树木都被砍光了，仅有的木柴得留给公爵的卧室用。

"那么，发现龙了没有？"

"当然没有。能被看见的龙，一定不具备龙的最重要特征，也就是让自己不被发现。正是出于这个原因，对那些宣称看见了龙的报道，要抱以最强烈怀疑。如果一条龙是可见的，那么可以推断它并不是真正的龙。"

奥莱留斯擦擦额头。

"在这个地方，从未有人亲眼见过龙。所以我坚信，这儿一定有龙。"

"可是其他许多地方，也没有人亲眼见过龙。为什么偏在这儿找？"

"首先，因为瘟疫在这个地区已经减弱。这是一个重要的信号。其次，我用了一个钟摆。"

"这可是玩法术！"

"如果你拿的是一个磁摆，那就不是法术。"珂雪用他闪亮的眼睛看着奥莱留斯。接着他那略带轻蔑的微笑从脸上消失，只见他探身向前，以一种令奥莱留斯颇为惊异的单刀直入劲头问道："您能帮我吗？"

"帮您做什么？"

"找到那条龙。"

奥莱留斯装出一副在思考的样子。其实要做出决定并不困难。他已不再年轻，又没有孩子，妻子也已经去世。他每天都去妻子坟上，至今他还常在夜里醒来，伤心哭泣，对她的深深怀念更加重了他的孤独。这儿没有什么可拴住他的。现在有一位世界瞩目的重要学者邀请他共同从事一项科学冒险，还有什么可过多考虑的？回答前，他先深深地吸了一口气。

珂雪却先开了口。他站起身，拍拍长袍上的灰尘说："好吧，那咱们明天一早出发。"

"我很想带上我的助手，"奥莱留斯略微不悦地说，"他是弗莱明硕士①，知识丰富，乐于助人。"

"好，很好。"珂雪说，显然他脑中已在思考别的问题，"明天一早走，就这样吧，他也一起来。现在您能不能带我去见公爵？"

"公爵现在不会客。"

"不用担心。如果他得知我是谁，他会深感庆幸的。"

四辆马车上了路。天气很冷，草地上晨雾弥漫，四下里一片白茫茫的景象。最后一辆马车里，从地板到顶棚都装满了书。那都是珂雪不久前在汉堡购买的。它前面那辆车里坐着三位秘书，他们在行进中尽可能出色地誊写手稿。再前面那辆，两个秘书在里面睡觉。第一辆车里，珂雪、奥莱留斯和他长年的旅行伴侣弗莱明硕士正在交谈，另一位秘书手里握着羽毛笔，专心地在膝盖上的纸面做着记录。

"如果找到了它，我们该怎么办？"奥莱留斯问。

"找到龙吗？"珂雪问道。

有那么一阵，奥莱留斯几乎忘了自己对他的崇拜，甚至想：我可真受不了他了。但他还是答道："是的，是说龙。"

珂雪没有回答，而是把身子转向弗莱明硕士，说："我不知道我是不是听懂了，您是音乐家？"

"我是医生。不过，我主要是写诗。在莱比锡大学我也学了

---

① 保罗·弗莱明（Paul Fleming，1609—1640），德意志医生、作家，被视为巴洛克时期最重要的诗人。

音乐。"

"用拉丁文写诗，还是用法文写？"

"用德文。"

"噢，为什么？"

"如果找到了它，我们该怎么办？"奥莱留斯把他的问题重复道。

"找到龙吗？"珂雪问，现在奥莱留斯恨不得打他一嘴巴。

"是的，"奥莱留斯说道，"是龙！"

"那我们要用音乐来安抚他。我斗胆假设一下，我的书《音乐百科》① 先生们都读过了？"

"Musica？"奥莱留斯问道。

"是 Musurgia。"

"为什么不用 Musica？"

珂雪皱着眉头看看奥莱留斯。

"我当然读过，"弗莱明说，"我对和声的所有了解，都是从您书里学到的。"

"这是我常听到的。几乎所有的音乐家都这么说。这是一部非常重要的著作。虽不是我最重要的著作，但毫无疑问还是很重要的。几位诸侯对我设计的水风琴很感兴趣，打算请人制作。在不伦瑞克，还有人要制作我设计的猫琴。我有点吃惊，那不过是个想象游戏，我很怀疑，做出的产品能发出悦耳的声音。"

---

① 《音乐百科》（*Musurgia universalis*），这本书发表于 1650 年。拉丁文 Musica 被故作玄虚地改为 Musurgia。

"什么是猫琴?"奥莱留斯问。

"噢,您还没读到?"

"记性不好了。我也不年轻了。那次艰辛的旅行后,脑子总不听使唤。"

"天啊,"弗莱明说,"你还记得吗?咱们在拉脱维亚的里加遭狼包围的事?"

"我那个琴,琴音是通过折磨动物产生的。"珂雪说,"敲出一个音时,敲的不是琴弦,而是一个小动物。我建议用猫,田鼠也应该适合,狗太大,蟋蟀太小。恰如其分的痛苦会让动物发出声音。放开键盘,疼痛便停止,动物也不出声了。把动物按它们的音高排列,便可以产生不同寻常的音乐。"

有一阵四下无声。奥莱留斯看着珂雪的脸。弗莱明咬着下嘴唇。

"您写诗为什么用德文?"珂雪终于开口道。

"我知道,这听起来很奇怪。"弗莱明说,他好像一直在等着这个问题,"可是这确实可以做!我们的语言正是为此而诞生的。现在我们三个男人坐在这儿,都是德意志人,却要说拉丁语。这是为什么?德语现在可能还不够灵巧,还像是煮沸的酿造酒,是一种正在成形的造物,但总有一天它会成熟的。"

"我们再说说龙吧。"奥莱留斯想把话题改过来。他常经历这种情况:只要弗莱明说起他的爱好,就收不住了,别人根本别想开口。最后总得以弗莱明红着脸朗诵诗歌结束。他的那些诗还真不错,既有韵律,又有力量。可是谁想在事先没有说好的情况下聆听诗歌呢,而且还是用德语?

"我们的语言现在还是一堆方言的乱炖,"弗莱明说,"如果组织句子时出现困难，我们得从拉丁语、意大利语，或者从法语中寻找适宜的词汇，而且句式也会这样或那样地向拉丁句式靠拢。不过这种状况会改变的！语言也需要营养滋养，需要得到帮助才能茁壮成长！要帮助它，那就要：用它来写诗。"这时只见弗莱明脸颊红润，唇上的胡子微微立起，眼睛睁大，接着说，"谁要是用德语为一个句子开了头，那就得强迫自己，用德语讲完！"

"让动物痛苦，这是不是违背上帝的意愿?"奥莱留斯问。

"为什么?"珂雪皱起眉头，"上帝的动物和上帝的物品之间是没有区别的。动物是构造精巧的机器，这些机器又由构造更为精巧的机器构成。让水柱发声，同让一只小猫发声，有什么区别? 您肯定不会认为动物有不朽的灵魂吧，那样的话，天堂该会怎样拥挤不堪。若是不想踩到一个虫子，根本就不要迈步了!"

"我小时候是莱比锡唱诗班的成员，"弗莱明说，"每天早上五点我们就要在托马斯教堂里唱歌。每人都要唱出自己在旋律中的相应音位，谁唱错了，就要挨打。这不是容易的事。不过有天早上，我第一次明白了，什么是音乐。后来我学习了对位法，也便明白了什么是语言。用语言写诗，就要受语言制约。德文的走与看，痛与人心都押韵。德文的韵脚，常是一问一答。德文中的苦难、存在和表象，也相互押韵。韵脚并非读音的巧合。它的出现是不同思想契合的产物。"

"您这样了解音乐，这很好。"珂雪说，"我这儿有些乐谱，曲调可以让龙血冷却，可以平和龙的感觉。您会吹号吗?"

"吹得不好。"

"小提琴呢?"

"凑合吧。您是在哪儿得到这些乐曲的？"

"这是我按照最严格的科学要求创作的。不用担心，您不用给龙拉小提琴，给龙拉琴的乐手我们会找到的。从身份考虑，由我们来演奏乐器，这不合适。"

奥莱留斯闭上了眼睛。此时他看到一只巨型蜥蜴爬出地面，苍穹之下，它的脑袋有塔楼那么高。他想，你已经历尽重重险阻，现在可以了结了。

"您这样努力，太敬佩您了，年轻人。"珂雪说，"不过德语没有前途。首先，这是一种丑陋的语言，黏黏糊糊、很不干净，是没教养、不洗澡的民众使用的地方话。再说，现在已经没有时间让其没完没了地发展、成熟了。铁器时代将在七十六年之后结束。到时候，火焰会遍布世界，我们的主将光荣回归大地。这个未来不必是什么大占星家就可预见。用简单的数学就够了。"

"要找的到底是怎样一条龙？"奥莱留斯问道。

"估计是一种非常古老的爪虫①。我对龙学的研究还赶不上我那去世的导师泰西蒙德。不过有一天途经汉堡时，螺旋状的苍蝇云给了我重要启发。您去过汉堡吗？这座城市竟然没遭破坏，真是令人费解。"

"云？"弗莱明问道，"龙究竟是怎样造成……"

"不是'造成'这种因果关系，是类推！比如天上如何，地上也该如何。那种云朵像旋飞的苍蝇，因此称为苍蝇云；蚯蚓②是下

---

① 爪虫（Tatzelwurm），也译为"塔佐蠕虫"和"林德虫"，是阿尔卑斯山地区传说中的一种动物，比人高，具两爪或四爪，体长如蛇，形似龙，被视为半龙。

② 蚯蚓（Regenwurm），德文的字面义是"雨虫"。

雨后常出现的蠕虫，爪虫状似带爪子的蚯蚓，所以称为爪虫。蠕虫和苍蝇都是昆虫！您说呢？"

此时奥莱留斯双手抱住头。他有些不舒服。在俄罗斯时，他曾在马车上度过了数千个小时，那可是很久以前的事了。他已不再年轻。当然，他现在的不舒服可能与珂雪有关，他那种很可能是要回避解释的态度，已让他难以忍受。

"那么，如果龙被我们镇住了，"弗莱明问，"如果我们找到了龙，抓住了龙，那得做什么？"

"我们要从它身上抽血。能抽多少抽多少，只要我们的皮袋子能盛下。我要把它带到罗马，和我的助手一起把它做成治黑死病的药，然后把它带给教皇、皇帝，和天主教诸侯……"说到这儿，他犹豫了一下，才接着说，"……可能也会带给那些配得上得到它的新教徒。到底给谁，还需要具体商定。也许我们可以这样结束战争。如果偏偏会由我在上帝的帮助下结束这场战争，那么一定有它的合理性。你们两位，我一定会在我的书里恰如其分地提到。确切地说，我已经提到了。"

"您已经提到我们了？"

"为了节省时间，这一章我在罗马时就写好了。古列，您带来了？"

秘书忙弯腰，在座位下费力地找起来。

"想找乐手的话……" 奥莱留斯说，"我的建议是，可以到荷尔斯泰因草原上那个流动马戏团里找。这个马戏团名气不小，很多人都是远道来观看表演。那里肯定有乐手。"

这时秘书顶着红脸膛站起来，手里拿着一叠纸。只见他在纸里翻了翻，用一块已不干净的手帕擤擤鼻子，又用它擦了擦自己的光头，轻声致歉后，读起来。他的拉丁语带着浓重的意大利腔，手里的羽毛笔还做作地打着拍子："这样我在卓有贡献的德意志学者的陪同下，走上了寻龙之旅。一路上天气阴郁，阻碍重重，战争已经在该地区平息下来，但仍危机四伏，这里或那里常有险情出现，需时时提防掉队匪兵，同样还需提防劫匪团伙和腐烂的动物。当然我不会为这些自寻烦恼，我已将心托付给了万能的上帝，他一直保护着他的卑微仆人。这样，我很快发现了龙，并通过专业措施战胜了它。我以它温暖的血液为基础，从事了许多研究，这些研究我已在这部著作中的其他地方做了描述。如此一来，令基督教世界担忧的那种最可怕的流行病，终究可以远离伟大首领、权贵及值得尊敬的人士，今后只还可能对普通民众造成痛苦。如果当年我……"

"谢谢，古列，可以了。当然，在'卓有贡献的德意志学者'后面，我会加上你们的名字。没什么值得感谢的。我必须这样做，这是最起码的。"

奥莱留斯想，能在珂雪的书中留名，也许真能使他永生不朽。自己写的那些游记，几乎同可怜的弗莱明的诗歌一样，这儿印点儿、那儿印点儿，会很快消失殆尽的。时间能吞噬一切，但无疑不会发生在这件事上：只要世界还存在，就会有人拜读阿塔纳斯·珂雪。

第二天一早，他们直奔马戏团。他们先找到马戏团曾过夜的旅店，旅店老板说，马戏团向西去了。老板还说，沿着草原上的这条路走，你们不会找不到的，因为这里没有山丘，所有的树木也都已砍光。这样，走了没多久，他们望到远处有一个旗杆，上面飘着一块彩布。

很快他们看到了几个帐篷，看到了围成半圆形的给观众坐的长椅，还看到了两根柱子——马戏团的人不得不自己带上全部所需的木头——之间拉着一根细绳。帐篷之间停着几辆篷车，草地上有马和驴在吃草，还有几个孩子在玩耍，一个男人正在吊床上睡觉。一位老妇人在用圆木桶洗衣服。

珂雪眨眨眼睛。他感到不太舒服。他在想这是什么原因，是因为马车的颠簸晃动呢，还是因为眼前这两个德意志人。他们不友好，太过严肃，狭隘短视，死板僵化，他们还有难以让人忍受的体臭。他已很久没来帝国了，几乎忘了，置身于德意志人中间有多令人头痛。

显而易见，这两位低估了他。他已习惯于被低估。他从小就被人低估，先是被自己的父母，后来是被乡村学校里的老师，直到神父把他推荐给耶稣会。耶稣会让他读大学，可他的同学们也低估他，觉得他不过是个勤奋的小伙子，没有人以为他会有更大成就，只有导师泰西蒙德在他身上看到了某种特质，从众多思维缓慢的僧侣中挑选了他。他们四处旅行时，他从泰西蒙德那里学到了很多东西，不过就连泰西蒙德也低估了他，只将他作为助手看待，因而他只能离开泰西蒙德。他做得很谨慎，是一步一步达到目的的；因为把导师这样的人惹恼、与他作对，是万万使不得的。他不得不表现出，他写的书不过是些雕虫小技，无足轻重，暗地里却将它们偷偷寄给了梵蒂冈的重要人士，并总会附上献词信。果然，发现自己的秘书突然被召往罗马，泰西蒙德如遭当头一棒。他病倒了，珂雪启程时，他也拒绝给予祝福告别。至今，泰西蒙德当年在维也纳房间里裹在被子里的样子，还能栩栩如生地浮现在珂雪眼前。当时这老家伙嘴里嘟囔了什么，珂雪做出一副没听懂的样子，便在没有他画十字祝福的情况下，启程上路，驶往罗马了。然而，在那个向他表示欢迎的大图书馆里，他同样受到了同事们的低估。他们以为，他只是很适宜保管书籍，维护书籍，研读书籍。他们没想到他写一本书的速度，比别人读它的速度还快。所以他需要一次又一次地向别人证实自己，直到教皇终于将大学里最重要的教授席位委任于他，并赋予了他所有的特殊权力。

这种荣耀本该一直继续下去。曾经的惶惑已经成为过去，他不再会时不时陷入迷惘。然而，人们还不了解他拥有怎样的内在力量、怎样的决断能力和怎样超强的记忆力。他已名动四方——没有哪个研究科学者没读过阿塔纳斯·珂雪的书。然而，即使是现在，一旦他离开罗马，接触到德意志同胞，他马上又会经历早年所熟悉的低估眼光。到这里来，是怎样一个错误啊！人就应该待在一个地方工作，集中精力埋首书海。应该做一个精神层面的权威，他的声音全世界都得听，而没人去问发声的躯体长什么样。

这次，他又屈从了自己的软肋。实际上，他并不是那般关心什么瘟疫，只是需要为找龙编出理由。泰西蒙德说过，龙是最古老、最聪明的动物，一旦站到龙的面前，你就会变成另一个人，特别是如果你能听到它的声音，那么一切都会变得同从前不同。珂雪发现了世界的许多秘密，但关于龙他还不能提供什么。没有龙，他的著作便不完整。倘若真会出现什么危险，他还能使出最后最有效的一招——那个护身口诀。泰西蒙德对他特别强调过，这个护身口诀每人一生只许用一次，在面对最大危险的时候，当龙站在面前，你已身陷绝境时，你才可以把它用上，你要考虑清楚了，只能用一次，用唯一的一次。然后要在脑海里想出那个具有神效的字母方阵：

S A T O R
A R E P O
T E N E T
O P E R A
R O T A S

这是最隐秘、最古老、最强有力的回文咒。你先得闭上眼睛，在眼前清清楚楚地看到它，闭着嘴不出声地一个字母一个字母地把它说出来，然后再大声地清楚地说出来，要让龙听见。你此前不能吐露此事，不能对你最亲密的朋友讲，甚至不能在忏悔时讲。最重要的一点是：它还从未被说出来过。念过后，将有云雾升腾，你便可以逃走，因为怪物的肢体会瘫软下来，行动会变得迟钝，于是你可以在它抓你之前逃跑。等它醒过神来，早记不得你了。不过千万不要忘记，这个咒语你只能用一次！

珂雪看着手指尖。如果音乐不能使龙得到安抚，他就会用上这最后一招，然后跳到拉车的一匹马上逃走。这样的话，龙很有可能把那些秘书吃掉，那对于他们真是十足的憾事，尤其是古列，他是个好学、虔诚的好助手。把那两个德意志人吃掉也很有可能。只有自己会因拥有科学知识死里逃生，他不必有丝毫畏惧。

这将是他的最后一次旅行。他不会再勉强自己出远门了，这样的旅途劳顿实在不适合他。一路上他总感到恶心，吃得很糟，天气又很冷，而且危机四伏，随时都可能遇到：尽管战争已转向南方，但并不意味着这里的境况就令人愉悦。所到之处景象何等破败悲凉，民众的生活何等凄苦悲惨！在汉堡时，他买到了几本自己一直在找的书：哈特姆特·艾里亚斯·瓦尼克的《有机界》，戈特夫里德的《矿物美罗蒂娜》，还有一些估计是西蒙·杜林的手稿，即便得到这些，也不能使他感到安慰。他不得不离开自己的实验室已经有好几个星期了，那里一切井然有序，其他地方却如此混乱不堪。

为什么由上帝创造的世界如此不如人意，如此混乱和自相矛盾？大脑里一切清晰明了，外部世界却像一片乱糟糟的灌木丛。珂雪早就懂得，要坚守理智，不能让现实世界的光怪陆离扰乱心绪。如果你知道一项实验应该怎样结束，那么它就会这样结束。如果你对一个事物有明确的概念，那么在描述时就要尽量符合这个概念，而不能在意表象如何。

正因为他懂得了要完全信奉圣灵，才取得了那项最了不起的成就——埃及象形文字的解密。他用的是枢机主教本博①买下的古老的字符表：那时他对每个小图形都进行了深入研究，直到彻底理解。狼与蛇在一起，意思是危险；但如果狼加蛇的下面有虚波浪线，则意为神介入并保护那些值得受到保护的人，这三者并列在一起，便意味着恩典。为此，珂雪跪倒在地，感谢上苍给了他这些灵感。如果椭圆形向左转，代表法庭；旁边加上一个太阳，意为审判日；旁边若是月亮，则意为夜间祈祷者的痛苦，也即罪人的灵魂，有时也会是地狱。小小的人形就是人的意思，如果他有一根棍子，意思就是在干活的人或者指劳动，背景则表明他正在从事的劳作种

---

① 全名彼得罗·本博（Pietro Bembo，1470—1547），意大利文艺复兴时期的语言学家。

类：如果背景有点点，那他是播种者；如果是些道道，那他就是船夫；若是圆圈，那他就是祭司，而因为祭司也得写作，因而也可能是文书，是祭司还是文书，取决于人形的位置，站在一行圆圈开头处的是祭司，站在他记录的事件之后的是文书。极度兴奋了几个星期后，他不再需要那个古字表了；他可以用象形文字作文，好像他从未学过其他文字。晚上他常失眠，会梦见这些象形字，思绪里全是那些道道、点点、钩角和波浪线。徜徉于其中，他感到无比幸福，好似感受到上帝的恩典。他那即将出版的著作《埃及的俄狄浦斯》（*Oedipus aegyptianus*）①，是他的最大成就：为解开这些字谜，多少人百思不解，困惑了几千年。现在他终于给出了谜底。

令人气恼的是，人们竟愚钝已极。东方的一些教友给他寄来信件，告诉他许多象形字并不能按他所描述的规律理解。他不得不给他们回信道，一万年前哪个呆子在石头上刻了什么，都无关紧要，随便哪个小文书不可能比他这样的权威对这些文字有更多的了解——跟他那些错误较什么劲？那个小文书收到过皇帝的感谢信吗？珂雪不同，他给皇帝寄上一首他用象形字写成的颂词后，便收到了来自维也纳皇宫的感谢信。他把这封信缝在了一个丝绸口袋里，随身携带着。当他把手放到胸前，感觉到外衣下的羊皮纸时，心情便会格外舒畅。

马车停了下来。

"您怎么样？"奥莱留斯问道，"脸色有些发白。"

"我很好，很好。"珂雪有些烦躁地说。

———————————

① 该三卷本著作出版于 1652—1654 年。

他推开门，下了车。马匹身上冒着热气。草地很潮湿。他眨眨眼睛，突然感到头晕目眩，身子靠到马车上。

"大驾光临，"一个声音在说，"荣幸之至！"

帐篷那边站着一些人，近前有个老妇人坐在洗衣盆前。可站在他们旁边的只是一头驴。只见这驴仰起头看了看，又低下头去啃草。

"您也听见了？"弗莱明问。

奥莱留斯跟在珂雪后面下了马车，他点点头。

"是我说的。"驴说。

"这可以解释。"珂雪说。

"什么解释？"驴问。

"这叫腹语。"珂雪说。

"对了，"驴说，"我是奥利金。"

"腹语师藏在什么地方？"奥莱留斯问道。

"他在睡觉。"驴说。

这时弗莱明和那些秘书也一个跟着一个下了马车。

"腹语说得真不错。"弗莱明说。

"他很少睡觉，"驴说，"不过他现在梦见了你们。"这个声音听起来很低沉，又很奇怪，不像来自人类的喉咙，"你们想看表演吗？后天有一次。我们有能吞火的，能倒立行走的，还有我——吞硬币的。给我硬币，我就能吞下。你们想看吗？给我多少，我就能吞多少。我们还有一个女舞蹈家，一个女主演，还有一个活埋黄花大姑娘的节目，让她在土里待一个小时，再把她挖出来，她憋不死，还活着，未损一根毫毛。我们的女舞蹈家，我已经说过了？女舞蹈家、女主演、黄花大姑娘都是一个人。我们还有最棒的走绳大师，他是我们的团长。他现在在睡觉。还有一位畸形人，你们看到他时，会晕头转向。你很难知道他的脑袋在哪儿，至于他的胳膊嘛，他自己都找不到。"

"你们还有腹语师。"奥莱留斯说。

"你真的非常非常聪明。"驴说。

"你们有没有乐师?"珂雪问，他很清楚目前的处境，众目睽睽之下同毛驴交谈，很可能有损他的声誉。

"当然，当然，"毛驴说，"有半打呢。团长与女主演共舞，那才是高潮，是我们演出的亮点，没有音乐师怎么能行?"

"行了，"珂雪说，"腹语师该现身了!"

"我就在这儿。"毛驴说。

珂雪闭上眼睛，深深呼出一口气，又开始吸气。这是一个错误，他想，整个旅行，还有走访这里都是错误。他想起自己书房里的宁静，想起那里放满了书籍的书架，想到每天下午时钟第三次敲响时，助手为他送来的去皮苹果，还想起盛在他最喜爱的威尼斯水晶玻璃杯中的红葡萄酒。他揉了揉眼睛，转过身去。

"您需要医师吧?"毛驴问，"我们也卖药。需要什么，说就是了。"

不过是头毛驴罢了，珂雪想，但他还是气得握紧了拳头。现在连一头德意志畜生也敢嘲笑人了!"您去办这事吧，"他对奥莱留斯说，"跟那些人交涉去。"

奥莱留斯吃惊地看着他。

珂雪对他不理不睬，跨过一堆驴粪回到马车里。他关上车门，拉上窗帘。他听到马车外奥莱留斯、弗莱明还在同毛驴说话——他们现在肯定都在嘲笑他，不过他已经无所谓了。他们爱说什么说什么，他压根不想知道。为了平复自己的思绪，他试图用埃及象形文字去思考。

洗衣盆旁的老妇人迎视着朝她走来的奥莱留斯和弗莱明。然后她把两根手指塞进嘴里，发出一声呼哨。马上从一顶帐篷里走出三男一女。这三个男人都异常敦实粗壮，那个女人满头棕发，已不很年轻，不过有一双炯炯有神的眼睛。

"贵人大驾光临，"这个女人说，"真是难得的荣幸。大人想不想看我们的演出？"

奥莱留斯想回答，只是他发不出声音。

"我哥哥是最棒的踩绳师，他在冬王那儿当过傻臣。大人们想见他吗？"

奥莱留斯还是发不出声音。

"您是不是不想说话？"

奥莱留斯清了清嗓子。他知道，这样显得很可笑，可还是无济于事，他就是说不出话。

"我们当然想看表演。"弗莱明说。

"好吧，咱们的杂技演员，"女人说，"拿出拿手的来，让尊贵的先生们看看！"

三人中的一位马上做出倒立，双脚朝天。第二位则飞快地爬到他身上，两手撑到第一个的脚底，然后第三位爬到这两位上方，两脚踩到第二个人的脚底，双臂向天空伸去。不待他们看清楚，看明白，那女人也跟着向上爬，第三个男人把她拉上去，又把她举过头。奥莱留斯抬头看呆了，女人正在他脑袋上方轻轻晃动。

"大人们还想看吗？"她喊道。

"想是想，"弗莱明说，"不过我们来这儿的目的，是要找乐师，我们的报酬可是不低。"

"您尊贵的同伴是不是天生哑巴？"

"不，不，"这时奥莱留斯开口道，"不是，我不是哑巴。"

她笑了："我叫尼尔！"

"我是弗莱明硕士。"

"我是奥莱留斯，"奥莱留斯说，"戈托夫的宫廷数学家。"

"你能不能下来？"弗莱明喊道，"这样说话太困难了！"

仿佛听到一声命令，人塔顿时塌落。中间那位纵身一跳，上面那位则翻滚下来，最下面的来了个前滚翻，那女人好像摔倒了，可不知怎么搞的，像是短短的迷魂阵，四人又很快笔直站起。弗莱明拍手鼓掌，奥莱留斯则呆若木鸡。

"不要鼓掌，"尼尔说，"这还不是演出。如果是演出的话，你们要付钱的。"

"对你们的乐师，"奥莱留斯说，"我们也会付钱。"

"这个你们必须去问他们。我们这里的人都是自由的。如果他们想跟你们走，就可以走；如果他们还想跟我们，那就留下。提尔的马戏团的每个人，都是因为想留下，才留在这个马戏团的。大家都知道没有更好的马戏团了。连畸形人也是自愿留在这儿的，在其他地方，他的待遇不会这么好。"

"提尔·乌伦在这儿吗？"弗莱明问。

"四面八方的观众都是为他而来，"这时一个杂技演员说，"我是不会离开的。乐师要不要离开，这得问他们本人。"

"我们有一个吹笛子的，一个吹小号的，一个鼓手，还有一个可以同时拉两把小提琴的男人。您去问他们，如果他们想走，我们就作为朋友告别，然后再找其他乐师，这不困难，人人都想来提尔·乌伦马戏团。"

"提尔·乌伦?"弗莱明又一次问道。

"除了他还能有谁。"

"那你是他妹妹?"

她摇了摇头。

"可是你刚才说……"

"我知道我刚才说了什么，先生。他可能是我兄长，但我不是他妹妹。"

"这是怎么回事?"奥莱留斯问。

"噢，先生，您不明白啊!"

她看着他的脸，她的眼睛晶莹闪亮，风吹起了她的秀发。奥莱留斯口干舌燥，四肢无力，好像一路颠簸让他得了什么病。

"您不明白，是不是?"她又一拳敲到一位杂技演员胸口上，说，"你去叫乐师来，行不?"

他点点头，倒立在地，以手当脚走开了。

那边的毛驴还在草地上平静地啃着青草，时不时地会抬起头，用迟钝的动物眼睛看着他们。弗莱明用手指着毛驴说："我有个问题。谁替这毛驴……"

"这是腹语。"

"但是，腹语师藏在哪儿了？"

"这得问毛驴。"老太太说。

"你是谁？"弗莱明问，"你是她母亲吗？"

"上帝啊，"老太太说，"我就是老妇人。不是谁人的母亲，也不是谁的女儿。"

"你总是某个人的女儿。"

"如果管我叫女儿的人，全都躺在了草地下面，那我能是谁的女儿呢？我是巴伐利亚人，叫艾尔丝·康法斯。那天我正在家门口收拾小花园，脑子里什么也没想，提尔和尼尔就来了，还有拉车的奥利金。我朝他们喊：'提尔·乌伦，问候上帝，你好啊！'我认出了他，每个人都能认出他。他却突然拉住缰绳，让车停下，说：'不要问候上帝，上帝不需要你，你还是跟我们来吧。'我不知道他是什么意思，我对他说：'对老妇人不能开玩笑，第一她们已年老体衰，其次她们可以诅咒你，让你生病。'可是他对我说：'你不属于这里，你是我们中的一员。'我说：'放在以前我也许跟你们走，可是现在我老了！'他却说：'要说老，我们大家都老。'我说：'我很快会一头倒地，呜呼哀哉的。'他说：'我们都一样。'我说：'如果我死在路上，你们怎么办？'他说：'那我们就离开你，因为谁要是死了，就不能再做我的朋友了。'然后我就不知道再说什么好了，先生，所以我就到了这里。"

"就差把我们吃垮了，"尼尔说，"活儿干得又少，特能睡觉，还总有话说。"

"说得都对。"老妇人说。

"不过她记性好，"尼尔说，"她能背出最长最长的叙事歌谣，一行都不会给您落下。"

"德语叙事歌谣?"弗莱明问道。

"当然了,"老妇人说,"我从来没学过西班牙语。"

"唱来听听。"弗莱明说。

"如果您付钱,我就唱给您听。"

弗莱明在口袋里翻找起来。奥莱留斯抬头看那根绳子,有一阵子他觉得,上面好像有人,其实它只是空空荡荡地在风里摇摆着。那个杂技演员回来了,后面还跟着三个手里拿着乐器的男人。

"这可是要给钱的。"第一个说。

"我们可以跟你们走,"第二个说,"但得给我们钱。"

"给钱,给黄金都行。"第一个说。

"得给很多。"第三个说,"您想听什么?"

不待奥莱留斯发出指令,他们已经各就各位,开始演奏。一个人弹起鲁特琴,另一个鼓起两颊吹奏风笛,第三个挥起两个鼓槌,尼尔把头发甩到后面,开始随乐起舞;老妇人则伴着音乐节奏,开始吟诵一首叙事歌谣:她没有唱,只用一个调子吟诵,还将节奏融入了音乐旋律里。这是一个爱情故事。两人相爱却不能相聚,因为他们之间有大海相隔。弗莱明在草地上蹲到老妇人旁边,生怕听漏一个字。

马车里,珂雪抱着脑袋,他问自己这可怕的噪声何时可以终止。他写过一本关于音乐的最重要的书,不过正因为如此,他的耳朵太挑剔,欣赏不来这吱吱啦啦的民乐。突然间,这马车也让他觉得很窄小,座椅又硬,这粗俗音乐昭示的快乐,每人都可沉浸其中，唯独他接受不了。

他叹了口气。透过窗帘缝隙，一缕薄薄的日光射了进来，好似冷冷的火苗。有一阵他觉得，头痛和眼痛让他眼前出现了幻象，然后才明白过来，自己并没有看错。他的对面正坐着一个人。

现在真是时候了吗？他一直知道，撒旦总有一天会出现在他面前。奇怪的是，此君缺乏撒旦的特征，他有两只人脚，没有出现硫黄味道，珂雪脖子上的十字架也没有变热。那里坐着的是一个人，即便珂雪不明白他是怎样悄无声响地进来的。这个人瘦骨嶙峋，眼睛深深陷在眼窝里。他穿着带毛皮领的混色紧身上衣，穿着尖头鞋的两只脚正搭在长凳上。简直粗野无礼。珂雪把身子向车门转去。

那个男人探身向前，近乎温和地将一只手放到他肩膀上，另一只手则插上了门闩。

"我想问点事情。"他说。

"我没有钱。"珂雪说，"马车里没有。在外面的一个秘书那儿。"

"你到这儿来，可真好。我等了很长时间了，我以为永远不会有这个机会了，不过你一定知道：每个机会都会来，这可真美妙，每个机会终究会来。刚才看到你时，我想，现在我终于体会到了这一点。他们说你会治病，你知不知道，我也会治病？美因茨有个死亡之家。里面住满了黑死病病人，到处是咳嗽声、呻吟声、哭诉声。我说：'我有一种药粉，可以卖给你们，可以治你们的病。'这些可怜的人对我充满希望，他们又哭又叫：'快给我们，快把药粉给我们！'我说：'我得先做出来。'他们就喊：'快点做，快做药粉！'我说：'这事不是那么容易，我还少一种成分，为了得到这个成分，得有一个人去死。'这下安静了。他们很惊讶。好一阵都鸦雀无声。我又喊道：'很抱歉，我必须杀掉一个，没有材料可做不了药。'其实我也是炼金士，你知道吗！跟你一样，我也知道神丹妙药，也要济世救人。"

他笑了。珂雪盯着他，然后把手伸到车门处。

"不要这样做，"这个男人的声音让珂雪立即将手收回，"我对他们说：'有一个人必须死，不过谁应该死，我不能决定，必须由你们自己来决定。'他们说：'那我们该怎么办？'我说：'病得最厉害的，死亡的伤害也是最小的。这样吧，现在能跑的，拿上拐杖，打起精神，赶快跑，留在屋里的最后一个，我得把他的内脏掏出来。'你没看见，屋子里马上空无一人了。里面只留下三个死人。没活的了。我说：'你们看，你们可以走了，你们现在还死不了，我把你们治好了。'你真的认不出我了吗，珂雪？"

珂雪盯着他看。

"已经过去很长时间了，"这个男人说，"许多年过去了，脸上已经刻上了许多风霜雪冻，阳光在那儿留下了烙印，饥饿也留下了烙印，所以模样一定变了不少。不过你看上去还没变，还是红扑扑的脸蛋。"

"我知道你是谁了。"珂雪说。

这时外面传来乐器的声响。珂雪想，他是不是要喊人来，可车门拴上了。外面的人不可能听到他们，就算他们能听到，也得先把门砸开。只是不敢设想，这段时间里这个家伙会对他做什么。

"书里都写着什么。这是他那时很想知道的。他为此甚至可以付出生命。他也的确付出了。但他还是没有得到答案。现在我可以得到答案了。我一直在想，也许我能再次见到那个年轻的博士，也许我能得到答案。现在你就在这儿。好吧，说说吧，那本拉丁文书里写的都是什么？"

珂雪开始不出声地祈祷。

"那本书没有封皮，但里面有一些画。一张画上是一只蟋蟀。一张画上是一个不存在的动物，有两个脑袋，两个翅膀，或许这种动物是存在的，我也不知道。一张画上是一座教堂，里面有个男人，可是教堂没有房顶，上面是些柱子，我还记得柱子上面还有其他柱子。克劳斯让我看了这张画，他说：'你看，这就是世界。'当时我并不能理解，我觉得他也没能理解。不过如果他已不再有机会知道的话，至少我现在还想知道。既然你看了他的东西，拉丁文你也懂，那么你来给我说说，那到底是一本什么书，谁写的，那本书叫什么？"

珂雪的手颤抖起来。对当年那个男孩，他记忆犹新，一切都还那样清晰。那个磨坊主，他在绞架上最后的沙哑声音是他一辈子都忘不了的，还有磨坊主老婆哭哭啼啼的交代，他同样历历在目。只是这一生里，他手里拿过了那么多书，读过了那么多书页，见过了那么多印刷品，他的确无法再把它们区分清楚了。这里提到的是一本磨坊主拥有的书。但这无助于事，他实在想不起来。

"你还记不记得那次审讯？"那个干瘦的男人轻轻问道，"那个老头，那个教士，他一再说：'别害怕，我们不会伤害你的，只要你说真话。'"

"所以你说了。"

"是的，他没伤害我，不过如果我没跑掉，他就会伤害我的。"

"是的，"珂雪说，"这事你做得对。"

"我一直不知道母亲后来怎样了。有几个人看见她离开了村子，但没有人看到，她去了什么地方。"

"是我们救了你，"珂雪说，"不然魔鬼也会来抓你，没人能在他旁边全须全尾地活下来。因为你揭发了你父亲，所以魔鬼的魔力才对你失效了。你父亲认罪了，也表达了悔意。上帝是仁慈的。"

"我只想知道那本书。你必须对我说清楚。不能撒谎，撒谎了我是知道的。你那个老教士总这么说：'不要撒谎，撒谎了我是知道的。'可你一直在骗他，他却一直发现不了。"

这个男人向前弯下身。他的鼻子离开珂雪的脸正好还有一手掌的宽度；他好像并不很想看他，更像是想闻闻他。他的眼睛半睁半闭，珂雪好像听到他吸着鼻子嗅闻的声音。

"我不记得了。"珂雪说。

"我不相信。"

"我忘记了。"

"我还是不相信。"

珂雪清了清嗓子，轻轻说出"Sator"后，不出声了。他闭上眼睛，但眼睛还在眼皮下动着，好像还在看看这儿，看看那儿，接着他又睁开眼。一滴泪水流下他的脸颊。"你说得对，"他说，"我说了很多谎。我也骗了泰西蒙德博士，不过这不算什么。我还对教皇撒了谎，对尊贵的皇帝陛下撒了谎。我也在书里撒谎。我总撒谎。"

珂雪教授继续说下去，声音断断续续，提尔无法听明白他的话。忽然提尔感到一阵奇特的压抑。他擦擦额头，冷汗正从他脸上流下。对面座位上已经空了，车厢里只有他一个人，车门敞着。他打了一个呵欠，下了车。

外面雾色苍茫。雾气一团接一团掠过，四下白茫茫一片。乐手们已停止了演奏。雾中依稀现出教授那些助手的轮廓，还有一个影子一定是尼尔。不知什么地方传来了一匹马儿的嘶鸣。

提尔坐在地上。雾薄些了，几道日光穿射下来。又可以依稀认出几辆马车、几顶帐篷，以及观众座席的轮廓了。又过了一阵，已是朗朗晴空，潮气从草地上蒸腾着，雾色已经荡然无存。

秘书们不知所措地相互对视。两匹马中的一匹不见了，车辕空荡荡的。大家在琢磨着，那突然降下的大雾从何而来，杂技演员们又翻起了跟头，因为他们无法忍受无所事事；驴子又啃起青草；老妇人又为弗莱明背起一首叙事歌谣；奥莱留斯则同尼尔聊着什么。只有提尔一人一动不动地坐着，他眯起眼睛，在风中仰起鼻子。这时一位秘书走过来，对奥莱留斯说，他们的珂雪教授阁下显然没有说再见就离开了，他甚至没有留下一张字条。提尔还是一动不动地坐着。

"没有他我们找不到龙。"奥莱留斯说。

"我们是不是该等等?"秘书问道，"也许他一会儿就回来。"

奥莱留斯看了一眼尼尔的方向，说："也许别无更好选择了。"

"你怎么了?"尼尔走到提尔跟前问道。

他抬起头来说："我不知道。"

"出什么事了?"

"忘了。"

"给我们来个耍球吧。耍了球，就好了。"

提尔站起身。手伸进挂在一边的包里，先摸出一个黄皮球，一个红皮球，接着又摸出一个蓝的，一个绿的。然后他开始漫不经心地把它们扔向空中，同时又从包里掏出了一个，一个，又一个，直到在他伸开的双臂上空好像有十二个球在上下跳跃。所有的人都定睛看着这些上上下下的彩球，连那些秘书也忍不住笑了起来。

　　一大早，尼尔已站在帐篷前等了一段时间了。她思前想后，走过来走过去，一会儿祈祷，一会儿拔掉几根草，一会儿又静静地抽噎几声，一会儿又搓搓手指，直到终于平静下来。

　　然后她钻进帐篷。提尔还在睡觉，不过当她触到他肩膀时，他马上醒了过来。

　　她告诉他，她同奥莱留斯先生在野外过了一夜，就是那个从戈托夫宫来的朝臣。

　　"那，然后呢?"

　　"这次不一样。"

　　"他没有送你点什么漂亮的玩意?"

　　"送了，他送了。"

　　"那还是跟往常一样啊。"

　　"他希望我和他一起走。"

　　提尔抬起眉头，装出一副吃惊的样子。

　　"他想娶我。"

　　"不会的。"

　　"是这样的。"

　　"要娶你?"

　　"是的。"

"娶你？"

"对，娶我。"

"为什么？"

"他是认真的。他住在一座宫府。那不是什么漂亮的宫府，他说，冬天很冷，不过食物是足够的，公爵能保障他的生活，他的工作无非是给公爵的孩子上课，有时候做些计算工作和管理书籍。"

"他要是不管，它们会跑掉吗，我是说那些书？"

"我是说他生活得不错。"

提尔从睡觉用的草袋上翻起身，站起来，说："那你得跟他走。"

"我不是很喜欢他，可他是个好人。而且又很孤独。他太太死了，那时他还在俄罗斯。我不知道俄罗斯在哪儿。"

"在英格兰那边。"

"我们还没去过英格兰。"

"英格兰跟这儿一样。"

"他从俄罗斯回来时，太太已经死了，他们没有孩子，从那时起他就很伤心。我能感觉到，他身体还不错，没什么毛病，我还觉得，他是可以信赖的。这样的男人我碰不到第二个了。"

提尔坐到她旁边，搂着她肩膀。他们能听到老妇人还在外面吟诵叙事歌谣。显然，弗莱明还在那儿，让她一次又一次地背诵，好让自己记下来。

"这个总比施格家的儿子好。"她说。

"他可能也不会打你。"

"有可能，"尼尔若有所思地说，"就算他打我，我也会打回去。到时吃惊的可是他。"

"你还可以生孩子。"

"我不喜欢孩子。他也已经老了。不过不管有没有孩子，他都会感激我的。"

她停下话头。风把帐篷吹得咯咯直响。老妇人又开始从头背诵。

"其实我不想走。"

"可你必须走。"

"为什么？"

"妹子，因为我们不再年轻。而且我们不会变得更年轻。只能一天比一天老。人老了，又上无片瓦，这对谁都不是好事。他至少住在一座宫府里。"

"可咱们是一体的。"

"是的。"

"也许他也能带上你。"

"这不行。我不能在一座宫府里待着。我受不了。即使我受得了，他们也不会让我久留。最后，不是他们把我赶走，就是我把宫府烧了。只有这两种可能。不过它也会是你的宫府，那么我就不能烧它。所以，这不行。"

好一阵，他们不说话了。

"是的，这不行。"她说。

"他到底为什么想要你？"提尔问，"你又不是多漂亮。"

"我扇你嘴巴。"

他笑了。

"我觉得，他爱我。"

"什么?"

"这个我知道。"

"爱你?"

"这种事有时会发生。"

帐篷外，毛驴发出一声驴叫，老妇人开始了另一首叙事歌谣的吟诵。

"那次在森林里，"尼尔说，"要是没遇到掉队匪兵，就好了。"

"别提这个。"

她不说话了。

"像他这样的人，通常不会娶你这样的人。"他说，"他娶你，那么他肯定是个好人。就算他不是好人，至少他头上还有屋顶，腰包里还有钱。告诉他，你跟他走，趁他还没改主意。"

尼尔哭起来。提尔把手从她肩膀处移开，看着她。过了一会儿，她平静了下来。

"你会来看我吗?"她问。

"我想不会。"

"为什么?"

"你想想，这怎么行。他会不高兴的，这会让他想起，他是在哪儿找到的你。宫府里没人知道这事，你自己也不会愿意让人知道。日子会一天天过去，妹子，很快这一切都将远逝，只有你的孩子会惊讶，你为什么舞跳得这么好，歌唱得这么好，而且扔给你什么你都能接住。"

她在他额头上吻了一下。犹豫着钻出帐篷后，她站了片刻，然后向停在一边的马车走去，要去告诉宫廷数学家，她接受了他的提议，要同他一起去戈托夫宫。

待她回来时，提尔的帐篷已经没人了。他就这样闪电般地离去，除了杂耍球、长绳和毛驴，别的什么也没带。只有弗莱明硕士当时在外面的草地上看见了他，同他说了话。可提尔都说了什么，他不想透露。

马戏团的人各奔前程。乐师跟着杂技演员一起向南迁移，吞火人跟老妇人向西走，其他人去东北方向。他们希望能远离战争和饥饿。畸形人则在巴伐利亚选帝侯的珍品馆找到了栖身之处。那些秘书三个月后回到罗马，阿塔纳斯·珂雪已在那儿不耐烦地等着他们。此后他再未离开过这座城市，他进行了数千次实验，又写了十几本书，直到四十年后德高望重地离世。

尼尔改姓为奥莱留斯，在珂雪去世三年后去世。她养育了自己的孩子，安葬了她的丈夫。她从未爱过他，但对他一直珍视，因为他待她很好，也不再乞求从她那里得到任何超出友谊的东西。她的眼前，戈托夫宫又放射出新的辉光。她看着自己的孙辈长大，后来大腿上还坐上了第一个曾孙。没有谁能想到，她曾同提尔·乌伦一起四处游荡，只是正如他曾说过的，她的孙辈们总是吃惊，即便她已经成了一位老太太，只要有人扔给她什么，她都能马上接住。她受到广泛爱戴和敬重，没有人能猜到，这位受人敬重的女人曾经是别的样子。她也未对任何人讲过，她的心底一直还希望着，那个男孩，那个曾同她一起从父母的村庄启程的男孩，有一天还会出现，还会来接她。

就在死神的手向她伸来，在最后的弥留之际，恍惚之中她突然感到看见了他。他正站在窗边，瘦瘦的，微微笑着。瘦瘦的他，微微笑着走进她房间，她微笑着坐起来，说道："等了你太久了！"

戈托夫公爵，就是当年雇用了她丈夫的公爵之子，正站到她临终床榻前，来向这位宫府中最年长的成员告别。公爵意识到，现在不是纠正错误的时候，于是他握起她向他伸出的僵硬的小手，凭着直觉说："是的，可我现在来了。"

就在同一年，荷尔斯泰因平原上最后一条北方之龙死了。它活了一万七千年，它厌倦了躲藏的日子。

它把头枕入欧石南花丛里，身子则躺了下来，完全与地面起伏相适应，连老鹰都不会找到它。它平躺在柔软的草地中，叹着气，很遗憾地感到，这鲜花的芬芳与这和风细雨即将成为过去，它再见不到风暴中的云卷云舒，再见不到太阳升起，也再见不到总会让它高兴的、铜蓝色月亮上的地球阴影。

它闭上自己的四只眼睛，感到一只麻雀落到鼻子上时，还嘟囔了一声。它对什么都无所谓了，它已经见过了太多，不过像它这样的生灵死后会发生什么，它仍然不知道。它叹息着睡去。它已经活了很长了。现在是发生变化的时候了。

第七章

坑
道
下

"全能的上帝啊，我主耶稣基督，帮帮我们吧！"马蒂亚斯刚说完，果夫便说："可是上帝不在这儿！"铁库特说："你这头猪，上帝无处不在！"马蒂亚斯说："可是不在这底下。"说完大家哄然大笑。随后他们听到一阵爆炸声，一股凶猛的灼热气浪把他们都抛在地上。提尔落到果夫身上，马蒂亚斯落在铁库特身上，紧接着，他们眼前一片漆黑。有一阵，没有人动一下，每个人都屏住呼吸，都在想自己是否死了，慢慢地大家才清楚了——因为这样的事情很难让人马上明白——原来掩体塌了。他们知道，一点声音都不能出。因为瑞典人很可能会冲过来，刀光闪闪地站在他们头上。所以哪怕是最轻微的动作都不能有，不能呼吸，不能擤鼻子，不能喘息，不能咳嗽。

　　一片漆黑。可上面是另外一种黑。天黑的时候，总能看到什么。你不知道看到的究竟是什么，但不会什么都看不见。你转动头部，会发现黑暗不是任何地方都一样，一旦习惯了黑暗，便会有轮廓出现。可这里不这样。黑暗依旧。时间一点一点地过去，直到他们再不能屏住呼吸，只好又小心翼翼地吸气呼气，黑暗仍然笼罩，好像上帝将世上所有的光都灭掉了。

瑞典人到底没有冲过来，没有人举刀站到上方，这时果夫说："现在得报到！"

马蒂亚斯说："你啥时候成头儿了，你这傻牲口？"

果夫说："你这混蛋，少尉昨天嗝屁了，现在轮到我当头了。"

马蒂亚斯回应道："是啊，也许在上面是这样，不过不是在这儿。"

果夫说："你要是不报到，我就宰了你。我得知道，谁还活着。"

提尔说："我觉得我还活着。"

事实上他自己也不肯定。如果你平躺着，四周一片漆黑，你无从辨别这一点。现在他听到了自己的声音，那他就能肯定了。

"快给我滚下来，"果夫说，"你趴我身上了，你这骷髅！"

他说的是那么个理儿，提尔想，在果夫身上趴着的确不合适。他滚到一边。

"马蒂亚斯，你现在也得报到。"果夫又说。

"那我就报到吧。"

"库特？"

他们在等，这个人被他们称为铁库特，是因为他的一只手是铁的，也许是左手，也许是右手，没人记得清楚。现在四下黑乎乎的，什么都看不见，他们没听到报到声。

"库特？"

依然一片寂静，现在连爆炸声都听不到了。刚刚他们还听到了上方传来远远的轰隆声，还能感觉到石头的震动；那是托尔斯滕森①的

---

① 托尔斯滕森（Torstensson，1603—1651），瑞典陆军元帅。

瑞典军人在轰炸他们的堡垒。现在能听到的只有呼吸声，有提尔的，有果夫的，马蒂亚斯的，但没有铁库特的。

"铁库特，"果夫喊道，"你是不是嗝屁了？"

铁库特还是一声不吭，这不是他的风格，平常让他闭嘴很难的。提尔听到马蒂亚斯在四下摸索。他一定在找库特的脖子，一定在看能否摸到脉动，然后又去摸手，先摸到了铁手，然后摸到了真手。提尔忍不住咳嗽起来。尘土浓重，难以喘气，空气就像厚厚的黄油。

"他死了。"马蒂亚斯终于说。

"肯定吗？"果夫问。从声音能听出，果夫颇为恼火。从昨天开始轮到他当头了，因为少尉死了，可现在下属只剩下了两个。

"他没气了，"马蒂亚斯说，"心也不跳了，又不出声，这儿，你来摸摸，半个脑袋都没了。"

"恶心。"果夫说。

"没错。"马蒂亚斯说，"就是恶心。不过，我本来也不喜欢他。昨天他把我的刀拿走了，我跟他说，把刀还我，他说什么，很愿意，不过只能插在你的肋骨之间。他活该。"

"没错，他活该。"果夫说，"让上帝宽恕他的魂灵吧。"

"出不去的，"提尔说，"他的魂怎么可能出得去？"

有那么一阵，大家都闷闷地不出一声，因为每个人都在想，库特的魂很可能还在这儿，冷冷的，滑滑的，很可能还气咻咻的。接着他们听到刨土声，和嘶嘶啦啦的声响。

"你在那儿干什么呢？"果夫问道。

"找我的刀，"马蒂亚斯说，"不能让刀留在这猪这儿。"

提尔又咳嗽起来。然后他问："到底是怎么回事？我刚来不久，这里怎么这么黑？"

"因为阳光照不过来，"果夫说，"我们在地下，与阳光之间隔了太多土。"

提尔想，这实在不算聪明的提问，活该被他讥笑。为了提个更好的问题，他问："我们是不是活不了了？"

"是的，是的，"果夫说，"我们和其他人都活不了了。"

提尔想，他说得对，可是，谁知道呢，比如我，到现在还没死过。因为黑暗很容易令人迷惑，他试图回忆，自己是怎样落到这坑道下面来的。

首先因为他到了布尔诺。其实他本该去其他地方，但人总是事后聪明。他来布尔诺，是因为人人都说，这个城市既富有又安全。可是万万没料到，托尔斯滕森带着一半瑞典军队来了①。一直传闻他要打维也纳，端皇帝的老窝，不过你总是想不出，这些大人物脑子里都在想什么。

后来出现了这个城市的警备司令官，这人眉毛浓密，蓄着山羊胡子，脸上油光发亮，张开的每个小手指上都写着傲慢。他在集市广场上观看了提尔的表演，看样子看得挺吃力，因为他的眼皮如此高贵地低着，因为像他这样的人物，当然觉得自己有资格看到更好的，而不是这样一个穿着棕绿紧身上衣的杂耍艺人的表演。

"你就不能演点更好的？"他嘟囔道。

通常情况下提尔是不会生气的，但他要是生气了，他会比谁都

---

① 1645 年瑞典军队围攻布尔诺——现为捷克第二大城市。

更能羞辱人，他会说出让人永远忘不掉的话。后来是怎么回事？黑暗确实会让人的记忆变得混乱一团。对了，倒霉的是，他们正在征募男人来守卫布尔诺的堡垒。

"哎，等等！你来帮忙，去那些当兵的那儿！你可以选择去哪儿。小心，别让他跑了！"

然后司令官自己笑了，好像说了一个很棒的笑话，不过也得承认，不能说这是很糟的笑话，因为围城的目的就在于此，谁也别想跑掉；要是能跑掉的话，那就不叫围城。

"我们现在得做什么？"提尔听到马蒂亚斯在问。

"找尖镐，"果夫答道，"那个尖镐肯定在这儿什么地方。我就告诉你，没有尖镐我们什么也不用折腾了。要是找不到它，我们就算完了。"

"库特用过尖镐。"提尔说，"可能在库特身子下面。"

他听见两个人在黑暗里这儿摸摸、杵杵，那儿推推、刨刨，嘴里还不停地诅咒。他坐着不动，不想妨碍他们，尤其不想让他们记起，不是库特用过尖镐，而是他。这点他也不很肯定，因为这种情况下人会越来越迷糊，久远的事记得还很清楚，可是越接近爆炸时发生的事，在脑子里消失得越干净。不过他先前手里拿过尖镐，还是比较能肯定的，只是尖镐很沉，每每会落到他的两腿之间，现在它肯定在坑道里的某个地方。他没有把这些说出来，最好还是让他俩以为镐头在铁库特那儿，铁库特反正已经不在人世，他们俩怎么气恼都同他无关了。

"骷髅，你能不能也帮忙找找？"马蒂亚斯问。

"我找，我找。"提尔嘴里说着，身子还是一动不动，"我正找着呢！这儿找找，那儿刨刨，跟只鼹鼠似的，神经病似的，你没听见？"

他是说谎能手，他们也就相信了。他不愿意动弹，因为空气不流动，没有气流出去，也没有气流进来，令人有窒息感，这会让人很快晕倒，让人可能再也醒不过来。在这样的空气中，最好不要动，应当尽可能少地呼吸，在不得已的情况下才呼吸。

他要是没要求当坑道兵就好了。这实在是个大错。他本来想，坑道兵在坑道里，子弹在上面飞。他本来以为掩体可以保护坑道兵。敌人的坑道兵要炸毁我们的城墙，我们的坑道兵要炸毁敌人在我们城墙下挖出的那些坑道。他以为，上面厮杀正酣时，他们挖他们的坑道就是了。他以为，如果一个坑道兵足够小心，就可以利用机会给自己挖一条地下通道，只要不懈努力，就能挖到外面某个安全的地方，就能马上逃之夭夭。他就是这样想的。正因为提尔这样想，当那个军官揪住他衣领时，他说，想当坑道兵。

军官说："什么？"

"司令官说我可以选择兵种！"

于是军官说："是的，可是，真的？要当坑道兵？"

"是的，您没听错。"

是的，这是个愚蠢的决定。坑道兵差不多都会死掉，可是到了地下他们才对他说了这个。五个里面会死四个。十个里面死八个。二十个里面死十六个，五十个里面死四十七个，一百个里面死一百个。

好在奥利金跑掉了。因为他们发生了争执，就在上个月，在前往布尔诺的路上。

"森林里有狼，"毛驴说，"狼要是饿了，不会放过我。"

"别害怕，狼还远着呢。"

"我能闻到它们，它们非常近。你能爬到树上，可我得在这儿站着，它们要是来了，我怎么办？"

"我让你怎么做就怎么做！"

"如果你胡说八道呢？"

"那也得按我说的做。因为我是人。我真不该教你说话。"

"也不该有人教你说话，你几乎说不出有意义的话，你要球也没个准儿了。过不了多久，你就得从绳上掉下来。你压根没有资格命令我！"

树上的提尔很生气，下面的毛驴也很生气。提尔经常在树上睡觉，这对他已不是什么难事：只需找一根粗大的树枝，用一根绳子把自己捆结实，还需要有良好的平衡感，此外像生活中的所有其他本领，还需要练习。

半夜里他听到毛驴骂骂咧咧。在月亮升起之前，它一直在哼哼，在嘟囔，提尔感到很歉疚，可天已经很晚了，夜里反正不能继续上路，你又能怎样。所以提尔睡觉了。醒来时，毛驴不见了。原因不在狼那儿，如果狼来了，他会察觉到的；显然毛驴自己做出了决定，它可以独自行动，不再需要腹语师了。

关于要球的事，奥利金说得不错。在布尔诺大教堂前，提尔一手没接住，球落到了地上。他做出一副好像是故意的样子，还做出一个怪脸，逗得大家都笑了。不过这种事没什么好笑的，它可能还会出现，万一下一次踩绳时出现失误，可怎么办？

好在他现在不用担心这个了。看起来，这里的人出不去了。

"看起来，我们出不去了。"马蒂亚斯说。

这是提尔说的，是他的想法，这些想法在黑暗中迷了路，跑到马蒂亚斯的脑袋里去了，不过也可能是相反的情况，谁知道呢。现在还可以看到一些小光亮，像萤火虫一样忽闪忽闪的，但提尔知道，它们并非真正存在，因为尽管他看到了光亮，可他的眼前还像先前一样漆黑一片。

马蒂亚斯叹息着，然后提尔听到一声响，好像有人用拳头砸到了墙上。接着马蒂亚斯念了一个提尔没听过的咒语。我得记住它，他想，不过还是马上忘了，他问自己，这咒语是不是他编的，可是，他都编过什么？他忽然也不知道了。

"我们出不去了。"马蒂亚斯又说。

"闭上你的臭嘴，"果夫说，"等我们发现了镐子，就能把土刨开，上帝会帮助我们的。"

"上帝为什么要帮我们？"马蒂亚斯问道。

"他也没有帮少尉。"提尔说。

"我要是把你们的脑袋砸烂了，"果夫说，"你们肯定就出不去了。"

"你怎么当上坑道兵了？"马蒂亚斯问，"你不是提尔·乌伦吗！"

"他们强迫我的。你觉得我是自愿的？那你是怎么到这儿来的？"

"我也是被迫的。我偷了面包，进了监狱，被迫当了兵。就这么快。可是你呢？出什么事了？你可是大名人！他们为什么强迫你这样的人？"

"在这下面没谁是名人。"果夫说。

"那谁强迫你了？"提尔问果夫。

"没人强迫我。谁强迫果夫,果夫就宰了谁。我在克里斯蒂安·冯·不伦瑞克那儿当过鼓手,然后先在法国人那儿、后在瑞典人那儿当火枪手,因为瑞典人不付军饷,我又回法国人那儿当了炮兵。然后我的炮兵连被炮火击中,那阵势你可没见过,让光亮亮的炮弹砸上,粉末溅得老高,一片火海,就像世界末日到了。不过果夫纵身一跃,跳入灌木丛中,活下来了。后来我去了皇帝那边,但他们不需要炮兵,我也不想再当长矛兵了,所以来了布尔诺,因为我身上没钱了,别的兵种都没有坑道兵的军饷高,所以就来挖坑道。我来了有三个星期了。大多数人都活不过这么长时间。我刚离开瑞典人那儿没多少日子,现在又该杀瑞典人了,能跟果夫埋在一起,算你们这两个烂麻袋交好运了,因为果夫不会这么快就完蛋的。"他还想接着说下去,可喘不上气来了,咳嗽一阵后,安静了一会儿,又说,"你,骷髅,有钱吗?"

"我什么都没了。"提尔说。

"你不是很出名吗,这么出名,能没有钱?"

"要是人傻,就不会有钱。"

"那你傻吗?"

"兄弟,我要是聪明,能在这儿吗?"

果夫一定笑了起来。因为提尔知道反正不会有人看见,他就在外衣上摸索起来,几个金块在领子里,银块在纽扣里,两枚珍珠紧紧地缝在下摆的衣褶里,一样不少,都还在。"真的,我要是还有什么,肯定会给你的。"他说。

"原来你也穷掉渣了。"果夫说。

"直到永远,阿门。"

三人一起笑起来。

提尔和果夫止住了笑。马蒂亚斯还在笑。

他们等着，可他还笑。

"这家伙没完了。"果夫说。

"疯了。"提尔说。

他们继续等，可马蒂亚斯还笑。

"马格德堡那仗我参加了，"果夫说，"那是在我去瑞典那边之前，那时我还在皇帝那边，我参加了围攻。城市沦陷时，能抢的我们都抢了，剩下的全烧了，全杀了。你们想怎么干就怎么干，将军就这么说的。你知道吗，让你为所欲为，一下子还真做不出来，你真难相信可以这样。可以想怎么下手就怎么下手，这也能行。"

突然，提尔觉得他们三人又到了外面，又坐在了草地上，他们头顶上是蔚蓝的天空，太阳如此明亮，他们不得不眯起眼睛。眨眼睛时，又明白过来，这不是真的，可接着他刚才还明白的又迷糊了，这真的不是真的吗？他不得不又咳嗽起来，因为空气太糟。草地也没了踪影。

"我觉得，库特刚刚说了什么。"马蒂亚斯说。

"他什么也没说。"果夫说。

他是对的，提尔想，他也什么都没听见。这是马蒂亚斯幻想出来的。库特什么也没说。

"我也听到了，"提尔说，"库特说了什么。"

他们马上听到马蒂亚斯摇着死去的铁库特喊道："嘿，你还有气吗？人还在吗？"

提尔想起昨天，或者是前天，少尉在那场袭击中被杀。那天坑道墙体上突然出现了洞口，突然刀光闪亮，喊叫声、叮咣声响成了一片。他深深趴倒在污泥里，有人踩到了他后背上。当他再次抬起头时，战斗已经结束：一个瑞典人把刀子刺进了少尉眼睛，果夫把那个瑞典佬的喉咙割断了；马蒂亚斯朝第二个瑞典佬肚子上开了几枪，那家伙叫得跟头猪似的，因为肚子受伤最疼；第三个瑞典佬挥起军刀，把他们中一个的脑袋砍了下来，那血马上喷溅出来，像是红色的水，那人的名字提尔还没搞清楚呢，因为他是新来的，现在也无所谓了，根本不用知道这名字了。不过这个瑞典佬没高兴多久，就让果夫毙了。果夫的枪里已经装好了子弹，他照着那个瑞典佬的脑袋，砰砰，就了结了。

这种事了结得总是很快。当年在森林里也是一下就过去了。提尔现在只能又想起那件事，他只能想起它，因为这里太黑。在黑暗里一切都乱七八糟，已经忘掉的事情会突然记起来。当年在森林里他就在冥王近前，他感觉到了他的手，所以他很清楚那手是怎样的，所以他现在认出它来了。他从未说过这事，也再没想过这事。这是做得到的：只要不去想它，它就会像从未发生过一样。

可是现在，在黑暗中，一切又都出现在脑子里。闭上眼睛跟睁大眼睛一样，都无济于事，它们还是挥之不去。为丢开这些回忆，他说："咱们唱歌吧，也许外面的人能听到我们。"

"我不唱。"果夫说。

接着果夫开始唱："有个割草人，名字叫冥王。"[①] 马蒂亚斯也

---

① 《割草人之歌》这首德意志民歌最早于 1638 年印出。割草人是个骷髅人，是冥王，割到谁谁就会死掉。

跟着唱起来，等提尔一加入，那两位马上停下，只听他唱。提尔的嗓音洪亮，吐字清晰，又有力量："……雄健无人比，天神赐力量。今天把刀磨，割草更利落。他快割草来，我们定遭殃。"

"一起唱啊！"提尔说。

他们唱起来，但马蒂亚斯马上停下来，专心地听。"……美丽花儿，你要当心。今天清新油绿，明日刀下亡魂。"现在可以听到，库特也在唱。他声音不大，甚至嘶哑，音调也不准，只是不能要求过高；如果一个人死了，唱歌对他来说也会很困难。"尊贵水仙花，草地遍芳华，美丽风信子，土耳其之花①。美丽花儿，要当心啊。"

"我的天哪。"果夫说。

"我跟你说过，他很有名。"马蒂亚斯说，"很荣幸啊。这么一个受人敬重的人，跟我们一起嗝屁朝梁。"

"我是有点儿名气，"提尔说，"可这辈子没受过敬重。你们以为，有人会听到我们唱歌吗？你们觉得，会有人来吗？"

他们一起听。听到了爆炸声。轰隆隆，大地在震颤。随即是静寂。又是一阵轰隆隆，大地震颤。随即又是静寂。

"这个托尔斯滕森要把咱们一半城墙都炸掉。"马蒂亚斯说。

"他做不到，"果夫说，"咱们的坑道兵比他的强。咱们的坑道兵能找到瑞典人的坑道，往里面放烟。你没见过大个卡尔②冒火的样子。"

"大个卡尔总发脾气，还总是醉醺醺的。"马蒂亚斯说，"我能

---

① 土耳其是风信子的产地。
② 卡尔十世（Karl X Gustav, 1622—1660），瑞典国王古斯塔夫·阿道夫的侄子，三十年战争后期瑞典军队重要将领，后继位为国王。

一手把他撂倒，掐死他。"

"你脑袋进水了！"

"要我做给你看吗？你以为你打了马格德堡有多了不起，当我不知道那时你在哪儿！"

果夫沉默片刻，然后轻声道："你，我宰了你。"

"真的？"

"我宰了你。"

然后他们安静了一会儿，可以听到上面的爆炸声，可以听到石头的哗哗滑动。马蒂亚斯不吭声了，他知道果夫是认真的；果夫也不吭声，因为他有种强烈的渴望，那种渴望提尔知道得很清楚，因为在黑暗里思想不会停留在一个人的脑袋里，如果你有什么想法，不管你愿意还是不愿意，别人也会想到。此时果夫强烈渴望着空气、光以及想去哪儿就去哪儿的自由。接着，他想起了什么别的，说："嘿，还记得胖汉娜吗！"

"记得，记得。"马蒂亚斯说。

"那两条腿真叫肥，"果夫说，"还有那屁股。"

"天啊，"马蒂亚斯说，"对，还有那屁股，那肥屁股。"

"你也跟她有一腿？"

"没有，"马蒂亚斯说，"我不认识她。"

"还有那奶子，"果夫说，"在图宾根我认识一个，也有这奶子。可惜你没见到。你想要她做什么，她都做，就好像世间没有上帝似的。"

"你是不是有过很多女人，提尔？"马蒂亚斯问，"你那时有钱，付得起，能让自己乐乐。说说看。"

提尔正要回答，但突然间在他身边的不再是马蒂亚斯，而变成了坐在板凳上的那个耶稣会士，他的面目就像当年那样清清楚楚，他说：你得说实话，你得告诉我们磨坊主是怎么召唤魔鬼的，你得说你当时很害怕。你为什么得说？因为这是事实。因为我们知道这个。如果你说谎，那你看看狄曼师傅，看看他手里有什么，你要是说谎他就会用上它，所以还是说吧。你妈妈已经说了。开始她也不想说，尝了尝那个滋味，就说了。所有人都是这样，一尝到那个滋味，就说了。我们知道你会说什么，因为我们知道什么是事实，但是我们要听你说。然后他弯下腰，小声地，近乎友好地说：你父亲没救了。你救不了他。但他肯定希望，你可以救自己。

不过提尔知道，耶稣会士不在这里，只有两个坑道兵在这里，皮尔敏则在森林小路上，他们刚刚抛下了他。别走，皮尔敏喊道，我会找到你们的，我整死你们！这是一个错误，他们知道不该帮他，男孩跑回来，是要拿装彩球的袋子。皮尔敏在那儿好像正遭火烤般没命号叫，像马车夫一样厉声咒骂，不光因为那些球是他最值钱的家什，还因为他知道如果男孩把球拿走，对他意味着什么：我诅咒你们，我会找到你们的，我死不了，我一定能找到你们！他躺在那儿缩成一团的样子，谁看了都会害怕，男孩扭头跑开，离着很远还能听到他的声音，尼尔在他旁边。他们跑，跑，还能听到他的声音。她喘着气说，他自找的，可男孩感觉到皮尔敏的咒语会生效，在那个晴朗的晌午他们会遭到什么不幸。国王，帮帮忙吧，救救我，让时光倒流吧，让森林里的事都没发生吧。

"哎，讲讲，"有人说，提尔知道这声音，他想起来，是马蒂亚斯的，"说说屁股，奶子啥的。反正咱们都得死，咱们想听听奶子的事。"

"咱们不会死。"果夫说。

"讲，讲讲吧。"马蒂亚斯说。

讲讲，冬王也这么说，讲讲森林里的事，发生什么了，在森林里，你好好想想。

只是男孩没有说。对他对其他人都没有说，对他自己更没有说，如果你不去想它，就像是把它忘记了，如果把它忘记了，那么它就没发生过。

讲讲，冬王说。

"你这侏儒，"提尔说，因为他渐渐恼火了，"你是个没有国土的国王，你什么都不是，再说你已经死了。滚开，别烦我。"

"你滚开，"马蒂亚斯说，"我没死，是库特死了。快讲！"

男孩还是讲不出来，他已经忘了。他忘了森林里的那条路，忘了尼尔和他怎样在路上奔跑，忘了树叶里传来"别走"的声音，不过也不是真的这样，树叶没这么低声细语，不然尼尔和他会听劝的。突然面前站着三个人，他想不起他们了，不知道他们的模样了，他们是怎样站在他们面前的，他全忘了。

是掉队匪兵。蓬头垢面，恶声恶气，也不知他们哪儿来的火气。其中一个说，什么什么，还有小孩！

幸运的是，尼尔还记得男孩对她说过的话：只要咱们跑得快，就没事。如果你比别人跑得快，就不会出什么事。所以她转身就跑。过后男孩也不记得自己为什么没跑。他怎么能知道，他什么都忘了啊。不过事情就是这样，只要一个疏忽就能铸成大错了——因为没有马上醒过味来，因为他多愣了一秒钟，一只手已经落到了他肩上。那人向他弯下腰。他身上有白兰地味，蘑菇味。男孩想跑，可已经晚了，那只手还在他肩上。旁边还站着第二个。第三个跟着尼尔跑了，不过他很快转了回来，气喘吁吁的，他当然没抓到她。

男孩想逗那三个人笑一笑。这是他从皮尔敏那儿学的，皮尔敏躺在离这儿一小时路程的地方，也许他还活着，要是他来领路也许更安全，因为跟他在一起这么长时间，他们一次都没遇见过狼，没遇见什么恶人。他想逗他们笑，可是不起作用，他们不想笑，他们怒气冲冲，他们痛苦不已，有一个还受伤了，他问：有没有钱？是的，他还真有一点钱。他对他们说，他可以为他们跳舞，倒立行走，还可以要球。这下他们差点变得好奇起来，但他们马上醒悟过来，这样的话就得放开他，于是，手在他肩上的那位说：我们没那么傻。

男孩意识到，除了忘掉正在发生的事情，他什么也做不了；在事情还没结束时他就忘了：忘了他们的手，忘了那些脸，忘了一切。他的脑子不在此时此地，而在尼尔那儿，她跑啊，跑，最后终于停下，靠在一棵树上，直到又能喘上气来。然后她偷偷溜回，屏着呼吸，避免让树枝在脚下发出声响，然后钻进灌木丛。她感到那三人走来，他们没发现她，从她身边哗哗地走了过去；不过她还是等了一会儿，才敢钻出来，走上了那条她刚才同那个男孩走过的路。她找到了他，在他跟前跪下，两人都意识到，他们必须忘掉这事，男孩的血也会止住，因为像他这样的人死不了。他说，我是由气做的。我什么事都不会有。用不着抱怨。一切都还走运。原本有可能更糟的。

比如困在这坑道里，可能就是更糟的局面，因为在这里即便遗忘也无济于事。即便你忘了困住你的坑道，你也还是困在坑道下。

"如果我能从这里逃出，"提尔说，"我就去修道院。我是当真的。"

"去梅尔克修道院?"马蒂亚斯问，"我去过那儿。很壮观。"

"不，去安德希斯修道院。那里有坚固的堡垒。要找安全的地方，就得去安德希斯修道院。"

"带我去吗?"

很愿意，提尔想。如果你带我们出去，那么咱们就一起去。可他嘴上说："他们肯定不让你这无赖进去。"

显而易见，因为黑暗，他的意识有些颠三倒四。他想，不过是开个玩笑，他们当然会让你进去。他又说："我很会撒谎!"

提尔站了起来。他最好闭上嘴。后背很疼，左腿不能站立。两只脚一定要保护好，人只有两只脚，如果其中的一只受了伤，就不能再踩到绳子上了。

"以前我们养了两头奶牛，"果夫说，"老牛出奶很多。"他肯定也陷入了某个回忆。提尔可以看到眼前的景象：一座农房，一片草地，轻烟袅袅冒出烟囱，一位父亲，一位母亲，都很穷，到处凌乱肮脏，这就是果夫的童年。

提尔沿着墙壁摸索着。这里有个木框子，是先前他们装上去的，框子上方掉了一角，或者是下方? 他听到果夫在轻声抽泣。

"母牛没了，"果夫哀声道，"没了，没了! 那么好的牛奶全没了。"

提尔忽然碰到坑道顶部的石块，那儿有些松了，小石子哗哗落下。

“别出声。”马蒂亚斯喊道。

“不是我，”提尔说，“我发誓。”

“马格德堡战役前，我兄弟就死了，”果夫说，“头上挨了一枪。”

“我老婆死了，”马蒂亚斯说，“那是在不伦瑞克，她在后勤，染上了瘟疫，两个孩子也染上了。”

“她叫什么名字？”

“约翰娜。”马蒂亚斯说，“孩子的名字，我已经记不得了。”

“我失去了妹妹。”提尔说。

果夫跌跌撞撞地走着，提尔听到他在靠近，马上让开了。最好不要碰他，果夫这样的人受不了这个，他会马上动手打人。又听到了爆炸声，又是小石子哗哗落下，坑道顶坚持不了多久了。

你会发现死并没什么了不得，你会习惯的，皮尔敏说。

“不过我不会死。”提尔说。

“好啊，”果夫说，“这就对了，骷髅！”

提尔踩到一个软东西，那一定是库特，然后他撞到一堵杂石堆成的障碍，坑道就是在这儿塌下的。他想用手挖，现在不用节省空气了，现在无所谓了。可他马上又咳嗽起来，那些土石一动不动。果夫是对的，没有镐头根本不行。

别害怕，你不会有什么知觉，皮尔敏说。你的思维已经迷失了一半，另一半也会马上置你于不顾，然后你会晕厥，再醒来时，你已经死了。

我会想起你的，奥利金说。我还想干点什么，下一步我要学写字，如果你愿意，我要写一本关于你的书，给孩子，给老人。你觉得怎么样？

你一点不想知道我过得怎样吗？阿内塔问。你和我，我和你，到现在骨肉分离多长时间了？儿子，你甚至不知道，我是否还活着。

"我一点不想知道。"提尔说。

你像我一样背叛了他。你用不着对我发脾气。你像我一样称他为魔鬼仆人。像我一样称他为妖怪。我说了什么，你也全都说了。

这次她又对了，克劳斯说。

"也许，咱们能找到镐头，"马蒂亚斯喘息着说，"也许用镐头能把这里撬开。"

生与死，你将它们的区别看得太重了，克劳斯说。两者之间存在许多小屋子。有那么多落满灰尘的角落，在这里，你已经不是自己了，可还不是别的谁。有那么多的梦境，你再也醒不过来。我看到过一锅血在灼烧着的火苗上沸腾，许多阴影在四下舞蹈。如果那黑大个①将手指向其中一个阴影——几千年他才会这样做一次——吼叫声随之不绝，黑大个会把头浸入血中，将血啜饮，你知道吗，这里还远不算地狱，连地狱入口都算不上。我见过魂灵像火把一样燃烧的地方，只是比火把更热、更亮而且永不熄灭，魂灵会不停地喊叫，因为它们的痛苦无休无止，而那儿还不算地狱。你觉得，你猜到了，我的儿，可是你什么都没猜到。你以为困在坑道里，跟死差不多了，你以为战争差不多就是地狱了，可事实是，一切，一切都比地狱好，在这下面比地狱好，在外面浸血的掩体里也比地狱

---

① 黑大个指魔鬼撒旦，这里是中世纪出现的对瓦普吉斯之夜妖怪聚会场景的想象。

好，在酷刑椅上也比地狱好。所以，不要放弃，要活下去。

提尔忍不住笑出声。

"你笑什么？"果夫问。

"你还是教我一个口诀吧，"提尔说，"你不是个好神法师，不过也许你学过口诀。"

你在跟谁说话？皮尔敏问。这儿除了我没别的神法师。

又传来一声爆炸，接着是碎裂声和轰隆隆的响声。马蒂亚斯一声大叫。坑道顶一定又塌下来一块。

祈祷吧，铁库特说。先砸了我，现在该砸马蒂亚斯了。

提尔蹲下来。他听到果夫在喊，但马蒂亚斯不再应答了。他脸上、脖子上、肩膀上好像有什么在爬，感觉像是蜘蛛，可这里没有动物，那么一定是血。他摸索着，摸到额头上有一道伤口，从头顶一直伤到鼻根。伤口摸上去很软，而且血流得越来越多。可他没什么感觉。

"上帝，宽恕我，"果夫说，"我主耶稣基督，宽恕我。圣灵宽恕我。为了靴子我杀过一个战友。我那靴子破得厉害，全是洞。他睡得很死，那个营地在慕尼黑附近，我能怎么办，我需要靴子！所以我动了手。我掐死了他，他还睁开了眼睛，可他叫不出声了。我只想要靴子。他有一个挂坠，可以抵挡子弹，我也拿上了，因为这个挂坠，我一次都没挨子弹。但他还是给掐死了，挂坠挡不住这个。"

"我像神父吗？"提尔问，"你跟你祖母忏悔去，别在这儿烦我。"

"亲爱的我主耶稣，"果夫接着说，"在不伦瑞克，我从木桩子上救下过一个女人，一个妖精，我是早上把她救下来的，本来中午她就该被烧死的。她还很年轻。我走了过去，没有人看见，因为天还黑着，我搞掉了镣铐，说：'快点，跟我跑！'她跟我跑了，她非常感激，然后我就干了她，想来就来，我老是想来，然后我割了她的喉咙，把她埋了。"

"我宽恕你。今天你就跟我进天堂吧。"

又是一声炸响。

"你笑什么？"果夫问。

"因为你上不了天堂，今天上不了，以后也上不了。像你这样的混蛋，连魔鬼撒旦都不想碰。我笑，还因为我死不了。"

"你也得死，"果夫说，"我不愿意相信，但咱们再也出不去了。果夫算完了。"

又是一声巨响，一切都在震动。提尔双手抱着头，好像这样能有点用处。

"你果夫可能算是完了。不过我不会完。我今天死不了。"

他跳了一下，好像又站到了绳子上。腿很疼，但他还是稳稳地站着。一块石头落到他肩膀上，又有很多血流过他的脸。又是一声裂响，石头纷纷落下。"我明天也不会死，哪天都不会死。我不想死！我不干了，你听到没有？"

果夫没有回答，不过也许他还听得到。

于是提尔喊道："我不干了，我现在就走，我不喜欢这儿了。"

又是一声巨响，一阵震动，又有一块石头落下，擦过他肩膀。

"我现在就走。我一向这么做。如果太危急，我就走人。我不会死在这儿。我不会死在今天。我不会死！"

第八章

威斯特法伦

I

———

　　她走起路来还像从前那样腰杆笔直。尽管后背始终疼痛，她也竭力不让人察觉。那不得不拄在手里的手杖，倒像一件时尚装饰物。现在，她还很像自己当年的肖像画。是的，她依旧足够美丽。就像现在，当她将毛皮大衣的帽兜推到后面，用沉稳的目光环顾前厅时，还会令与她不期而遇的人心慌意乱。见到这个预先约定好的姿势，她身后的女侍立即宣告，尊贵的波希米亚王后陛下，希望面晤皇帝的谈判大使。

　　她看到，仆人们你瞅瞅我，我瞅瞅你。显然，她的来到令所有人措手不及，连探子也未能得到准确情报。离开荷兰海牙附近的住所后，一路上她用的是假名。通行证是由荷兰共和国国会签发的，证件上写的是康沃尔夫人。在侍女的陪同下，她们的马车一直东行，经过了本特海姆、奥尔登扎尔和伊本比伦。她们驶过休耕的田野，驶过烧毁的村庄和荒落的森林，所到之处都是一模一样的战后残败景象。没有旅馆，她们只能在马车里的长凳上躺下过夜，这本来很危险，不过野狼也好，掉队匪兵也好，对老王后的小马车都没表现出兴趣。就这样，她们一路顺利，踏上了从明斯特去往奥斯纳布吕克的大道①。

这里完全是另一幅景象。草地葱绿丰茂，房子都有完整的房顶。小溪里转着磨坊的水车。路边上立有卫兵岗棚，岗棚前面有营养良好的男人在执戟站岗。这里是中立区。这里没有战事。

奥斯纳布吕克城墙外有个卫兵来到马车窗子前，问她有何贵干。冯·夸特小姐，就是那个侍女，二话没说，将通行证递了过去，卫兵没多大兴趣地朝上面看了看，挥挥手把她们放行了。她们碰到的第一个居民，正走在路边，他穿着整齐，胡子修剪得体，他告诉了她们前往帝国大使官邸的路。抵达那里后，为确保她们的着装不被污损，车夫把她和侍女从车厢里一一抱出，走过脏污的土地后，在大门前放下。两个持戟卫兵为她们将门打开。按照此时在整个欧洲都适用的礼仪，即使是来访的国王也是各地房产的主人，因而她俨然是这座房子的主人，自信地步入前厅，由侍女发出面晤大使的要求。

男仆们交头接耳，交换着眼色。丽兹知道，她必须利用自己的突然现身，不能让这些人的脑袋里涌出拒绝她的半点念头。

她很久很久没有作为王后展现于公众面前了。谁若只生活在一座小房子里，来访者又多是找她还钱的商人，便难得有展现王后风采的机会。但她可是处女女王伊丽莎白的侄孙女，苏格兰女王玛丽的孙女，两个王国的统治者詹姆士的女儿。她从小就受过训练，知道一个王后应怎样站立、怎样行走和怎样注目。如同能工巧匠的技

---

① 明斯特与奥斯纳布吕克相距 57 千米，均为德意志西北部城市，前者为天主教区，后者为新教区。1648 年在明斯特和奥斯纳布吕克签署了结束三十年战争的《威斯特伐利亚和约》。

能，学会了它们，便不会忘记。

最重要的是：不能追问，不能犹豫。不能有不耐烦的举止，不能有显露出犹疑的躁动。她那可怜的弗里德里希久已撒手人寰，她不得不看着他的画像来回忆他的容貌。但不论是他还是她的父母，永远都站得笔直，好像风湿、脆弱和忧惧始终与他们无缘。

她在耳语与惊异的包围中直直地站了一会儿，便向那两扇镶金大门迈出了一步，又一步。这是在威斯特法伦省独一无二的大门，一定是从很远很远的地方运来，同样如此的还有墙上的绘画、地板上的地毯、锦缎料的窗帘、丝绸壁纸，以及多臂烛台和两个挂在天花板上、坠着水晶的沉沉的吊灯——尽管是大白天，吊灯上照样点燃了每一根蜡烛。没有哪位公爵、侯爵，甚至爸爸，会将一座小城的宅第变成这样一座宫殿。这种事只有法国国王，还有皇帝做得出来。

她脚不停歇，走向大门。现在她不能犹豫。只要显露出一点点迟疑，就足以让一左一右站在门边的两个卫士醒过味来，将她挡在门外。如果这种情况果真发生，她便无法前行，只能坐到一张软座椅上，会有人来告诉她，可惜大使没有时间，但两小时后，她或许可以见到他的秘书。她会抗议，但那仆人会冷冷地对她说，他很抱歉。如果她更大声地抗议，那仆人还会无动于衷地对她重复说抱歉。如果她再大声抗议，便会有更多的仆人前来，那么她便马上不再是王后了，不过是一位在前厅里悲诉的老妇人了。

因此，她必须成功。没有第二次尝试的机会。要大步流星走过去，就好像那里没有那道门，脚步不能放慢。必须这样走，万一没人开门，就会全力撞到门上，这样在她身后两步远的夸特小姐，会扑到她背上，那会是一个难以忍受的尴尬局面——正因如此，他们可能会把门打开，这就是全部策略所在。

这招果然奏效了。两个门卫一脸惊慌，忙不迭地握住门把，分别把两扇门拉开。丽兹迈入接待室，然后转过身，向夸特给出一个不必跟随的示意。此举非同寻常。王后通常都带随从。但当前也非寻常状态。夸特刚刚惊讶地站住脚，两个门卫便在她面前关上了门。

这间屋子看起来非常大，也许是因为那一组镜子的作用，这可能是某个维也纳宫廷术士搞的名堂。房间如此之大，以至于令人难以想象，它怎么能装进这座房子里。它就像一座宫殿里一个四下延伸的大厅，丽兹与远处的写字台之间铺着漫无边际的地毯。远处拉开的锦缎帘子让人能望到一排房间，能看到更多的地毯、更多的金色烛台、更多的吊灯和画作。

这时桌子后面一个个头不高、蓄着灰胡子的先生站起身来，他相貌寻常，丝毫不引人注目，以至于丽兹过了一会儿才注意到他。他脱下帽子，礼貌地鞠了一躬。

"欢迎，"他说，"夫人，但愿一路上不是太辛苦？"

"我是伊丽莎白，是……"

"请原谅打断，殿下，这样做只有为了省去殿下的麻烦。情况我都了解了。"

又花了些时间她才明白他都说了什么。她吸了一口气，想问他，他怎么知道的她是谁，不过他又抢先了一步。

"夫人，了解有关事态发展，这是我的工作，我的职责。"

她皱起眉头。她感到很热，部分原因在于厚厚的毛皮大衣，还有部分原因，在于她不习惯被打断。站在对面的他，弓着腰，一只手放在桌子上，另一只手放在背上，好像眼下正受着腰痛困扰。她赶快朝写字台前的一把椅子走去。可这间屋子大得如在梦境，桌子离得很远，以至于会用些时间，才能走到椅子跟前。

他对她称殿下意味着，他将她当作英格兰王室成员对待，但并未把她当作波希米亚王后，否则他只能称她为陛下；他甚至没把她当作选帝侯夫人，因为那样的话，他应称她为选帝侯殿下，尽管这个称谓在英格兰并不算什么，但在帝国却高于王子公主的地位。现在正因为这个人很了解他的职分，她在受到他请求前坐下便至关重要，因为虽然他可以请公主就座，但他无权这样对一位王后。君主可以不受邀请随意坐下，而其他人必须站着，直到君主允许他们就座。

"殿下是希望……"

由于椅子还远，她打断了他："您就是，就是我料想的那位？"

这让他沉默了片刻。首先，他没想到她的德语这样好。这么多年来她当然没有闲着，她充分利用时间，一直跟一位年轻优雅的德意志人学习德语，她喜欢他，差点有可能爱上他——她经常梦见他，甚至起草了一封给他的信，但这样的事并无可能，她承受不了任何绯闻。其次，他所以不吭声，还因为她让他气恼。帝国大使须被称作阁下，每个人都得这样做，除非国王。这就是说，他希望从她那儿听到的称呼，是她绝对不能给他的。对这个问题只有一个解决方案：像她这样的人，及像他这样的人，应该永远不相见。

他开始说话时，她疾步走到旁边，坐到一个小凳子上；她抢到了他前面。她很享受这个小小的胜利。她把手杖靠到墙上，双手交叉在膝盖上，然后她看到了他的眼光。

她忽地感到全身冰凉。她怎么会犯这种错误？这一定是因为多年来的荒疏。她当然既不能一直站着，也不能让他请她坐下，但是要坐到一把没有靠背的凳子上，这本来是绝不应该发生的。作为王后，即便在皇帝面前，她也有权坐到有靠背、有扶手的椅子上，一把只带扶手的椅子都可被视为轻辱，遑论一个木凳。在这间会客室里，他显然特意在各处放置了凳子，靠背椅却只有他桌子后面的那一把。

该怎么办？她微笑着，决定做出无关紧要的样子。不过现在他占了上风：他只要把前厅的人叫来，她坐在他面前凳子上的消息便会不胫而走，会像把野火烧遍欧洲。即使英格兰的家里人也会忍俊不禁。

"这要看，"他说，"殿下料想的是谁了，但作为殿下卑微的仆人，不敢妄加猜测殿下会做出不正确的料想，因而我要毫不犹豫地给殿下一个'是'的回答。我正是皇帝的大使，约翰·冯·兰贝格①，很愿意为殿下效劳。要不要点提神的？葡萄酒怎么样？"

这又是一次很巧妙的对她王后尊严的伤害，因为对君主是不许问他们需要什么的——君主有房主权，需要什么需由本人要求。这样的事并非无关紧要。使节们用了三年时间，才商议出谁应向谁鞠躬，谁应先向谁脱帽致意。在礼仪上犯错的人，不能获胜。对她来说，忽略他的提议，并不是件容易的事，因为她的确口渴。但她仍

---

① 约翰·冯·兰贝格（Johann von Lamberg, 1608—1680），奥地利贵族，皇家外交官，对《威斯特伐利亚和约》的签署做出了重要贡献。

一动不动地坐在木凳上看着他。她擅长这样做。她学会了静静地坐着，她没少这样静静地坐着，至少在这点上没人能超过她。

兰贝格依然弓腰站着，一只手放在桌上，另一只手放在后背。他这样做显然为了避免决定，他应坐下还是应继续站着：在王后面前，他是不得坐下的；但在一位公主面前，如果她坐着，他这样站着则有违皇帝使节应遵守的礼仪。因为他作为皇帝大使不承认丽兹的王后头衔，他坐下也是顺理成章的——但若这样，也会是一种严重的冒犯行径；出于礼貌，更由于他不知道她前来的意图何在，他以这种方式避免冒犯。

"请恩准我提一个问题。"

他的说话方式，突然和他的奥地利语调一样，令她感到不舒服。

"如殿下深知，这里正在召开使节会议。自谈判开始以来，还没有一位殿下进入明斯特和奥斯纳布吕克。殿下忠诚的仆人越是高兴，能有幸在自己的陋室迎接殿下的仁慈造访，也越惶恐……"他叹了口气，好像要说出下面的话，令他深感愁闷，"……此举并非十分适宜。"

"您是说，我们也应该派出一位使节。"

他又笑了笑。她知道他在想什么，她也知道，他知道她知道这点：你什么都不是，你住在一座小房子里，你厚厚的债单能没过头顶，你派不起使节来参加会议。

"就当我不在这儿吧，"丽兹说，"不过我们还是可以交谈，是不是？您可以当自己在自言自语。您是在思想中谈话，我也在您的思想中回答您。"

此时她感觉到某种未曾意料到的东西。对这次会面，她做过长时间的准备和深思，有过很多担忧，可现在，果真坐到这里了，她的感受却很蹊跷：她竟然乐在其中！这么多年了，她一直住在那座小房子里，远离世界名人与重大事件，可转瞬之间，她仿佛又坐到了一个舞台上，由金光银辉和众多小地毯环绕，与一位狡猾人士交谈着，每句话都事关重大，需要字斟句酌。

"众所周知，普法尔茨是一个永恒的争端，"她说，"同样，普法尔茨选帝侯的尊位，即我已故夫君所享有的尊位，也是个永恒的争端。"

他轻声笑了。

这使她一时乱了方寸。这正是他要做的，所以她不允许有一点迟疑。

"帝国的其他选帝侯，"她说，"不会接受让巴伐利亚的维特尔斯巴赫家族继续持有本属于我夫君的选帝侯尊位，该尊位是由皇帝未按照法律程序剥夺的。如果皇帝可以剥夺我们中的一位的权益，那么他们会说，皇帝也可以对所有人下手。如果我们……"

"请恩准，他们早就接受现实了。殿下夫君和殿下，都一样被剥夺了法律保护，如果是在其他地方，我应尽的职责只能是，将殿下逮捕。"

"正因为如此，我们才来这儿见您，而不去其他什么地方。"

"请恩准……"

"我会的，但在此之前，您先听我说。自称为选帝侯的那位巴伐利亚公爵，非法获得了我夫君的头衔。皇帝是没有权力剥夺选帝侯尊位的。选帝侯可以选皇帝，但皇帝不可以选选帝侯。当然我们理解当时的处境。皇帝欠了巴伐利亚的债，而巴伐利亚又牢牢掌控着天主教诸侯。所以呢，我们有个提议。我是经过加冕的波希米亚王后，而王位……"

"请恩准，三十年前的事了，只维持了一个冬天……"

"……应该传给我儿子。"

"波希米亚的王位不是世袭的。如果是世袭，波希米亚的贵族就不能将王位提供给弗里德里希——殿下的夫君。他接受了王位，这就是说他知道，殿下贵子没有要求继承的资格。"

"是可以这样认为，但只能这样认为吗？英格兰也许不这样认为。如果我儿子要求继承，英格兰会提供支持。"

"现在英格兰正打内战。"

"是的，如果我兄弟被议会废黜，英格兰的王位就会提供给我儿子。"

"这点至少是难以置信的。"

忽然，外面响起长号声：一个刺耳的鸣叫声响起，在空中悬了一阵，然后消失。丽兹疑惑地扬起眉毛。

"这是隆格维尔，一名法国同僚，"兰贝格说，"一到吃饭时间，他就让吹响长号，天天如此。他带来六百名随行人员，其中四名肖像画家不停地为他画画。三名木雕艺术家为他雕塑半身像。至于他拿这些艺术品做什么，属于国家机密。"

"您问过他吗？"

"我们无权相互交谈。"

"这样难道不会影响协商？"

"我们不是作为朋友来到这里，也不会成为朋友。梵蒂冈大使负责我们之间的调解，就像威尼斯大使负责我与新教徒之间的调解一样，因为梵蒂冈大使无权与新教徒交谈。夫人，我现在必须离开这里，这次谈话实在是荣幸之至，令我惶恐不安。只是还有紧急任务在身，不容怠慢。"

"我提议设立第八位选帝侯。"

他抬起头。他的眼睛只与她对视了一会儿，又看回桌上。

"那个巴伐利亚人可以继续做他的选帝侯，"丽兹说，"我们可以正式放弃波希米亚王位。如果……"

"请恩准，殿下不能放弃不属于殿下的东西。"

"瑞典军队已攻到布拉格城门前了。这个城市很快会回到新教徒手中。"

"即便瑞典人占领了这座城市，他们也肯定不会将它交给殿下。"

"战争即将结束。然后是大赦。然后那个破坏……那个所谓由我夫君造成的对帝国和平的破坏，也会得到宽恕。"

"大赦早已商定。战争中的所作所为都会得到宽恕，除了一人之外。"

"我可以想象那位是谁。"

"这场无休止的战争是由殿下夫君，由普法尔茨伯爵挑起的，他渴望过盛。我不想说，殿下有罪责，但我可以想象，伟大的詹姆士之女并没有规劝自己野心勃勃的夫君自重本分。"兰贝格将椅子慢慢推到后面，直起身来又说，"战争已如此旷日持久，以致大多数活在今天的人几乎没有经历过和平。只有老人还能回忆起和平时代。只有我和我的同僚，对，还包括那个一旦坐到饭桌前就要让人吹铜号的蠢货，是能结束战争的人。每位都想得到他人无论如何不肯放弃的疆域，每位都想得到财政补助，每位都希望解除在另一方看来不可解除的互助条约，以便签署另一方视为不可接受的新条约，来取代旧约。这里的问题远不是任何人力所能及的。但是我们一定要成功。夫人，这场战争由你们挑起，由我来结束。"

他把桌子上方的一根丝线拉了一下。丽兹马上听到隔壁有铃铛响。她想，现在他要让秘书来，会叫来一个灰脸侏儒，把她送走。她感到一阵头晕，好像她在一艘船上，房子在掀起和沉下。还从未有人跟她这样说过话。

这时一道光线引起她注意。它从窗帘间的窄缝射过来，光线里可看到上下浮荡的尘粒，它投到对面墙上的一面镜子后，又反射到另一面墙上，落到那里一幅画的画框上，形成一个光点。那是一幅鲁本斯①的画作，画上有一位高个女人，一位握着长矛的男人，他们上方的蓝天上有只飞鸟。那里游荡出一股欢快气息。她对鲁本斯记忆犹新，那是一个伤心的男人，听声音就知道他有呼吸困难的毛病。她曾想买他一幅画作，可价钱太贵了；他好像只对金钱感兴趣。为什么只有他能够这样去描绘？

"布拉格从来与我们无缘，"她说，"去布拉格是一个错误。但是按照帝国法律，普法尔茨属于我儿子。皇帝没有权力取消我们选帝侯的资格。所以尽管我弟弟一再邀请我，我还是没有回英格兰。荷兰在形式上仍然是帝国的一部分，只要我还住在那里，我们的资格就始终有效。"

这时门开了，一个胖男士一脸友善地走进来。他目光聪敏，摘

---

① 鲁本斯（Rubens，1577—1640），德意志画家。

下帽子鞠了一躬。人虽然还年轻，可头上几乎没有多少头发了。

"这是沃尔肯施泰因伯爵，"兰贝格说，"我们的大使骑士。他会帮您安排住宿。旅馆里没有房间了，每个角落都塞满了使节和他们的随行人员。"

"我们不想要波希米亚，"丽兹说，"但我们不会放弃选帝侯资格。我的长子，既聪明又可爱，会得到所有人的接受，可是他死了。船翻了。他淹死了。"

"我很难过。"沃尔肯施泰因说，他的诚恳令她深受感动。

"我的二儿子，是第二顺位继承人，既不聪明也不可爱，但他应是普法尔茨的选帝侯，如果那个巴伐利亚人不肯交出尊位，那么必须设立第八位选帝侯。否则新教徒不会接受。那样的话，我会回英格兰，届时议会将罢免我兄弟，让我儿子当国王，我儿子会以英格兰国王的身份要求收回布拉格，这样战争不会结束。这是我要阻止的。全凭我一己之力。"

"我们不必情绪激动，"兰贝格说，"我会将殿下的建议转达给皇帝陛下。"

"我的夫君也必须在大赦之列。如果所有战争行为都会得到宽恕的话，那么他的行为也必须得到宽恕。"

"但不能在这辈子。"兰贝格说。

她站起身，她感到自己怒火中烧，感到自己脸红了，但她还是做到了嘴角上扬，用手杖杵地，向门口转过身。

"无比荣幸，未敢奢望，陋室能承蒙如此光临。"兰贝格脱下帽子，鞠躬致意，他的声音里没有半点讥讽。

她挥挥手，以一副王者的漫不经心，一言不发地继续往外走。

沃尔肯施泰因赶到她前面，在门上敲了敲，两扇大门立刻由外面的仆人拉开。丽兹走进前厅，沃尔肯施泰因跟在她身后，他们从侍女面前走过，走向大门口。

　　"至于王后殿下的歇息处，"沃尔肯施泰因说，"我们可以提供……"

　　"这事您不必操心。"

　　"这不操心，反倒是莫大的……"

　　"您真以为我愿意住到皇帝密探云集的地方？"

　　"请允许我直言，不管王后殿下住到哪里，密探都不会少。我们的密探太多了。我们在战场上输了，哪里还有多少秘密。那些可怜的密探们每天还能做什么？"

　　"皇帝在战场上输了？"

　　"我自己亲身经历了，就在南边的巴伐利亚。我手指头都丢在那儿了！"他举起手，动了动手套，向她显示右手食指处是空的，"我们一半军队都没了。王后殿下选的时机不错。只要我们还强大，是不会让步的。"

　　"现在是适宜的时机？"

　　"只要正确着手，时间总是适宜。倘若机遇、时间与地点对你都不利，当自得其乐，不要介意。"

　　"你在说什么？"

　　"这是一位德语诗人写的。现在也有德语诗人了！他叫保罗·弗莱明。他的作品真能催人落泪，可惜他得了肺病，年纪很轻就已经去世。不然，很难想象他本可以有怎样的成就。就因为他，我现在用德文写作了。"

她笑了："写诗？"

"不是，写散文。"

"真的，用德文？我尝试过阅读奥皮茨……"

"奥皮茨！"

"是的，奥皮茨。"

两人都笑了。

"我知道这听起来很蠢，"沃尔肯施泰因说，"不过我觉得，这是可行的，我已经决定，有一天我要用德文写我的回忆录。这就是我来这儿的原因。日后人们肯定想知道这次会议是怎么回事。我把一位杂耍艺人从安德希斯修道院带到了维也纳，或者应该说是他把我带到维也纳的，没有他，我早死了。皇帝陛下派他来为使节们献艺表演，我抓住这个机会，跟他一道，来了这里。"

丽兹向侍女做了一个示意。她马上跑出去招呼马车过来。这是一辆很气派的马车，与王后身份很相称，跑得也快，是丽兹租来的，可以用两个星期。为了它还有两匹强壮的骏马和那位可靠的车夫，丽兹掏出了最后的积蓄。这就是说，她们只能在奥斯纳布吕克停留三天，三天之后必须打道回府。

她走到外边，拉上毛皮大衣的帽兜。事情进展得还算顺利吗？她不知道。她本来还有很多可以说，可以派上用场，不过现实总是如此，爸爸曾说过，人永远只能用上自己的一小部分武器。

嘎达嘎达，马车来了。车夫下了车。她四下看看，颇为遗憾地发现，那位胖胖的大使骑士没有再跟着她。其实她还很想再同他聊聊。

车夫搂住她的腰，把她抱到车上。

II

———————

第二天上午，丽兹去拜访瑞典谈判大使。这次来访她事先做了通告。她同瑞典关系友好，因而没有必要搞突然袭击。瑞典大使见到她应该会很高兴。

前一晚过得太糟了。他们花了很长时间，才在一家肮脏已极的旅舍找到了一间空房。房间没有窗户，地上铺着干树枝，没有床，只有一个干草袋，她得同侍女一起躺在上面。几小时后，她终于沉入不安的睡眠，她梦见了弗里德里希。他们又回到了海德堡，回到了他们被那些名字拗口的人们塞上波希米亚王冠之前的生活。他们并肩走在宫里一条石砖小径，她又一次在心灵深处感到，如果两人心心相印，会是怎样的感觉。醒来时，她听到在门前睡觉的车夫还在打鼾，她想到，没有了弗里德里希的岁月，倏忽已经十六七年了，已快要赶上他们在一起生活的时光。

走进瑞典大使住处的前厅时，她不得不抑制自己打哈欠的冲动；夜里她睡得太少。这里也铺着地毯，但空空的墙壁显示着新教式的简朴，只有一面墙上，挂着一个镶嵌着珍珠的十字架。房间里人很多：有些在研读文件，有些在不安地走来走去，显然他们等了一些时间了。兰贝格的前厅为什么人那么少？他会不会还有另一个前厅，或者另几个前厅？

所有的目光都向她投来。屋里一下子寂静无声。像前一天一样，当她身后的夸特用响亮但有些刺耳的声音喊道"波希米亚王后驾到"时，她迈着坚定的步子向门口走去。可她突然感到一种不安、担忧：这一次也许不会顺利。

的确，守门的仆人没有去拉门把。

她只好狼狈地停下了最后半步，由于太突然，还不得不把手按到门上。她听到侍女在她身后差点打了个趔趄。她感到脸发热。她听到嘀嘀咕咕的耳语，是的，她还听到了嘻嘻的笑声。

她慢慢后退了两步，幸好侍女也机智敏捷，跟着退后两步。丽兹一边吃力地用左手扶紧手杖，一边看着守门的仆人，对他露出最亲切的微笑。

那家伙傻傻地瞪着眼睛。当然，没有人告诉他，世上有个波希米亚王后，他还年轻，什么都还不知道，他不想冒险犯错误。谁能怪他呢？

可是，她也不能就此坐下。一位王后不能在前厅等着别人有时间见她。经过加冕的君主本来就有充足理据不来参加使节会议。只是除此之外，她还能怎样做？她要为儿子的选帝侯地位抗争，儿子本人太过专横，又莽莽撞撞，他肯定会把一切弄砸，而她自己又没有外交官。

于是她像那个守门人一样一动不动地站着。窃窃私语声变大了。她听到有人大笑。不能脸红，她想，绝对不能。绝不能脸红！

当门从背面打开时，她从心里感谢上帝。门缝里探出一个脑袋。这人的眼睛一高一低，鼻子奇特地斜向下方，两片嘴唇很饱满，但好像彼此不很协调，下巴上还挂着一绺山羊胡子。

"陛下请。"这张脸说。

丽兹走了进去，这个斜脸人将门很快关上，好像要防止别人也跟着挤进来。

"在下阿维泽·孔塔里尼①，愿为陛下效劳，"这人用法语说，"我是威尼斯共和国大使。在这里我是调解人。陛下请。"

他带她穿过一条狭窄的走道。这里墙上也是光秃秃的，没有画作，但地毯精美，而且价格高昂，这点丽兹能看出来，毕竟她亲自装饰过两座宫室。

"首先要说的是，"孔塔里尼说，"最大的难点一如既往是法国的要求，即：奥地利皇帝的帝国军队不应再支持西班牙军队。这对瑞典并不要紧，但因为瑞典从法国那里得到了高额补助，瑞典人必须支持法国的要求。皇帝则依然坚决反对。只要这个问题没解决，我们就得不到这三位君主中任何一方的签字。"

丽兹低下头，高深莫测地笑了笑；她一生都是这样，当她对一件事不甚明了的时候，她就会做出这种微笑。她想，也许他根本不指望她有什么特定的回应，他不过习惯了总要说点什么。这种人每个宫廷都有。

他们走到走道尽头，孔塔里尼打开门，鞠了一躬，一边让她迈入，一边说："陛下，这是瑞典大使奥克森谢尔纳②伯爵和阿德勒·

---

① 阿维泽·孔塔里尼（Alvise Contarini，1597—1651），威尼斯贵族，为达成《威斯特伐利亚和约》做出贡献的外交官。

② 奥克森谢尔纳（Oxenstierna，1611—1657），瑞典政治家，其父为瑞典首相。

萨尔维斯①博士。"

她有些不解地四下看去。那里坐着两个男人，一个坐在接待室右边，另一个在左边，都置身相同大小的扶手椅中，好像是由一位画家安排。房间的中间还有一把扶手椅。丽兹向那里走去，两人都站起身，向她深深鞠躬。丽兹坐下后，两个男人还都站着，奥克森谢尔纳身材魁梧，有一张圆脸膛；萨尔维斯又瘦又高，显得非常疲惫。

"陛下去见兰贝格了？"萨尔维斯用法语问。

"您已经知道了？"

"奥斯纳布吕克很小啊。"奥克森谢尔纳说，"陛下知道这是一个特使大会吧？与会者没有王公贵族，没有君主……"

"我知道，"她说，"其实我也不在这儿。我不在这儿的原因，就是合法归属我们家族的选帝侯尊位。如果我消息准确的话，关于我们归还尊位的要求，瑞典是持支持的态度。"说法语的好处是，词汇来得更快，短语水到渠成，让她觉得好像语言本身就能构成句子。当然她更愿意说英语，故土的语言发音柔和，好像在唱歌，那是一种丰富多彩的语言，是戏剧与诗歌的语言，可是这里几乎无人懂英语。在奥斯纳布吕克也没有英格兰大使。为了让英格兰免遭战火，爸爸付出的代价是：放弃了她和弗里德里希。

她等待着。可是没有人说话。

"难道不对吗？"终于，她问道，"瑞典支持我们的要求，不是吗？"

---

① 阿德勒·萨尔维斯（Adler Salvius，1590—1652），瑞典外交官。

"原则上是的。"萨尔维斯说。

"如果瑞典坚持归还我们的国王尊衔，我儿子会主动放弃复位，但条件是，皇家需签署一项秘密协议，确保为我们设立第八位选帝侯。"

"皇帝无权设立新的选帝侯。"奥克森谢尔纳说，"皇帝没有这个权力。"

"如果各个王国、诸侯都同意，那么他就有这个权力。"丽兹说。

"但他们不会同意。"奥克森谢尔纳说，"此外，我们的要求远不止于此，我们要将 1623 年我们丢掉的一切尽数夺回。"

"设立新的选帝侯应该符合天主教的利益，这样的话巴伐利亚可保留选帝侯尊位。如果我们这方能得到新选帝侯尊位，此举也符合新教利益。"

"也许吧。"萨尔维斯说。

"绝无可能。"奥克森谢尔纳说。

"两位先生都有道理。"孔塔里尼说。

丽兹疑惑地看着他。

"两位只能都有道理。"孔塔里尼用德语说，"两位肯定都有道理。一位站在首相——他父亲一边，希望继续战争；另一位则是女王派来缔结和约的。"

"您说什么？"奥克森谢尔纳问。

"我引用了一个德语格言。"孔塔里尼说。

"波希米亚不是帝国的一部分，"奥克森谢尔纳说，"我们不能在谈判中牵扯布拉格问题。除非我们已事先商定。在商谈前，总要先确定，到底要商谈什么。"

"另一方面，"萨尔维斯说，"我国女王陛下，她……"

"女王涉世未深，我父亲是她的监护人。他认为……"

"曾是监护人。"

"什么意思？"

"女王已经成年。"

"刚刚成年。而我的首相父亲是欧洲最有经验的国家领导人。自从我们伟大的古斯塔夫·阿道夫在吕岑捐躯……"

"打那以后，我们几乎没赢过。如果没有法国的帮助，我们可能已经输了。"

"您是想说……"

"若是想贬低您尊贵的父亲大人，贬低王国首相的卓越功勋，那我成什么了？我只是认为……"

"不过也许您的意见不太重要，萨尔维斯博士，副使的意见或许并不……"

"我是首席谈判代表。"

"是女王任命的。但女王的监护人是我父亲！"

"曾经是。您父亲曾经是她的监护人！"

孔塔里尼这时说："也许我们可以达成共识，即女王陛下的建议值得考虑。我们不必赞同这个建议，不必承诺要考虑这个提议，但我们还是可以达成共识，即这个提议值得我们考虑。"

"这可不够，"丽兹说，"一旦布拉格被占领，一定要向兰贝格伯爵发出正式要求，将波希米亚王位归还我儿子。之后我儿子会签署秘密协议，向他承诺放弃王位，条件是兰贝格也同瑞典、法国签署一项秘密协议，同意设立第八位选帝侯。这些必须尽快商定。"

"没有什么能快得了的，"孔塔里尼说，"从会议开始的那天，我就在这儿了。开始我以为，在这个阴雨不绝的可怕地方，我一个月都忍受不了。可现在，五年都过去了。"

"我知道在等待中变老的滋味。"丽兹说，"我不能再等了。如果瑞典不争取波希米亚王位，好让我儿子为了换成选帝侯尊位而放弃王位，那么我们就放弃选帝侯尊位。那样你们便两手空空，无法得到第八个选帝侯尊位了。这将是我们王朝的末日，但我只需要回英格兰去。我很乐意回故乡去。很乐意再进剧院看戏剧。"

"我也很想回威尼斯，"孔塔里尼说，"我还想当总督。"

"陛下，请允许我问一下，"萨尔维斯说，"我还是有些不解。您来这里，是为了提出我们决不会去主动争取的要求。而您的威胁是，如果我们不按您的要求做，您就撤回您的要求吗？这样的策略应该称作什么呢？"

丽兹笑了笑。那是她最神秘莫测的微笑。此刻她真遗憾面前没有舞台，没有半明半暗的观众席，没有凝神静听的观众。尽管她早就知道她该怎样回答，但为了给并不存在的观众留下更深刻的印象，她清了清嗓子，做出一副要三思的样子。

"我的建议是，"然后她说，"您就称它为政治吧。"

III

———————

第二天，是她在奥斯纳布吕克停留的最后一天，中午一过，丽兹就离开旅舍，去参加主教举办的欢迎会。没有人邀请她，但她听说，所有重要人物都会出席。明天的这个时候，她就要启程离开，将再次驶过疮痍满目的土地，回到她在海牙附近的那座小房子里。

她不能继续逗留。她必须返回，不光因为资金短缺，还因为她知道一部好戏的诀窍：一个被废黜的王后，突然出现于观众面前后，又马上消失，此举会给人留下深刻印象。而如果一位被废黜的王后，出现后停留了下来，那人们会慢慢习惯她，就会开始开她的玩笑，这是不行的。这是她在荷兰的教训。开始时，人们如此友好地欢迎她和弗里德里希，可是现在，她要求面晤荷兰国会议员时，每每会遭到阻碍。

这次欢迎会将是她最后一次露面。她已经抛出了提议，说了她该说的。为了她的儿子，再多的她也做不了了。

可惜二儿子很像她弟弟，是个地地道道的蠢货。这两人看上去都很像她祖父，却没有祖父深藏的机敏。他们都身材魁梧，嗓音低沉，有宽宽的肩膀，又都自以为是，走起路来脚下生风，喜欢狩猎。她弟弟在家乡与议会作战，最后很可能失败；她儿子，如果真会成为选帝侯，也很难作为出色的统治者被载入历史。他已经三十岁，不算年轻了，眼下，当她在威斯特法伦为他四处奔走，跟人磋商之时，他很可能正在英格兰的某个地方游荡，也许正在狩猎。他给她的信很少，大多很短，其中还含有某种离敌意不远的冷酷。

可一旦想到他，她眼前总会出现另一个人的画面：她英俊长子的形象，她的长子既聪慧又开朗，拥有其父友善的心灵和她的理智，他是她的骄傲、她的快乐和希望。当他的形象在她心中浮现时，总会在同一时刻显出不同的面孔。她能看到他三个月的模样，十二岁、十四岁时的模样。而每次想到他，沉船的画面，水中黑色漩涡的画面又触目惊心，因而她极力让自己尽可能不去想他。她知道，游泳时无意间喝进水是什么感觉，可是淹死的感觉是怎样的，她却无法想象。

奥斯纳布吕克很小，要参加欢迎会，她完全可以从旅舍走路去。只是这里的街道即便按德意志的标准也太脏了。再说了：王后步行，成何体统？

所以她还是让车夫把她抱上马车。她在车厢里倚着靠背，看着一座座有窄窄的山墙屋顶的房子向后退去。侍女默默地坐在丽兹旁边，侍女已经习惯了她的不理不睬，跟她永远不要先开口说话。要像一件家具、摆设似的，这才是侍女唯一真正该做的事情。天气很冷，下着毛毛细雨，尽管如此，还是能见到太阳在云层后面现出的苍白斑块。雨水清洁了街巷里的气味。马车旁跑过几个孩子。她还看到一队驻防骑兵，后面是一辆拉着面粉袋的驴车。很快她们到了集市广场。对面便是帝国谈判大使的官邸，她前天去过的地方。主广场中央立着一块一人高的木板，上面有几个用于固定头与手臂的孔洞。旅舍老板娘告诉她，就在上个月，这里还审判了一个女妖。主持审判的是一位温和的法官，她捡了一条命，在这个颈手枷上绑了十天以后，她被赶出了城去。

这里的大教堂外形笨拙，典型的德意志风格，一座巨大而丑陋的失败建筑，两座塔楼竟然一粗一细。旁边有座带人字顶的长方形房子，长长的房檐颇为壮观。广场上已经停有几辆马车，让丽兹的车不可前行。车夫只得把车停在较远处，然后把她抱到大门口。他身上有股难闻的气味，她身上的毛皮大衣也被雨淋湿了，不过至少他把她抱得很紧，她的脚不必踩到地上。

他放下她时，动作不够轻缓。她赶快用手杖来支撑，才保持住身体平衡。这样的时刻，她会感到年龄不再饶人。她拉下毛皮大衣的帽兜，心想：这是我最后一次公开露面了。这让她感到一阵全身心的兴奋，这是她多年来没有过的。车夫走开去接侍女，丽兹没有等待，独自走了进去。

走进门厅时已能听到传出来的音乐声。她停住脚，悉心倾听。

"皇帝陛下为我们送来了皇宫里最棒的琴手。"

兰贝格披着一件深紫色披风，脖子上还挂着一个坠着金羊毛勋章的项链。站在他旁边的是沃尔肯施泰因。两位都把帽子摘下，向她鞠躬。丽兹对沃尔肯施泰因点点头，他对她微微一笑。

"殿下明天就要离开了。"兰贝格说。

这令她不悦，这听上去不像提问，倒像一个命令。

"伯爵总是消息灵通啊。"

"从不像我希望的那样灵通。只是我可以向殿下保证，这样的音乐是很难在别处听到的。维也纳要向使节大会表达善意。"

"因为维也纳打了败仗?"

他假装没有听到这句话,接着说:"皇宫派出了最好的乐师和最好的演员,还有最棒的杂耍艺人。殿下已经见过瑞典人了?"

"您真是无所不知。"

"殿下现在一定也知道,瑞典人自己也有分歧了。"

外面响起了长号声,两位男仆拉开大门,一个珠光宝气的男人走了进来,挽着他手臂的女人身着拖地长裙,戴着冕状头饰。那男人走过时,投向兰贝格的眼神不算不友好。只见兰贝格微微倾了一下头,连点头示意都不能算。

"是法国人?"丽兹问道。

兰贝格点点头。

"您把我们的提议送往维也纳了?"

兰贝格没有回答。无法看出,他是否听到了她的提问。

"或者这并无必要?您可以独自全权决定?"

"圣断永远只能出自皇帝,不可能出自任何其他人。现在我必须同殿下道别。即使殿下有假名保护,殿下忠实的仆人也不宜与殿下继续交谈下去。"

"是因为我们不受帝国法律保护呢,还是因为您夫人会嫉妒?"

兰贝格轻声笑道:"如果殿下允许,沃尔肯施泰因伯爵会陪殿下进入大厅。"

"他可以这样做吗?"

"在上帝面前他是自由的。只要合乎规矩,他什么都可以做。"

沃尔肯施泰因弯了弯手臂,丽兹把手放到他手背上,两人缓缓走进门去。

"所有的使节都来了？"她问。

"都来了。但不是每个人都可以同所有人打招呼，更别说同所有人交谈。一切都有严格规定。"

"那您可以跟我交谈吗，沃尔肯施泰因？"

"绝对不可以。但我可以跟殿下一起去。日后我会讲给我的孙辈。我会写出来。我会这样写：波希米亚王后，富有传奇色彩的伊丽莎白，是……"

"冬王后？"

"我想说，是 fair phoenix bride（美丽的凤凰新娘）。"

"您会英语？"

"一点点。"

"您读过约翰·多恩？"

"不多。不过我知道那首美妙的诗歌，多恩在诗中向王后殿下的父亲呼吁为波希米亚国王提供支援。里面的名句是：No man is an island（没有谁是一座孤岛）。"

她仰头望去。接待大厅天花板上的湿壁画，在德意志土地上很常见，它显得如此粗糙外行——相当于意大利二流艺术家的作品，若在佛罗伦萨是绝对拿不出手的。一个墙面支架上有几尊目光严肃的圣人雕像，有两位手持长矛，有两位举着十字架，还有一位握紧两拳，另一位托着王冠。那个支架下燃着几把火炬，四个大吊灯上燃着几十根蜡烛，在镜子的映照中更加光彩夺目。大厅后面站着六位乐师：四位小提琴手，一位竖琴师，还有一位举着一把奇特的号子，那种号子丽兹以前从未见过。

大家都在竖耳聆听。这种音乐她甚至在伦敦白厅也未听到过。

小提琴拉出一个低音旋律，另一把小提琴接上它，使旋律更加清朗有力，第三把又接上，第四把小提琴则一直伴奏着较轻松的旋律。然后，两个旋律忽地合并混融，接着又被竖琴接上，现在竖琴成了中心，四把小提琴则似在轻声细语中已然奏出新旋律；随后竖琴又给它们加上新曲，两个旋律又合二为一。突然，一声欢快的呼唤超然现出，这第三个旋律强劲有力、富有生气，那是号子的振响。

然后，大厅静了下来。这首乐曲很短，给人的感觉却很长，好像它自有一套时间维度。一些听众犹疑地鼓起掌来，另一些人还站着不动，似乎还在自己内心倾听。

"来这里的路上，他们每天晚上都为我们表演。"沃尔肯施泰因说，"那个高个子叫汉斯·库赫纳，他是哈根布伦村人，没上过学，几乎不会说话，不过他得到了主的赐福。"

"王后陛下！"

一对男女走到她近前：男士脸上有棱有角，下巴很大，挽着他手臂的女士看上去似乎正冷得发抖。

丽兹遗憾地看到，沃尔肯施泰因后退了一步，双手交叉在背后，转过身去。显然他不得对这位男士的到场做出任何表示。那个男士鞠了一躬，女士则行了一个屈膝礼。

"韦森贝克，"男士报出自己的名字，最后两个音节十分响亮，好像小小的爆炸，"勃兰登堡选帝侯的副使，愿为陛下服务。"

"真好。"丽兹说。

"要求设立第八位选帝侯。佩服！"

"我们没有提任何要求。我是个柔弱女子。女人不会谈判，也不会提任何要求。另一方面，我儿子目前也没有任何头衔堪以提出任何要求。我们不能要求。我们只能放弃。我已经谦卑地提议放弃。其他任何人都无法放弃波希米亚的王位，只有我们能做到这点，而我们这样做是为了换取选帝侯尊位。至于为我们争取王位，只能由帝国新教诸侯来做。"

"也就是要由我们来做。"

丽兹笑而不语。

"如果我们不这样做，比方说，因为我们不愿巴伐利亚的维特尔斯巴赫家族继续持有选帝侯尊位……"

"那会是一个错误，因为这个尊位他们还是会继续持有，这样的话，我们会放弃普法尔茨的选帝侯尊位。而且要明示天下。那样一来，你们就没什么可索要的了。"

使节若有所思地点点头。

突然，她脑子里出现了一个一直还不敢想的念头：此事成功有望！当某一天她忽然想到租辆马车去奥斯纳布吕克参与谈判时，起初完全像个荒谬的念头。她差不多用了一年的时间才得以信赖自己，又用了一年的时间，才做好了一切上路的准备。实际上，她一直觉得自己会遭到别人笑话。

现在，站在这个大下巴的男士面前，她却恍惚感到，为儿子争得选帝侯尊位之事，果真有望成功。她想，对你来说我并不是一个好母亲，我几乎没有爱过你，尽管这是一个母亲应做的。不过有一件事我为了你做到了：我没有回英格兰，一直留在了那座小房子里，把它想象为流亡中的王宫。你可怜的父亲去世后，我拒绝了所有男人，虽然很多人想娶我，有些甚至很年轻，因为我是一个传奇，而且美丽；但我知道，为了我们的主张，绝不能出现绯闻，这点我一刻都没有忘记。

"我们要指望你们。"她说。她的口吻是否合适？是不是太庄重了？可他的下巴这样大，眉毛是如此浓密，当他说出自己名字时，眼泪差点没流出。在他面前，这样高扬的声调或许正相宜："我们要指望勃兰登堡。"

他鞠了一躬，说："请指望勃兰登堡吧。"

他太太冷眼审视着丽兹。丽兹期待谈话快点结束，她四下望去，想找沃尔肯施泰因，但没有找到。转眼之间，这对勃兰登堡夫妇，已迈着稳重的脚步走开。

她独自站立。乐手们又重新开始演奏。丽兹数着节拍，认出这是最新的时尚舞曲，是个小步舞曲。女士们先生们要排成两列，一边是男士，一边是女士，中间拉开一定距离，然后两列相向走去，相互握住对方戴着手套的双手。旋转一圈后，再相互分开，回到原来的两列，一切再从头开始，以此往复。在此期间，音乐也根据这四个主题轻快地变换着旋律：分开、汇聚、转圈、分开。音乐中荡漾着渴慕，你可以感觉到，但不必知晓渴慕的是谁或是何物。法国使节挨着瑞典大使奥克森谢尔纳伯爵，他们谁都不看对方，但都踩着节拍，迈着统一协调的步子。孔塔里尼也在队列里，与他共舞的女士很年轻，是个苗条迷人的美女；沃尔肯施泰因也在跳舞，他的眼睛半睁半闭，自顾自跟着音乐迈着舞步，显然脑子里已不再想着她。

她很遗憾不能加入进去。她一直喜欢跳舞，但她现在仅存的，是她的地位。这个地位太高，使她无法加入两列中的任何一列。再说，她活动起来极不便利。在这个点燃众多火把取暖的大厅里，她的毛皮大衣太厚了，她又不好脱下来，因为大衣下面的服装太简朴。她的旧衣柜里只剩下这件貂皮大衣，其他的不是被当掉，就是卖掉了。她一直在想，为什么把这件留下来了。现在她突然明白了。

两个队列再次聚到一起，可这次忽然出现了混乱。有个人站到了大厅中间，他显然没有给众舞者让路的打算。两边的人又随着音乐跳起来，其中有萨利乌斯，他的对面是那位勃兰登堡使节的夫人，可这两列舞者在大厅中间不能汇合，相互撞到一起，失去了平衡，因为大家都试图躲开那个挡道的家伙。只见这人瘦骨嶙峋，脸颊凹陷，下巴瘦削，额头上有块疤痕。他穿着一件混色紧身上衣、一条灯笼裤和一双精致的皮鞋，头上还戴着一顶坠着几个小铃铛的彩色布帽。现在他开始表演：先将两个闪着光亮的物件抛向空中，然后是第三个，然后是第四个，然后是第五个。

费了些时间，人们几乎同时恍然大悟，他抛的原来是刀子！人们纷纷后退，男士们忙着躲藏，女士们则把双手举到脸前。不过弯刀总会稳稳落回他手中，总是以正确的朝向，总是刀柄向下落回，而且现在他还开始跳起舞来——他的步子很小，时前时后，先慢，然后快些，这又反过来改变了音乐，因为不是他跟着音乐，而是音乐跟着他。没有人再跳舞了，人们各自找到适当的位置，定睛观看他怎样一边旋转，一边把刀子扔得越来越高。接着他的舞步由从容优雅，渐渐被令人窒息的狂野迅疾取代，而且旋动得越来越快。

接着他唱起歌。歌声高亢而嘶哑，但音调准确，换气平稳。他的歌词令人费解，或许是他自己发明的一种语言。尽管如此，你似乎仍然知道他唱的是什么：你理解了它，只是不能用词汇来表达。

现在，空中的刀子数量在减少。还有四把，还有三把，他将它们一把接一把地插回腰带。

突然大厅里传来一声尖叫。一位女士，即孔塔里尼夫人的绿裙上，突然溅上了红点。显然有把刀子擦破了他的手掌，但从他脸上什么也看不出来。只见他笑着将最后一把刀子高高抛起，那刀子穿过一盏吊灯的臂间，没有碰到一块水晶玻璃，他又以一个下转动作将它接住，收起。音乐戛然而止。他向大家鞠躬致意。

掌声雷动。"提尔！"有人喊道。"太棒了！提尔！"另一个也喊，"太棒了！太棒了！"

音乐又开始响起。丽兹感到有些头晕。大厅里点着这么多蜡烛，太热了，她的毛皮大衣也太厚了。大厅入口的右侧有一扇门敞开着，门后面是一个螺旋式楼梯。她犹豫了一下，走了过去，上了楼梯。

楼梯很陡，她不得不两次停下来稍事喘息。她靠在墙上。有一阵她感到眼前发黑，膝盖变软，担心自己会倒下去。随后她恢复了体力，打起精神，继续上行。终于她来到一个小阳台。

她把帽兜推到后边，靠在石栏杆上。下面就是主广场。她的右边，大教堂的两座塔楼矗立在天穹下。太阳一定刚刚才落下。蒙蒙细雨仍在满天飘落。

黄昏中，一个男子正从下面的广场走过。那是兰贝格。他上身前倾，迈着拖沓的小碎步，走向他的官邸，那件紫披风在他肩上掀动着。有那么一会儿，他站在门前低头塌背，似乎在想什么。然后他进了门去。

她闭上眼睛。冷空气让她感到很舒适。

"我的毛驴怎么样了?"她问。

"它正在写一本书。你呢,小丽兹?"

她睁开眼睛。他站在她旁边,撑在栏杆上,手上缠着一块布。

"你保养得很好,"他说,"你也老了,不过还没老糊涂,而且仍旧让人过目难忘。"

"你也是。就是这帽子不太适合你。"

他举起那只并没有受伤的手,抖了几下小铃铛,说:"皇帝让我戴的,有人在一本小册子里把我画成了这样,皇帝很喜欢那本小册子。皇帝说,我派人接你来维也纳,现在你就应该穿戴成大家熟悉的样子。"

她疑惑地指了指他包扎起来的那只手。

"在那么多大人面前,我总会出点错。这样他们会多给赏钱。"

"皇帝怎么样?"

"跟所有人一样。晚上也睡觉,要是别人对他友善他就很高兴。"

"尼尔呢?尼尔怎么样?"

他沉默了一会儿,好像他得想想,她说的是谁,然后他说:"她结婚了。"停了一下,又说,"很久以前的事了。"

"提尔,就要和平了。我该回老家了。乘船过海,回英格兰。你也来吧?我会给你一个温暖的房间,你不会挨饿。即使有朝一日,你再不能演出了。"

他没说什么。细雨里已掺进了许多雪花,毫无疑问——下雪了。

"看在往日的分上,"她说,"你跟我都知道,皇帝早晚会生你气的。到时你又会回到街头。所以你最好跟我在一起。"

"小丽兹，你想给我恩赐吗？让我每天有汤喝，有厚被子盖，有暖和的便鞋穿，直到我静静地死去？"

"这也没那么糟。"

"不过你知道，怎么样更好吗？比静静地死去还要好？"

"说给我听听。"

"小丽兹，那就是不死。这要好多了。"

她转向楼梯。她听到下面的大厅传来人们的欢呼声、笑声和音乐声。再次转过身来时，他已经不在了。她困惑地将身子探过栏杆，可是广场上一片昏暗，不见提尔的影子。

她想，如果雪还继续下，明天万物都将白雪覆盖，回海牙的路可能会很难走。今年的雪来得是不是太早了？因为这个，也许很快又会有哪个可怜人被绑到下面的颈手枷上。

路是不是难走，她又想，取决于我。我可是冬王后啊！

她仰起头来，尽量把嘴张大。她很久很久没这样做了。雪还是这样微微甜，还是这样冰凉，一如从前，一如她还是个小女孩的时候。接着，为了尝起来更惬意，就因为她知道黑暗中没人看得见她，她将舌头伸了出去。

译后记

————■————

德文小说《提尔》于 2017 年由德国罗沃尔特出版社出版。一年之后的 2018 年即第一次全欧洲大战"三十年战争"爆发 300 周年。丹尼尔·凯曼选择在这个时候发表自己的作品,可见他为了让世人不忘这场战争所付出的用心和努力。

德意志民族神圣罗马帝国从公元 962 年成立到 1806 年灭亡,延续了近 900 年之久。鼎盛时期,其主要民族包括德意志人、捷克人、荷兰人、波兰人和意大利人等。国土面积为 59 万平方千米(1555 年),相当于现在德国面积(35.7 万平方千米)的 1.7 倍。

17 世纪上半叶,神圣罗马帝国爆发了三十年战争,这场宗教战争波及欧洲大部分地区。它以 1618 年 5 月 23 日布拉格新教徒将信奉天主教的皇帝使臣"掷出窗外事件"为始,以 1648 年 10 月 24 日新教与天主教共 108 个交战方签订《威斯特伐利亚和约》告终。这是一场旷日持久、生灵涂炭、惨绝人寰的战争。三十年内帝国人口锐减近三分之一。出现在那个时代的民歌《割草人之歌》,正是当时人命若草菅的写照。即使 400 年后的今日,当人们参观欧洲一些名胜古迹之时,还常常能听到"三十年战争期间遭到破坏"的解说。

提尔何许人也？

他的原型为提尔·奥伊伦斯皮格尔（Till Eulenspiegel），最初按荷兰文拼写为迪尔·乌伦斯皮格尔（Dil Ulenspiegel）。小说中用的名字是提尔·乌伦斯皮格尔（Tyll Ulenspiegel），译著中简称为提尔·乌伦。

历史上，提尔·奥伊伦斯皮格尔大约出生于 1300 年，1350 年在德意志北部小镇莫尔恩被安葬。迄今，莫尔恩已然以"提尔之城"得名，他的墓碑也一直保存在那里。小说中，提尔的父亲就是莫尔恩人。

提尔原为著名的游走艺人。直到现在，他的搞笑故事、恶作剧及趣闻逸事，仍深入民间，妇孺皆知。比如，一个为人喜爱的故事是：一个葡萄酒店老板娘，自视聪明，宣称无人能骗过她。于是提尔登店拜访，他披着一件毛皮大衣，掏出一个空瓶子要买葡萄酒。老板娘让他自己到地窖里去打。他把灌好酒的瓶子藏进大衣，拿出事先准备好的盛满水的瓶子放到老板娘跟前。老板娘说这瓶酒 12 塔勒，提尔说太贵，他只能付 6 塔勒。老板娘让他把酒留下，于是他带着藏好的酒离开了葡萄酒店。

第一部有关他的《迪尔·乌伦斯皮格尔故事集》大约于 1510 年在斯特拉斯堡印刷出版。捣蛋鬼提尔的姓氏奥伊伦斯皮格尔，由"猫头鹰"（Eule 或 Ule）和"镜子"（Spiegel）两个单词组成。1510 年出版的故事集插图中，已出现了手持猫头鹰和镜子的捣蛋鬼提尔的形象。自古希腊起，"镜子"便为自我认知、对比鉴定的代名词，以使人明鉴古今，考核自身与他人、理想与现实的差异；而"猫头鹰"则被视作智慧之鸟，中世纪时又被视为魔鬼之鸟。因而提尔的捣蛋既有他幽默智慧的一面，又具有一定的怪诞与破坏性。

德国作家丹尼尔·凯曼在这部小说中，让提尔生活在三十年战争期间的德意志土地上。他既是杂耍艺人、滑稽大师和宫廷傻臣，还在布尔诺保卫战中当了工兵，在一所修道院里做过难民。读者会跟随他的智慧与"镜子"，看到诸多史诗般的画面与命运迥异的历史人物。

何为 Narr？

德文 Narr，一词多义。本义为傻子；在《提尔》中，杂耍艺人、滑稽大师和宫廷傻臣，均以 Narr 一词出现，可视为有着不同职能的"傻星"。

宫廷傻臣的德文全称为 Hofnarr，傻臣（Narr）为其简写形式。在中世纪欧洲宫廷，傻臣负有重要职能：他须通过搞笑形式向君主说出真相，他是唯一拥有批评君主的特权者，他须时时提醒君主俗世的种种孽行，及人之不可永生性。傻臣非"弄臣"，因他的职能并非要通过插科打诨来取悦君主。在傻臣一词中保留其"傻"性，也保持了德语俗语"傻子自由"（Narrenfreiheit）的内涵。

狂欢节游行中，为什么会有小丑傻星形象？原来古时候，狂欢节是一年中唯一可公开批评教会、鞭笞时弊的日子，可以放纵的日子。这个传统一直延续到当代。因而狂欢节期间，人们既可欣赏到滑稽搞笑的傻星，又可体验傻星的针砭当政者，及其某些不雅放纵。

除妖运动

三十年战争期间也正是除妖运动盛行之时。1487 年在德意志出版的《妖锤》（*Hexenhammer*，意为用以击妖之锤）一书为欧洲的除妖运动奠定了基础，对于如何定性妖怪，该书做了详尽解说。笔者从事翻译工作二十余年，以前也一直将 Hexe 一词译为女巫。在《提尔》一书的翻译过程中，笔者对这个词的翻译进行了重新思考。按照德国杜登词典中的定义："Hexe 是童话、神话传说中具魔性的有生命之物，通常为一个丑老婆子的形象，可施法术，坑害人，并常与魔鬼结盟。"按照这样的定义，Hexe 这个词应与中文的妖精更为接近，两者同为传说中的负面人物。中文的"巫"在历史上为一职业："巫，祝也。女能事无形，以舞降神者也。"（《说文》）可见，巫是现实中人。一个是神话中的，一个是现实中的，不可同日而语。

在西方历史上，也存在能招遣神魂的巫师，如小说中出现的巫师（Geisterbeschwörer）。提尔父亲的老师就是一位。但巫师不一定是女妖（Hexe）或妖怪（Hexer）。后者是由教会定罪的。提尔父亲的不幸就是活生生的一例。

"在中世纪时，人们不可将神话与现实相区别吗？"我曾向自己的德语辅导老师米勒请教。

"是的，中世纪的欧洲可以说迷信当道。"

中世纪由基督教会组织下的除妖运动，是将人视为妖的荒诞行径。对妖怪的判罪，至今还能从德国友人处听到有关逸事。比如，一位乌尔姆的妇女被定罪为女妖，当问到她参加妖魔聚会都遇到了哪些人时，她一一列举出镇长太太等上流社会人士，致使对她的判罪不了了之。

穆勒老师还向我介绍说，德国北部有个叫莱姆戈（Lemgo）的小城，是除妖运动重灾区。1681 年一位叫玛丽亚·拉彭达尔的女士遭控告为女妖，但尽管遭到严刑拷打，她始终不承认自己是女妖，1681 年 4 月 15 日小城最终只能对她做出驱逐出境、永远不可返乡的判决。但这个小城的除妖运动也由此画上了句号。这位女士遭永远驱逐 333 年后，2014 年这座小城以她的名字命名了一个广场，让她重返并永远留在了她的故乡小城。

解释世界

古代西方解释世界的话语权只掌握在教会手里。克劳斯的老师沃尔夫·胡纳对他说："如果有什么事无人知晓，那么我们必须找出解释来！"他还说，不能信任所谓学者，因为他们什么都不懂，可又不承认这一点，否则他们不会得到主子的恩宠。可以说，这是对教会权威的公然质疑。三十年战争期间，也是此等解明运动（又译启蒙运动）的兴起之时。

克劳斯在老师的影响下对世界问题孜孜以求。他研究谷粒堆问题，还观测月亮运行轨道。"天天想的是天上到底是些什么，石头是如何生成的，苍蝇以及所有无所不在的生物都是从何而来，天使彼此交谈时使用什么语言，还有，我主上帝是如何创造自身，并且仍然在日复一日地不断创造，如果他不这样做，所有的所有都会在瞬间停滞不前……"他还知道一些治病药方，有自己的见解，这就是他最终被判为妖怪的首要罪过。

当然克劳斯也摆脱不掉那个时代的愚昧，他相信咒语，直至登上绞刑架，还衷心盼望着秘密口诀会使奇迹出现。

小说看似不按时间顺序布局，但读者仍可通过小说内容所反映的历史事件，推测故事发生的时间。第一章"鞋子飞天"，通过提尔说段子，讲述古斯塔夫二世已死，可推测故事发生在 1633 年之后；第二章通过游走艺人在克劳斯死后的唱诵，可以推测故事发生在布拉格白山会战（1620 年 11 月）之后；第三章"楚斯马斯豪森会战"发生在 1648 年 5 月；第四章冬王之死，发生在 1632 年 11 月；第五章"饥饿"，应在克劳斯死去的 1620 年之后；第六章提尔与珂雪的不期而遇，应在战争已渐渐平息的 40 年代初；第七章发生在 1645 年的布尔诺之战中；第八章涉及的是《威斯特伐利亚和约》，冬王后即将冒雪返回，时值 1648 年初冬。

　　小说中作者匠心独运，让许多前文未能交代清楚的细节，通过提尔在黑暗坑道下的回忆，巧妙地加以补充。对同一事件，作者还刻意揭示了不同当事人持有的不同记忆。比如读者会注意到，冬王与冬王后对洞房之夜的不同回忆。

　　丹尼尔·凯曼是德国"70 后"新生代文学新星。在笔者翻译的数本德语小说中，《提尔》也是让笔者印象最为深刻、"直抵人心"的一部。小说还巧妙再现了众多历史人物，可见作者在查阅史料上下的功夫。《提尔》一反德语文学易给人造成的山重水复、漫走迷宫之感，颇具行云流水之韵；即便描写的是昏暗残酷的三十年战争，仍能让人处处感到盎然之情趣，及人道情怀，令人不禁频频回首、回味和反思。

　　凯曼让提尔在他死后 300 年、在三十年战争中又活了一回，还替他道出了要永生不死的心声。作者无疑希望以提尔的镜子与智慧，一直照亮过去、当今与未来。

本译作除提尔·乌伦之外，历史人物均以真实译名出现，如冬王弗里德里希、耶稣会学者阿塔纳斯·珂雪、诗人保罗·弗莱明等；为方便读者阅读，虚构角色的译名都做了相应的简译。最后，译者还要向各位指点迷津的德国友人，特别是文理中学退休德语教师罗尔夫·米勒（Rolf Müller）先生、凯-约阿希姆·梅斯特恩（Kay-Joachim Mestern）先生致以衷心感谢。

郭力，德国弗莱堡，2019 年 6 月 18 日

修改于 2020 年 10 月 29 日